KB244906

바이너리 코드 **2**

바이너리 코드 ❷

BINARY CODE

노 성 래 과 학 소 설

궁리
KungRee

『바이너리 코드』를 처음 발표한 것은 5년 전 일입니다. 그 동안 많은 일들이 일어났습니다. 복제 양 돌리 이후, 우리나라의 황우석 교수가 인간 배아를 복제하여 줄기세포를 추출하는 데에 성공했습니다. 생명 공학의 새로운 장이 열린 것이죠. 이제 생명 공학 기술에 관한 한 한국은 세계의 주목을 받는 처지가 되었습니다. 외국의 어떤 연구소는 살아있는 인간을 복제했다고 발표하여 사람들의 이목을 끌기도 했습니다. 하지만 그 이후 아무런 소식이 없는 것으로 보아 한편의 사기극으로 끝난 것 같습니다. 그 사이 인간 복제를 다룬 영화 몇 편도 개봉되었습니다. 《여섯 번째 날》 같은 영화는 인간 복제에 대한 잘못된 상식을 대중에게 전파하는 데에 한몫했습니다. 어쩌면, 저 역시 그런 부류에 속하는지도 모르겠습니다.

인간은 욕망을 이루기 위해 살아갑니다. 아이러니컬하게도 인간의 가장 큰 욕망 중 하나는 죽지 않고 자신의 존재를 유지하는 것입니다. 그리스 신들은 영원불멸을 약속하는 신들의 음식 암브로시아를 먹고 넥타르를 마셨습니다. 인도의 신들은 영원한 삶을 얻기 위해 만다라 산을 뽑아 바다를 휘저어 암리타를 얻었습니다. 진시황은 불로초를 얻기 위해 신하 서불을 동쪽으로 보냈습니다. 이렇게 고대의 사람들은 영원한 삶을 위해 신화와 미신에 의존했습니다.

하지만 요즘 사람들은 과학을 믿습니다. 모든 욕망의 해답을 과학에서 찾으려 하죠. 과학자들은 양과 같은 동물을 복제했습니다. 그리고 인간 유전자의 암호를 해독하려 합니다. 지금 이 순간도 생명의 비밀을 풀기 위한 연구가 진행되고 있습니다. 어쩌면 어느 나라의 어느 연구실에서는 정말로 인간이 복제되고 있을지도 모릅니다. 그곳은 지킬 박사의 연구실처럼 비밀스럽고 음침한 장소가 아닐 겁니다. 『바이너리 코드』의 메탈 브레인처럼 평범해 보이는 대형 병원일 수도 있고 제약 회사의 연구실일 수도 있습니다. 20세기의 미친 과학자들이 습기 먹은 지하실을 벗어나 국가 안보 논리와 정부의 힘과 결탁하여 엄청난 인명 살상 무기를 만들었다면, 21세기의 그들은 거대 기업의 대자본과 만나고 있기 때문입니다.

사람들은 우리의 도덕과 법률이 인간 복제나 인간의 몸에 기계를 이식하는 기술을 통제할 수 있다고 믿습니다. 그리고 이런 기술들은 인간의 생명을 구하고 질병을 치료하기 위해 조금씩 허용되고 있습니다. 요즘 사람들이 시험관 아기에 대해 아무런 거부감이 없는 것처럼 미래의 사람들은 인간 복제를 당연하게 생각할지도 모르겠습니다.

『바이너리 코드』는 과학소설(SF)입니다. 그러나 복제인간의 신비를 설명하는 과학책은 아닙니다. 저는 컴퓨터처럼 0과 1로 사고하며 기계를 통하지 않고는 자신의 존재를 드러낼 수도 느낄 수도 없는, 특수한 상황에 놓인 인간을 생각했습니다. 그리고 인간의 욕망을 끝없이 추구하는 과학 기술과 자본의 만남을 생각했습니다. 과거 어느 시대보다 빠른 속도로 발전하는 '과학 기술의 시대'를 살아가는 한 사람으로서 멀지 않은 미래의 이야기를 꾸며보고 싶었습니다.

『바이너리 코드』의 무대는 2024년입니다. 소설을 발표하고 5년이란 시간이 흘렀지만, 정서적으로 오늘 우리의 현실은 이 소설 속으로 성큼 아주 가깝게 들어선 느낌입니다. 멀지 않은 미래에 우리는 이 소설에서 그리고 있는 세계와 어떤 식으로든 접점을 가질 것입니다. 이런 점을 환기하는 뜻에서 5년의 더께를 털어내고 새로운 독자들과 만나기로 하였습니다. 소설의 큰 얼개는 그대로 두었지만 마뜩지 않은 문장은 군데군데 손을 보았고, 전보다 깔끔하고 날씬한 모양을 갖추었습니다. 부디 읽는 데 막힘이 없되, 뭔가 큰 궁리할 거리를 제 소설에서 하나씩 건져 가시기를 바랄 뿐입니다.

요즘은 온라인 게임을 만들면서 틈틈이 잡지에 글을 씁니다. 저에게 있어 어느 때보다 치열하게 살면서 성장하고 있는 시기라고 생각합니다. 훗날에는 이전보다 그리고 지금보다 성숙한 모습으로 다시 인사드릴 수 있도록 공부하고 또 공부하겠습니다.

2004년 초여름
노성래

1권

contents

10. 존재하지 않는 존재와의 싸움

수많은 태양계들이 이글거리는 우주 공간의 한 구석에

인식 작용을 발명한 영리한 동물들이 사는 별이 있었다.

그것은 '우주의 역사'에서 아주 거만하고 기만에 찬 순간이었다.

하지만 그저 한 순간뿐이었다.

자연이 채 몇 번 숨을 쉬지도 않아

그 별은 경직되어 버렸고

그 영리한 동물은 생을 마감해야만 했다.

– 프리드리히 니체

≡ 인간은 영원히 살지 못한다. 언젠가는 죽는다. 나래는 인간이 왜 죽는지 이해할 수 없다. 그들이 죽는 것을 원하지 않는데 왜 죽어야만 하는지를 이해할 수가 없다.

나래의 의문은 한때 분자생물학자인 근영의 관심 분야이기도 했다. 아직도 많은 분자생물학자들은 죽음의 원인을 밝히기 위해 노력하고 있다. 하지만 오랜 세월 그 문제로 고민해 왔던 근영은 다른 생각을 가지고 있었다. 근영은 그것을 스스로의 깨달음이라고 여겼다. 근영은 자신의 생각을 나래에게 쉽게 이해시키기 위해 이야기를 시작했다.

≡ 생물은 어떠한 종이든지 그것을 영원히 유지하려는 경향이 있어. 그것은 진화의 방향이기도 해.

≡ 나래는 그 말을 이해 못한다.

근영은 그에 대한 자세한 설명을 포기하는 대신 나래가 이해하기 쉽도록 자신이 믿고 있는 다른 이야기를 꺼냈다.

≡ 그럼 가정을 해 볼게. 만약 사람이 영원히 살고 아이를 낳는다면 어떻게 될까?

나래가 이해를 못하자 근영은 숫자를 사용했다.

≡ 영원히 사는 사람의 나이가 스무 살이 넘은 후에 5년에 한 번씩 아이를 낳을 때, 그 숫자가 어떻게 될까?

≡ 25년 후 두 명, 30년 후 세 명, 35년 후 네 명, 40년 후 다섯 명, 45년 후 여섯 명, 50년 후에는 첫 번째 아이가 아이를 낳는다. 그래서 여덟 명이 된다. 55년 후에는 첫 번째 아이와 두 번째 아이가 아이를 낳는다. 그래서 열한 명이 된다. 5년마다 한 명씩 늘어나게 되고 다시 25년 후에는 첫 번째 아이의 첫 번째 아이가 아이를 낳아서 5년마다 두 명씩 증가한다. 다시 25년 후에는 5년마다 낳는 아이의 숫자가 세 명씩 증가한다.

≡ 맞아 그렇게 일만 년 정도가 지나면 한정된 지구에 사람들로 가득 차게 될 거야. 왜냐면 사람들이 죽지 않고 영원히 사니까.

≡ 사람들로 가득 찬다.

≡ 잘 이해하는구나. 그렇다면 두 번째 가정은 영원히 사는 50억 명의 사람들이 있고 아이를 낳지 않을 때는?

≡ 50억 명의 사람들이 아이를 낳지 않을 때?

≡ 아무리 영원히 산다고 해도 사고로 죽는 것은 어쩔 수가 없어. 나쁜 병에 걸릴 수도 있는 노릇이고. 아무리 조심해도 어쩔 수 없이 죽는 경우가 발생하게 되지.

≡ 어쩔 수 없이 죽는다.

≡ 그럼 하루에 한 명이 사고로 죽는다고 생각해 보자.

≡ 16,666,666,666년 243일 8시간 후에 모든 사람이 죽는다.

≡ 맞아. 영원히 사는 두 경우 모두 결국 인간이라는 종족은 멸망하게 되지. 인간뿐 아니라 모든 생명체들이 마찬가지야.

나래는 깊은 생각에 빠져 있는 듯 대답이 없었다.

≡ 영원히 살면 인간은 멸망해. 반대로 인간이 영원히 살지 못하는

대신 일생 동안 일정한 아이를 낳는 경우에는 인간의 숫자가 탄력적으로 변하면서 영원히 유지할 수 있어. 죽음과 번식이라는 것은 진화 과정에서 최선의 선택을 한 결과야.

≡ 나래는 알 수 있다.

≡ 어쩌면…… 인간이라는 종족에서 개체는 중요하지 않아. 그 개체들이 공통으로 가지고 있는 유전자가 중요할 뿐이야. 예전에 위대한 생물학자가 남긴 말이 있어. 모든 개체는 영원한 유전자가 잠시 머물렀다가는 그릇에 지나지 않는다고. 영원한 것은 그 안에 담긴 정보뿐이야. 정보는 환경에 적응하는 수많은 개체들을 거치면서 점점 다양해지지. 다양성을 잃으면 살아남을 수 없거든.

≡ 하지만 나래는 인간이라는 종보다 나래가 중요하다.

≡ 나래만이 아니야. 모든 사람들이 그와 비슷한 생각을 가지고 있어. 죽지 않으면 안 되지만, 죽고 싶어 하는 사람은 아무도 없지. 더 재미있는 점은…… 개체는 자신의 육체 안에 담겨 있는 정보를 이해하지 못하고, 유전자라는 정보 역시 자신이 개체가 환경에 잘 적응하고 극복하는 데 어떤 영향을 줄지 알 수 없다는 거야. 어쩌면 그것을 선택하는 자연 법칙 이외에 의미 있는 것은 하나도 없을지 몰라. 만약 인간이 영원히 살게 된다면 가장 큰 법칙을 스스로 거스르게 되는 것이지.

이러한 생각은 근영으로 하여금 자신이 하는 작업에 대한 회의에 빠져들게 만들었다. PT의 장기 생산이 인간 수명을 부자연스럽게 연장하고 있다는 생각이 들 때도 많았다. 평균 연령이 높아지면서 일하지 않는 노인층의 비율이 점차 늘어나고 있었다. 이 상태로 20년 정도 지속

된다면 어떠한 일이 일어날까?

≡ 생명 연장은 그 사회의 생산 구조가 감당할 수 있을 정도로 조절되어야 해. 모두들 그 사실을 알면서도…… 인간의 욕심은 그걸 허용하지 않아.

근영은 나래가 이해할 수 없는 말로 대화를 마쳤다.

남식은 1층의 사무실을 비워 마련한 회의실에 PT의 핵심 인물과 몇명의 중앙정보실 직원, 문근영과 한혜원 박사 등 10구역의 사람들 몇명을 불러 모았다. 성찬 역시 그 자리에 참석하고 있었다.

"더 이상 책임 여부를 따지는 것은 의미가 없습니다. 여기 계신 어느 분도 책임을 피해 갈 수는 없으니까요. 우리는 불법적인 프리엠브리오를 개발해 실험해 왔습니다. 그 실험 때문에 한 사람이 죽었습니다. 그 프리엠브리오의 이름은 MX-217입니다. 통상적인 모델 명칭이에요."

남식은 기현의 사고에 관한 이야기부터 시작했다. 이어서 혜원이 MX-217의 폭주를 막기 위해 노력했다는 것과 성찬이 참여하게 된 이야기들 그리고 간밤의 체스와 케이블 절단에 관한 것, 엑스칼리버의 실패 등을 얘기했다.

"지금 상황은 그때보다 좋지 않습니다. MX-217이 주도권을 장악하고 있어요."

남식이 간단히 설명을 끝냈다. 예상했던 대로 여러 군데서 신음 소리가 흘러나왔다. 근영과 혜원 등을 제외한 사람들 대부분이 기호학자인 기현의 주차장 사고와 10구역의 실험이 관련 있으리라고는 상상하지도 못한 터였기 때문이다. 게다가 메탈 브레인을 조종하는 프리엠브리오라니. 보통 프리엠브리오라고 하면 인큐베이터 안에서 아무런 의식 없이 부유하는 생명체인데, 그것이 의식을 가지고 컴퓨터마저 조종한다는 것을 믿지 못하겠다는 간부도 있었다.

'어떤 사람도 피해 갈 수가 없다고? 나 역시 해당되는 일이군.'

성찬이 씁쓸한 미소를 지어 보였다. 그냥 밖으로 나가서 이번 일과 전혀 상관없는 사람이 되고 싶었다. 이런 상황이라면 남식이 그를 찾지는 않을 것이다. 하지만 그럴 수가 없었다. 성찬은 혜원의 얼굴을 바라보았다. 머리가 헝클어진 채 상당히 피로한 모습이었다. 며칠 밤을 새우고도 생기를 잃지 않는 그녀였는데.

"일단 이 사실을 아는 사람은 여기에 모인 우리가 전부입니다. 지금 참여하신 간부 몇 분과 10, 11구역 그리고 중앙정보실 직원들 그리고 한상준 소장님."

남식은 확인을 하듯 이 일을 알게 된 사람들의 이름을 한 번씩 부르고는 그것을 수첩에 적었다. 철두철미한 사람이었다. 이러한 상황에서도 당황하지 않고 저런 계산을 하다니. 주위를 돌아보았지만 상준의 모습은 보이지 않았다.

"이 사실이 외부에 알려진다면 우리가 몸담고 있는 PT라는 회사 자체가 붕괴되고 말 것입니다. 일단은 매스컴이 문제입니다. 공원과 병원의 방화문이 닫히고 방사능 유출 경보가 발생한 이 시점에서 숨긴다는 것은 불가능한 일입니다. 아까도 얘기한 바 있지만 제 의견으로는 인공지능 바이러스 프로그램이라고 발표를 하는 게 좋을 것 같습니다. 그 역시 심한 타격을 피할 수는 없겠지만 의혹을 사는 것보다는 적극적인 모습을 보여 주자는 게 제 생각입니다. 그에 대한 준비는 중앙정보실의 박 팀장이 맡았습니다. 여러분들 생각은 어떻습니까?"

모두들 남식의 의견에 침묵으로 동의했다. 성찬은 그러한 남식의 임기응변과 신속함에 혀를 내둘렀다. 간부 한 명이 말했다.

"일단 메탈 브레인을 끄고 작업을 하면 안 될까요?"

그것은 어제 남식이 세원에게 했던 질문이었다. 세원은 친절하게도 똑같은 설명을 되풀이했다.

"메탈 브레인은 꺼지지 않습니다. 외부에서 들어오는 주 전원을 차단하면 스스로 발전기를 가동시켜요. 발전기는 빌딩 안 여덟 개 구역에 나뉘어 있습니다. 그 발전기들은 각 구역의 전력 보충을 담당하지만 메탈 브레인에 전력이 부족하게 되면 최우선으로 전력을 공급하지요."

"젠장 너무 완벽하다는 얘기군. 누가 그런 설계를 했지?"

대머리 간부 한 명이 투덜거렸다.

"보안을 위한 설계였어요. 예를 들어 은행의 보안 시스템은 외부 전력을 차단할 경우 무용지물이 된다는 단점 때문에 도난을 여러 번 당해야 했죠. 그리고 메디컬 네트워크 때문에 메탈 브레인에 플루토늄 발전기를 추가로 설치했어요. 애초에 사고가 생길 거라는 가정은 하질 않았습니다. 시스템을 꺼야 할 필요가 있을 거라고 애당초 생각하지 않았던 거죠."

주위에서 한숨이 들려왔다. 성찬은 다시 혜원의 모습을 바라보았다. 조금 진정한 듯 보였지만 헝클어진 머리와 물에 젖은 옷 그리고 심한 긴장감이 겹쳐 몰골이 말이 아니었다.

"만약 메탈 브레인에 문제가 생긴다면 메디컬 네트워크에는 어떤 문제가 생기죠?"

남식이 방금 생각났다는 듯이 세원에게 물었다. 그가 책임지고 있는 메디컬 네트워크는 메탈 브레인을 서버로 사용하고 있었다.

"메디컬 네트워크는 기본적으로 메탈 브레인을 중심으로 하는 서버 중앙집중형을 채택했죠. 하지만 메탈 브레인에 문제가 있을 때 지방 각 도시에 분산되어 있는 PT 병원의 서버가 인터넷과 비슷한 모양의 지역 분산형으로 이루어져 있기 때문에 그 임무를 대신하게 됩니다. 그것을 캐슬 방식이라 부릅니다. 하여튼 메탈 브레인이 서버로서의 역할을 수행하지 않아도 메디컬 네트워크에는 전혀 문제가 없습니다."

세원이 자세하게 설명해 주었다.

"제가 물어 본 건 MX-217이 정보를 조작하는 경우입니다."

그것은 이틀 전 메디컬 네트워크의 기자 회견에서 어떤 기자가 남식에게 던진 질문이기도 했는데 그때까지만 해도 그에게 그다지 큰 의미를 가진 질문은 아니었다.

"그때는……"

세원이 조심스럽게 말했다.

"어떤 일이 생길지 알 수 없습니다. 우리는 아직 정보가 가진 힘에 대해 제대로 알고 있지 못하니까요."

'설마 그렇게까지……' 하는 생각을 하면서도 남식은 점점 불안해지는 마음을 달랠 수가 없었다. 메디컬 네트워크에 조작을 가할 때……

그때의 상황을 남식은 너무도 잘 알고 있었다. 지금과는 비교도 할 수 없는 대혼란이 일어날 것은 불을 보듯 뻔했다. 전국의 병원이 잘못된 정보로 인해 마비될 것이다. 혈액과 약품 공급이 엉망이 될 것이다. 장기 공급도 마찬가지다. 모든 수술에 차질이 생길 수도 있다. 하지만 지금은 더욱 당당하게 보여야 한다. 자신이 무너지면 사태를 수습할 수 없게 된다.

성찬은 근영이 한쪽 구석, 보이지 않는 곳에 있었다는 걸 알아차렸다. 성찬은 고개를 갸우뚱했다. 많이 지쳐 보였지만 혜원이나 남식과는 달리 현재의 사태에 대해 그다지 걱정하는 것처럼 보이지는 않았다. 이런 상황을 예상이라도 한 듯 말이다.

"다른 의견을 가지고 계신 분은 지금 말씀해 주시기 바랍니다."

성찬은 근영에 대해 생각하면서 남식의 말에 대답하기 위해 자리에서 일어났다.

"그런데 이상한 점이 있어요."

모든 사람의 시선이 성찬에게 쏠렸다. 일부 간부는 그가 누군지 궁금해하는 눈치였다. 잠시 술렁거렸지만 남식은 그러한 좌중을 진정시켰다. 지금까지 성찬은 누구보다도 MX-217을 정확히 파악하고 있었기 때문이다.

"무엇이 이상하다는 거죠?"

"여기 있는 모든 사람이, 아니 빌딩에 있던 다른 사람들까지 모두 안전하게 대피를 했다는 사실이 믿어지지가 않는군요."

"그건 참으로 다행이지요."

남식의 말에 이어 모든 사람이 다행이라며 서로를 위로했다. 하지만 성찬은 깊은 생각에 잠긴 채 천천히 좌우로 고개를 흔들었다.

"그렇게 쉽게 생각할 일이 아니에요. 우리는 여기까지 걸어 내려와야 했어요. 다른 시설들은 작동을 안 하거나 폭주했지만 방사능 경보 시스템은 훌륭히 작동을 하더군요. MX-217은 어떤 목적이 없는 행동은 하지 않습니다. 여기에는 분명히 우리가 모르는 이유가 있을 겁니다. 아마도 PT의 직원들을 다 내쫓아야 할 사정이 있었겠죠."

"홍 박사님, 그건 나중에 둘이 얘기합시다."

남식은 성찬의 말을 무시한 채 회의를 진행했다.

"문제 해결의 열쇠는 메탈 브레인에서 MX-217과 연결되는 라인을 제거하거나 MX-217을 파괴하는 것입니다. 프리엠브리오 성장실이 닫혀 있어서 10구역의 컴퓨터와 메탈 브레인 사이의 라인을 잘랐지만 MX-217은 11구역을 우회해 메탈 브레인을 조종하고 있어요. 한상준 소장의 말로는 MX-217과 10구역 컴퓨터를 연결하는 라인이 성장실 밖으로 지나간다는군요. 누군가 들어가서 그것을 잘라 내면 모든 문제가 해결됩니다. 또 다른 문제는 방금 전 보고받은 바로는 사람들이 대피한 후 10구역에 접근할 수 있는 모든 길이 폐쇄되었다는 겁니다."

'역시……'

성찬은 생각했다. MX-217의 의도는 실험실에서 직원들을 몰아내는 것이었다. 왜 몰아내야 했을까?

"공원과 병원에 갇힌 사람들은 어떻게 하죠?"

"그것 역시 MX-217의 문제를 해결하고 난 후의 문제입니다. 통제권을 되찾아야 방화문을 열 수 있으니까요."

세원이 잠시 헛기침을 했다.

"오 실장님 생각은 타당합니다. 가장 핵심에 근접해 있죠. 하지만 문제는 누가 그 안으로 들어가죠? 그 안은 방사능으로 오염 되었을지도 모르는데요."

그 밖에도 문제는 많이 있었다. 메탈 빌딩의 여러 구역들은 특수한 보안장치가 설치되어 있었다. 특히 10구역의 특성상 사고 발생시 구역이 폐쇄되면 아무도 그 안으로 들어갈 수 없었다. 일종의 안전장치인 셈이다.

"그건 지금 준비가 되어 있습니다. 발전기의 구조를 잘 알고 있는 한상준 소장에게 조금 전 연락을 받았는데 발전기에는 전혀 문제가 없다는군요. 방사능은 걱정하지 않아도 돼요."

세원을 비롯한 여러 사람들은 남식의 그런 말에 혀를 내둘렀다. 남식은 언제 그런 대답들을 준비했단 말인가.

회의실 문을 열고서 상준이 안으로 들어왔다. 그의 머리 모양과 옷매무새에서는 혜원이나 근영과는 대조적으로 물방울이 튄 흔적이나 소란의 흔적을 찾아볼 수가 없었다. 성찬은 문득 그가 중앙정보실에서 엑스칼리버가 작동될 때도, 그리고 우왕좌왕하며 실험실에서 내려올 때도 함께 있지 않았다는 사실을 떠올렸다.

도대체 어디서 무슨 일을 꾸미다가 이 자리에 나타난 것일까? 그는 10구역에서 시스템이 폭주하기 직전까지 함께 있었다. 성찬은 그때 남식이 상준에게 메모를 건네주며 무언가 지시한 사실을 기억해 냈다. 남식은 또 다른 준비를 하고 있었던 것이다. 실제로 상준은 그 동안 다른 사람들과는 별도로 아래층에서 남식의 비서와 함께 다른 계획을 준비하고 있었다. 그리고 방금 준비를 끝마치고는 남식을 찾아온 것이다.

"조금 전에 연락을 받았습니다. 빌딩 내의 통신망은 작동을 멈춘 것 같더군요."

상준이 말했다. 남식은 회의에 참석중인 사람들에게 양해를 구하고는 상준과 함께 자리를 피했다.

"A팀은 어때요? 준비가 됐나요?"

남식은 제임스와 마이클이 실패할 경우를 대비해 새로운 계획을 세웠고 상준은 그때부터 남식의 비서와 작전을 준비하고 있었던 것이다. 그리고 A팀이 만들어졌다.

"벌써 교육도 끝나고 장비도 지급되었습니다. 성공할 가능성이 높은 것으로 분석되었습니다. 방사능 유출은 없었습니다. 경보가 멈추고 나서 원격으로 확인해 본 결과 발전기에는 아무런 이상이 없더군요."

"MX-217이 정보를 조작한 것이군요."

남식은 조금 전 실험실과 중앙정보실에서 직원들을 내쫓아야 할 사정이 MX-217에게 있었을 것이라는 성찬의 말이 마음에 걸렸지만 그것은 그다지 중요하지 않다고 생각했다. 중앙정보실에 남아 있어 봤자 할 수 있는 일은 없었을 테니까. 현재의 상황에서는 밖에서부터 안으로 치고 들어가는 것이 더 좋을지도 몰랐다.

상준은 A팀의 작전을 지휘하기 위해 마련한 상황실로 떠났고 남식은 다시 회의에 참여했다.

"무슨 특별한 계획이라도 있나요?"

"10구역으로 작업 요원들을 들여보낼 예정입니다."

간부들의 질문에 남식은 간단히 대답했다. 간부들은 작업 요원이 뭔지 제대로 이해할 수 없었지만 남식은 자세히 설명하지는 않았다. 작전이 시작되지 않은 이 시점에 굳이 그것을 밝힐 필요는 없고 다른 의견을 들어 보아야 도움이 되지 않을 것이라는 판단 때문이었다.

성찬은 그런 사정을 잘 안다는 듯이 고개를 끄덕였다. 하지만 그의 표정은 어두웠다.

성찬은 체스 게임이 실패한 이후부터 줄곧 누군가 MX-217을 도와주고 있으며, 그것을 막지 못하리라는 회의적인 생각을 품어 왔다.

"우리는…… 어쩌면……"

성찬이 띄엄띄엄 자신의 생각을 정리하며 말을 꺼냈다.

"이미 늦었을지도 모릅니다. MX-217이 시스템을 완전히 장악했다면…… 우리는 아니 오 실장님이 계획한 그 사람들은…… 그를 제거할 만큼 빠르게 10구역 안으로 진입할 수 없을 겁니다. MX-217이 시스템을 장악한 것으로 이미 상황은 끝났다고 생각됩니다. 나름대로 생각이 있어서 사람들을 다 쫓아냈고…… 우리에겐 더 이상 기회가 없을지도 모릅니다. MX-217의 계산은 틀리는 법이 없으니까요. 할 수 있는 일은 아무것도 없겠죠."

성찬은 자신의 말이 마치 꿈결에서 들려오는 말처럼 느껴졌다. 너무 섬뜩하리만큼. 도대체 자신이 무슨 말을 하고 있단 말인가? 남식의 얼굴은 험악하게 일그러졌다. 하지만 그가 알고 있는 한 성찬은 MX-217

을 몇 년 전부터 관찰한, 빌어먹을 10구역의 과학자들보다 그것에 대해 더 잘 알고 있는 사람이었다. 그의 말이 신경 쓰였다.

"이제 모든 운명의 열쇠는 MX-217이 쥐게 되었습니다. 모든 판단을 그에게 맡길 수밖에 없을 겁니다. 우린 구경이나 해야죠."

성찬은 똑같은 말을 되풀이했다. 남식은 잠시 어제부터 지금까지의 모든 일들을 생각했다. 어쩌면 성찬의 말대로 이미 늦었는지도 모른다. 하지만 그렇다고 팔짱을 낀 채 구경만 할 수는 없는 노릇이었다. 다른 사람이라면 몰라도 자신은 무언가 해야 했다. 다른 사람들에게 자신감 있는 모습을 보여 주어야 했다. 다행히 상준이 이번 일에 남다른 자신 감을 보였다. 그의 말대로라면 MX-217은 사이버스페이스에서야 어떨 지 몰라도 현실에서는 무기력한 존재라는 것이다. 남식이 강한 어조로 말했다.

"MX-217은 그저 시스템의 부하를 증가시켜서 화재를 발생시키고 물 을 뿌리거나 정보를 조작하는 수준일 뿐입니다."

시간이 지나면서 로비는 진정되어 가고 있었다. 사람들도 많이 빠져 나갔다. 대신 기자들이 빌딩 안으로 들어와 진을 치고 있었다. 소방차 들은 사이렌을 끈 채 빌딩 밖에서 대기하고 있었다. 이제 결정을 내려 야 하는 시간이다. 남식은 로비 입구에서 옷가방을 들고 오는 최 부장 의 모습을 보았다.

"기자들에게 말 좀 해 줘요. 잠시 후에 기자 회견을 갖겠다고."

"회장님, 오남식 실장으로부터 전화 왔습니다."

비서가 두 시간 이상 전화를 걸어 보았지만 남식의 전화는 전원이 꺼져 있었다. 그런데 그가 먼저 전화를 걸었다는 것이다. 전화를 든 회장의 손이 가늘게 떨리고 있었다. 화가 났지만 많은 사람들이 주목하고 있었기 때문에 목소리를 차분히 가라앉히고 말했다.

"자네 말로는 아무 문제가 없다고 하지 않았나. 이 안에 있는 사람들이 어떤 사람들인지 알고는 있나? 음…… 왜 그걸 이제야 말하지? 아무런 문제가 없을 거라고? …… 그래, 일단 자네에 관한 문제는 나중에 얘길 하지. 그때 가서 책임을 묻겠네. 지금은 그보다 더 중요한 일이 있으니…… 그래! 달리 방법이 없다는 말이군……"

회장의 얼굴이 점점 어두워지고 있었다. 그는 전화를 받으면서 공원 광장에 자리 잡은 초대 손님들을 둘러보며 깊은 한숨을 내쉬었다.

"알았네. 일단은 자네 말대로 하지……"

비서는 약간 고개를 숙이며 두 손으로 전화를 건네받았다.

"지금 오 실장에게 내 전권을 위임하겠네."

비서는 회장의 입에서 흘러나온 말을 믿을 수 없었다. 오 실장을 문책하기는커녕 전권 위임이라니…….

"무슨 말씀이신지……"

"우리가 이 공원에서 나갈 때까지 오 실장에게 전권을 위임하게. 모든 간부들에게 그 사실을 알리고……"

비서는 그 뜻을 알아차렸다. 회장의 말은 당분간 공원의 문이 열리지 않을 거라는 것을 의미했다.

"메탈 브레인의 시스템에 문제가 생겼습니다. 그로 인해 빌딩의 모든 구역이 작동을 멈춘 상태입니다."

로비의 한쪽 구석에서 기자 회견이 시작되었다. 회견장은 의자도 연단도 없는 한쪽 구석의 널찍한 장소였다.

'기자들에게 이 사고에 대해 어떠한 설명이라도 해 줘야 한다. 아무런 말도 안 한다면 의혹만이 커질 것이다.'

남식은 자신감을 잃지 않도록 스스로에게 암시를 걸며 기자들 앞에 나섰다.

- 화재가 발생했다는 말을 들었습니다. 어디서 화재가 발생하고 그 피해는 얼마나 됩니까?

- 방사능이 유출되었다는 소문이 나돌고 있는데요. 사상자는 없습니까? 병원은 어떻게 되는 거죠? 환자들이 많이 있다고 들었습니다.

"화재는 중앙정보처리실과 10구역이라고 불리는 프리엠브리오 연구실에서 발생했습니다. 하지만 그 화재는 중요하지 않습니다. 즉시 자체 방화 시스템이 작동하여 진압되었습니다. 문제는 중앙정보처리실의 화재로 인하여 메탈 브레인의 시스템이 조금 파손된 것입니다. 때문에 빌딩이 정상으로 작동하지 않았고 엉뚱한 방사능 유출 경보가 나갔습니다. 하지만 발전기에는 아무런 이상이 없습니다. 그리고 저농축 플루토늄을 사용하는 소형 발전기여서 폭발할 위험은 전혀 없습니다. 감속제나 제어봉을 사용하지 않아도 연쇄 반응이 느리게 이루어지죠. 무엇보다 병원은 안전합니다. 사람들이 갇힌 것은 방화 시스템이 작동해 방화문이 닫혔기 때문입니다. 그것은 일종의 안전장치입니다. 현재 시스템의 오류로 문이 열리지 않는 상태입니다. 하지만 아무 문제도 없을 것이고 우리 병원의 환자들을 다른 곳으로 옮기는 일도 없을 것입니다. 시스템이 수리되는 대로 모든 것이 정상으로 돌아갈 것입니다."

눈치 빠르고 노련한 기자들은 방송국에 전화를 하여 핵 발전기와 시스템의 전문가를 섭외하라고 말했다.

― 어떻게 이런 일이 생겼죠?

― 김기현 씨의 사망 사고 때부터 메탈 브레인의 시스템이 불안정하다는 소문이 많았습니다. 그에 대한 해명을 부탁합니다.

"지금 우리 쪽 기술자들을 투입하여 시스템을 고치고 있는 중입니다. 고장의 원인도 분석하고 있는 중이니 문제는 금방 해결될 것입니다. 참고로 김기현 씨 사고와는 전혀 관계가 없습니다. 그리고 시스템이 회복되는 대로 메탈 브레인에 대한 정밀 검사에 들어갈 예정입니다."

― 아까 앰뷸런스에 실려 가던 외국인 두 명은 누구죠?

― 공원 안에 사람들이 갇혔다는 말이 있는데 사실인가요?

"아직 모든 상황이 제대로 파악되지 않았습니다. 그리고 공원에 사람들이 갇혀 있지만 그들은 모두 안전합니다. 방화 시스템이 작동한 것일 뿐입니다. 병원도 마찬가지입니다. 시스템이 회복되는 대로 방화문이 열릴 겁니다. 이 모든 것이 사소한 기술적 문제로 발생했습니다."

남식은 수많은 기자들의 답변에 침착하게 대응하고 있다. 사람들은 그의 침착함과 임기응변에 감탄할 수밖에 없었다.

― 공원에는 각계각층 유명인사들이 갇혀 있다고 전해 들었는데……
앞으로 PT에 큰 타격이 있을 것이라고 예상됩니다. 그에 대해선 어떤 대책을 마련해 놓으셨습니까?

"지금 당장은 시스템을 고치고 다친 사람들을 구하는 것이 우선입니다. 나중의 문제에 대해서는 그때 말씀드리죠."

– 공원 안에는 PT의 회장을 비롯해 간부들 대부분이 갇혀 있다고 하는데, 그렇다면 이번 사고 수습 기간 동안의 최고책임자는 누가 되는 겁니까?

"공원 문이 열리기까지는 제가 최고책임자입니다. 방금 전화로 회장님께 지시를 받았습니다. 더 자세한 내용은 저녁에 사고가 제대로 파악되는 대로 정식 인터뷰를 하겠습니다. 나머진 중앙정보처리실의 박세원 팀장이 설명해 줄 것입니다."

남식은 세원에게 자리를 넘겼다. 남식은 한쪽 구석의 근영에게 다가갔다. 옆에는 혜원이 있었다. 근영은 멍한 표정으로 그 자리에 서 있었다. 남식은 근영에게 한방 날리고 싶었지만 참았다. 도대체 과학자들이란 문제가 생기면 아무 것도 할 수 없는 무기력한 인간들이다.

"결국은 박사님의 피조물이 이런 사고를 일으켰습니다. 혹시 박사님께서 잘 타일러 줄 수는 없는지요."

남식의 비꼬는 말에 근영은 아무런 대답도 하질 않았다.

"박사님들은 옷이나 좀 갈아입고 오세요. 그리고 나서 이곳 터미널을 통해 MX-217과 대화를 시도해 봅시다."

"오 실장님. 지금 무슨 일을 꾸미고 있죠? 비밀스러운 일을 진행시키고 있는 것 같은데…… 저에게 알려 줄 수 없는 겁니까?"

남식이 고개 돌린 곳에는 언제 다시 나타났는지 성찬이 티셔츠에 청

바지 차림으로 옷을 말끔히 갈아입은 채 서 있었다.

"제발 무모한 짓이 아니길 빕니다."

"박사님이 이번 일까지 신경 쓸 필요는 없습니다. 이번 일은 복잡한 분석이 필요 없어요. 심리학도 필요 없죠. 하지만 이번에는 틀림없이 성공할 겁니다. 저 나름대로 생각해 낸 방법이니까요. 복잡하게 컴퓨터를 이용하는 것도 아니고 그렇다고 머리싸움 하는 것도 아니에요."

남식의 말투는 더 이상 자신이 아닌 다른 사람에게 일을 맡길 수 없다는 뜻이었다.

"하여튼 모든 것을 은밀하게 하는 것이 좋을 겁니다. 어쩌면 MX-217이 우리의 대화를 엿들을 수 있다는 생각이 듭니다. 그렇지 않고서야 어떻게 이런 일이 일어날 수 있겠습니까."

근영의 얼굴에 미약한 경련이 지나갔다.

"A팀이 투입되었나요?"

남식은 다시 한번 휴대폰을 통해 확인하였다. A팀은 그에게 마지막 남은 기대였다. 남식은 말을 하면서 주위를 돌아보았다. 그럴 리 없다고 생각하면서도 MX-217이 도청할 수도 있다는 성찬의 말이 마음에 걸렸다. 그 동안 10구역에서는 MX-217의 청각에 관해서도 실험해 왔던 것이다. 남식은 두 시간 전 상준이 5층 아래의 모든 시설물을 정지시킨 사실을 기억해 냈다. 보안장치 역시 모두 정지했을 것이다. 도청의 염려는 없었다.

"5분 전에 투입되었습니다."

휴대폰을 통해 다소 고음인 상준의 목소리가 허스키하게 들려 왔다. 공원이나 병원에서 인명 사고가 발생한다는 것은 최악의 사태를 의미했다. MX-217은 두 장소의 사람들을 일종의 인질로 잡아 놓았을 것이다. MX-217이 어떤 판단을 내리고 그에 따른 행동을 취하기 전에 라인을 잘라 내든지 그 녀석을 제거해야만 했다. 아직 희망은 남아 있었다.

"모든 통제구역들이 완전히 차단된 상태입니다. MX-217이 보안 A 레벨을 적용시켰습니다."

보안 A레벨이란 메탈 브레인이 취하는 최고의 보안 상태였다. 이때는 모든 실험실과 전산실 같은 통제구역의 출입문들이 폐쇄되었다. 은밀한 일을 많이 벌이는 PT는 이러한 시스템을 필요로 했다. 통제구역의 문이 폐쇄되면 그것을 폭파하지 않고 여는 것은 불가능했다.

"빌딩 안의 잔류자는 얼마나 됩니까?"

"공원과 병원을 제외하고는 모두 빠져나온 것 같습니다."

"다행입니다. 진짜로 다행이에요."

이상한 일이다. 왜 MX-217은 병원과 공원을 제외한 모든 구역 사람들이 안전하게 대피하도록 그냥 놔두었을까? 오히려 안내 방송을 내보내 사람들이 대피할 수 있도록 도와주었다. 남식은 아무리 생각해도 그 이유를 알 수 없었다. 인질 이외에 다른 혼란은 필요하지 않다고 판단한 것일까? 남식은 그 질문을 던진 성찬을 힐끗 바라보았다.

순찰차는 사이렌을 울리며 어디론가 향했다. 우관은 흔들리는 차에서 잠시 잠이 들었다. 어제 야간 근무를 서고 잠을 제대로 자지 못한 피곤함이 하루 종일 이어지고 있었다. 잠결에 잠시 깨 보니 앞에 앉은 두 동료는 떠들고 있었다. 하지만 좀처럼 무슨 말을 하는 것인지 알아들을 수가 없었다.

'벌써 도착했나?'

순찰차는 아직도 움직이고 있었다. 우관은 잠에서 깨려 노력하면서 일어나 앉았다.

"이제 일어났어?"

"자넨 운이 좋아."

동료들이 말했다. 이렇게 예정에도 없이 불려갈 때면 항상 쉬운 일을 처리하고 많은 수당과 보너스를 받았다. 때론 경비 회사와는 별도로, 일을 의뢰한 회사로부터 돈을 받는 경우도 있었고 더욱 재수가 좋으면 휴가가 나오는 경우도 있었다. 그래서 경비 회사에 다니는 직원들은 이처럼 외부의 일을 맡게 되면 작은 행운이라고 불렀다.

멀리 검은 산 같은 물체가 흐린 시야에 들어왔다. 보기만 해도 기분 나쁜 빌딩이었다. 그 빌딩은 우관의 순찰 구역 바깥에 있었다. 그 검고 큰 빌딩은 멀리서도 보였다.

'어쩌면 서울 밖에서도 보일 거야.'

우관이 메탈에 도착했을 땐 두 사람이 먼저 도착해 있었다.

"몇 사람이 더 올 거라는데……"

세 명의 시크리트 서비스 직원이 더 도착했다. 뜻밖의 행운에 겨워 모두 웃는 얼굴이었다. 시크리트 서비스 직원 다섯 명은 특수부대 출신 이었다. 그 중 두 사람은 우관이 아는 얼굴이었다. 모두들 경비원이라고 하기엔 경력이 화려했다. 보통 이런 일에는 경력보다는 재수가 좋아야 하는데…….

"도대체 무슨 일이래?"

한 대원이 이사람 저사람에게 물어 보았지만 모두 고개를 저었다. 우관과 그의 일행 다섯 명은 영문도 모른 채 PT로 들어온 것이다. 한 소장이라는 사람이 나와서 자신을 소개했다. 이 기분 나쁜 빌딩을 설계했다고 했다.

'왜 빌딩을 검은색으로 했어요?'

우관은 입 밖에 내지 않고 마음속으로만 생각했다. 아직 잠이 덜 깬 탓인지 질문할 기운조차 없었다. 그들은 5층의 한 방으로 갔다. 그러곤 잠시 쉴 틈도 없이 메탈 브레인 빌딩의 설계도를 외워야 했다. 당연한 일이었다. 경비를 하려면 먼저 빌딩의 구조를 알아야 하니까. 하지만 뭔가 이상했다. 기분 나쁘게도 빌딩 안의 사무실은 텅텅 비어 있었다. 생각해 보니 복도를 지나 이곳으로 올 때 방송국 카메라를 든 사람들이 잔뜩 모여 있었다.

'무슨 일이 있는 거야?'

처음엔 특별한 경비 임무를 맡았거니 생각했다. PT는 시크리트 서비스의 최대 고객이니까. 오늘 행사가 있다는 얘기는 들었지만 벌써 끝났을 시간인데…… 모르겠다. 한 대원이 소장에게 물어 보았지만 그는 잠시 후면 저절로 알게 될 것이라며 대답을 회피했다.

"이 회사에 엄청난 거물이 오는가 봐?"

"대통령이라도 오는 거야?"

"대통령이라면 자기 경호원 쓰겠지, 우리를 왜 불러?"

"회장이 꿀리지 않으려고 우리를 부른 거겠지."

"큰 회사니까 돈도 많이 주겠지?"

"글쎄, 큰 회사들이 더 짜더라고. 개인 경호를 나가는 게 더 짭잘하다니까. 예전에 가수 콘서트 때 경비를 나간 적이 있는데 이런 회사보다 대우가 훨씬 좋더군."

"오늘이 공원 개장식 맞지?"

"응, 오늘이야."

"왜 이렇게 조용하지? 축제 분위기여야 하는 거 아니야?"

"끝났을 시간이잖아."

"그래도 이상해. 사람들이 별로 없잖아."

불안하던 분위기도 잠시, 모두들 떠들어 대며 한바탕 신나게 웃어젖혔다. 하지만 그럴 일이 아님을 분위기로 금세 알 수 있었다.

메탈 브레인 빌딩의 보안장치는 엄청났다. 보안 레벨이 3단계로 구성되어 있었다. 평상시에는 레벨 C를 유지했고 행사 등의 특별한 일이 있을 때에는 레벨 B로 바뀌었다. 그런데 지금은 레벨 A다. 비상이라는 말이다.

A레벨이 적용될 경우 통제구역 안의 모든 통로가 폐쇄되며, 개미 새끼 하나 들어갈 수가 없다. 통제구역의 출입구들은 특수한 재질로 설계되어 일반 장비로는 그것들을 열 수 없었다. 모든 출입문에 암호가 걸려 있어 열쇠로 따는 것도 불가능했다. 실제 열쇠 구멍도 없다. 물론 안에서도 밖으로 나갈 수가 없다. 요즘 기업들은 그만큼 비밀을 중요시한

다. 그 밖에도 빌딩 내에는 외부 침입을 알리는 경보 장치가 빽빽하게 설치되어 있었다. 모든 구역에 비디오카메라는 기본으로 설치되어 있었고 통제구역에는 동작 감지기, 체온 감지기, 진동 감지기 등 첨단 장비들이 설치되어 있었다. 조그만 움직임도 포착된다는 얘기다. 하지만 일반구역은 물론이고 통제구역에도 갇힌 사람은 아무도 없단다. 우관으로서는 이해할 수 없는 일이었다. 모든 사람을 밖으로 나가라고 하고 보안 레벨을 적용하다니. 보통 기업에서 보안 레벨은 아무런 사전 경고 없이 취해지게 마련이다. 내부에 회사의 기밀을 팔아먹으려는 직원이 있을 테니까.

"기관총이 설치되지 않은 것이 다행이군. 무슨 빌딩이 이래? 군사용 요새보다 더 하구만."

한 대원이 뭔가 낌새를 챈 후 그런 농담을 했다. 설계도를 보니 아마 통제구역이라고 표시된 곳으로 들어갈 일이 생길 것 같았다. 그곳에 빨간 동그라미가 그려져 있었다.

"저기 빨갛게 표시된 데까지 몰래 침입하기는 불가능해 보이는데요. 혹시 저기까지 환기구를 통해서 가야 하나요?"

영화를 많이 본 대원인 듯했다.

"이 빌딩의 환기 통로에는 일정한 간격마다 창살이 있고 그곳에도 보안장치를 다 설치했습니다. 누구나 환기구를 생각하므로 환기 통로에 가장 강력한 보안장치를 설치했습니다."

한 대원의 장난스런 질문에 한상준이라는 사람이 자세히 설명하기 시작했다. 실제 미국과 일본에서는 산업 스파이 대신 생쥐같이 생긴 로

붓이나 바퀴벌레처럼 생긴 로봇을 사용한다. 그것들은 환기구나 빌딩의 빈틈을 헤집고 들어가 회의를 도청하거나 서류를 촬영해 무선으로 보내곤 했다. 쥐와 바퀴벌레는 어느 곳에나 있으니까. 미군은 잠자리와 똑같이 생긴 정찰 로봇을 사용한다는 말도 있다.

"여러분이 보안장치에 들키지 않고 이 빨간 점까지 침투하는 것은 불가능합니다."

상준이 레이저 지시봉으로 빨간 점을 가리키자 대형 모니터의 포인터도 따라서 움직였다.

"그럼 어떻게 저곳까지 가죠."

"보안장치를 무시하고 전진하면 됩니다. 어차피 빌딩의 주인은 우리니까 은밀할 필요는 전혀 없어요."

대원들이 한바탕 웃었다.

"근데 문이 닫혔다면서 어떻게 저기로 가죠. 특수 제작된 문이라서 열 방법이 없다고 한 것 같은데……"

"열리진 않지만 부술 수는 있죠."

"하하, 제가 부수는 거라면 일가견이 있는 사람입니다. 나중에 너무 심하게 부수었다고 물어내란 말이나 하지 마쇼. 그런데 뭘 가지고 저걸 부수나요?"

"폭약이 지급될 겁니다."

환호성이 울려 퍼졌다. 그들에게 폭약은 묘한 매력을 가진 물건이었다. 질문한 대원이 우스갯소리를 해 댔다. 하지만 상준은 전혀 즐겁지 않은 표정이었다. 섬뜩하리만치 무표정하다고나 할까?

폭발물 교육이 시작되었다. 여섯 명 모두 군에서 폭약에 대한 교육을 받았지만 방금 교육받은 폭약은 군 시절, 말로만 듣던 신형 폭약이었다. 손바닥 안에 들어가도록 콤팩트하게 만들어진 제품으로 한쪽 면에 붙은 테이프를 떼어 내면 어디든지 쉽게 붙일 수 있다. 작은 안테나를 뽑으면 원거리에서 리모컨으로 조종할 수도 있고 타이머로 시간을 조종할 수도 있는 그런 폭약이었다. 크기는 작아도 국소 부분에 대한 파괴력은 덩치가 큰 것들보다 훨씬 뛰어나다는 설명이었다.

폭발물 교육이 시작되면서 팀 분위기는 점점 긴장되었다. 아까 그 대원은 빌딩 한 구역을 테러단이 점거했을지도 모른다는 엉터리 추측을 늘어 놓았다. 두 시간 정도의 설계도와 폭발물 교육이 끝나자 식사가 준비되었다고 했다.

"와! 이렇게 맛있는 음식이 나올 줄은 예상도 못했는데…… 이거 경비원 생활하면서 처음 보는 진수성찬이야. 이 정도 대우면 목숨을 바쳐도 아깝지 않겠는걸."

오후 네 시, 조금은 이른 저녁 식사였다. 모두들 불안함을 느낀 듯 점점 말수가 많아졌다.

"자, 가야 할 시간이다."

시계는 네 시 반을 향하고 있었고 우관의 옆에선 동료들이 복장을 챙기고 있었다. 모두 불안한 모습이었다.

"기분 나쁜 꿈을 꿨어."

"기분 나쁜 꿈? 언제 잠을 잤다고 꿈을 꿔."

"아까 차를 타고 오다가……"

우관이 전에 같이 근무한 적 있던 대원에게 말했다.

"그래, 꿈에서 우리가 죽기라도 하든?"

우관은 고개를 저었다.

"아니, 모르겠어. 기억이 안 나. 잠이 덜 깼나 봐."

"낮에 꾸는 건 모두 개꿈이야. 자꾸 불안한 말 하지 마. 그런데 아까 팀장 역할을 맡은 그 아저씨는 어디 갔지?"

"모르겠는데…… 아까 밥 먹을 때부터 안 보였어."

대원들은 모두 작은 배낭을 하나씩 지급 받았다. 상준이 배낭 안의 물건에 대해서 간단하게 설명했다.

"정말 끝내 주는군. 군에서도 이런 걸 지급했으면 지금쯤은 말뚝 박아서 상사 계급장을 달았을 텐데."

모두들 기분이 좋은 것 같았다. 보너스를 떠나, 반복되는 일과에 지쳐 있었던 것이다. 오늘의 임무는 그들에게 따분한 삶의 청량제가 될지도 모를 일이었다.

"총은 안 주나요?"

아까 그 말 많던 대원이었다.

"총을 쏠 일은 없습니다. 여러분은 전투를 하러 가는 것이 아닙니다. 작업을 하러 가는 겁니다. 폭발물을 사용하는 작업이라 군에서 폭발물 교육을 받은 여러분들이 뽑혔습니다. 팀의 이름은 그냥 A팀으로 합시다. 지금 상황이 매우 급박하게 돌아가고 있습니다. 그럼, 여길 주목해 주십시오."

우관은 상준의 지극히 사무적인 말투가 기분 나빴다. 대형 화면에 빌딩의 도면이 나타났다. 상준이 레이저 지시봉으로 한 곳을 가리켰다. 아까 도면에 나온 22층의 10구역라고 불리는 곳이었다. 설명을 들은 바로는 프리엠브리오를 제작하고 실험하는 곳이었다. 복도는 복잡한 미로처럼 보였다. 우관은 금방 10구역의 모든 복도와 격실을 외워 버렸다. 그는 군 시절부터 지도를 보고 한눈에 파악하는 일에 타고난 재능을 가지고 있었다.

"여러분은 이곳을 폭파하면 됩니다."

"프리엠브리오들이 반란이라도 일으켰나요? 이제 더 이상 인간들에게 자신들의 신체를 빼앗길 수 없다고."

"바이러스가 침입하여 10구역 컴퓨터에 문제가 생겼습니다. 그 때문에 메탈 브레인까지 제대로 작동하지 않고 있어요. 이 위치엔 10구역의 컴퓨터와 메탈 브레인을 연결해 주는 터미널이 지나죠. 여기 붉은색으로 표시된 선은 데이터 전송용 케이블입니다. 메탈 브레인과 연결되어 있죠. 케이블은 이쪽 바닥을 따라 지나가는데 여기 이 부분이 가장 약한 부분입니다. 여러분의 임무는 이곳 바닥을 폭파하는 일입니다."

10구역 실험실의 바닥이었다.

"그럼 이 장비들은 도대체 뭐죠? 폭탄에다가 유격전 장비까지, 전선 하나 자르러 가는데 이런 것들이 뭐 필요하다고."

"통제구역은 부분적으로 보안 A레벨이 적용되고 있습니다. 아직은 비상구를 따라 22층으로 접근할 수 있지만 통로가 막히면 여러분은 엘리베이터 통로를 따라 접근해야 합니다. 그리고 설계도면에는 케이블이 보이지만 이 전선들은 벽과 바닥에 묻혀 있습니다. 벽과 바닥은 상당히 단단하죠. 그것을 파괴하려면 폭약이 필요합니다. 그리고 닫힌 출입문을 폭약으로 폭파하면서 이곳까지 접근하면 됩니다."

상준은 질문을 받겠다는 듯 대원들을 한번 둘러보았다. 아무런 말이 없었다. 상준이 말을 이었다.

"이번 일이 끝나면 특별 수당을 PT에서 별도로 지급할 겁니다."

대원들이 술렁거렸다.

"이 봐, 겨우 선 하나 자르는데 이 법석을 떠는 것이 이상하지 않아?"

"전선이 되게 두꺼운가 보지 뭐."

남식은 상준과 전화 통화를 마치고 문근영 박사와 한혜원 박사를 물끄러미 바라보았다. 젖은 옷을 갈아입었지만 둘의 몰골은 여전히 말이 아니었다. 특히 어두운 표정의 문근영 박사는 하루 사이에 10년은 더 늙어 버린 듯했다.

"MX-217과 대화를 시도해야 합니다. 두 분 중 누가 그 일을 하시겠습니까?"

"제가 하죠."

근영이 대답했다. 일말의 책임감은 남아 있는 것일까? 남식은 그가 금방이라도 쓰러져 버릴지 모른다는 생각이 들었다. 하지만 그렇다고 해서 달리 이 일을 맡을 사람이 없었다.

"지금 10구역으로 작업팀이 들어갔습니다. 폭약을 가지고 연결 케이블을 폭파할 겁니다."

폭약이라는 말에 근영의 가슴이 철렁했다. 혹시 케이블이 아닌 나래를 폭파하러 가는 것은 아닐까?

"박사님은 최대한 MX-217과 대화를 오래 해 주십시오. MX-217의 집중력을 떨어뜨릴 수도 있고 또한 우리는 그곳에서 일어나는 상황을 알 수 있을지도 모르죠."

팀은 통제구역을 지나 2층을 향했다. 엘리베이터가 고장이라서 비상구의 계단을 따라 올라가야 했다. 말이 많던 대원은 숨이 턱까지 차서 계속 투덜거렸다. 자기는 22층까지 올라가기도 전에 낙오하고야 말리라는 것이었다.

"야, 이거 얼마 만에 폭탄 터지는 소릴 듣는 걸까?"

폭약은 모두에게 큰 매혹이었다. 폭약으로 어떤 물체를 파괴해 보지 못한 사람은 느낄 수 없으리라. 조금 떨어진 거리에서 폭약이 터지는 모습을 관찰하며 그 진동을 온몸으로 느끼는 쾌감을…….

계단을 돌 때마다 우관은 앞서가는 팀장의 옆얼굴을 볼 수 있었다. 모두들 특별한 임무와 일이 끝나면 받기로 한 보너스 때문에 즐거워했지만 그는 아무런 표정이 없었다. 팀장은 무언가 알고 있는 걸까?

우관은 숨을 헐떡이며 자신이 무슨 꿈을 꾸었는지 기억해 내려고 했다. 도무지 생각이 나질 않았다. 꿈속에서 우관은 공포에 떨고 있었다. 아무래도 잠자리가 편하지 않아서 그런 꿈을 꾸었나 보다. 군을 제대하고 운동을 너무 안 했다는 생각이 들었다. 이제 18층을 지나는데 숨이 턱까지 차올랐다. 이곳부터는 본격적인 통제구역이다. 보이지 않는 곳에 수많은 보안 장비들이 숨어 있을 것이다.

경보음이 울리며 붉은 비상등이 들어왔다. 19층 입구 위에서부터 출입문이 아래로 내려왔다. 그들은 출입구가 봉쇄되기 전에 모두 빠져나와 엘리베이터 앞으로 갔다. 다행히 문 닫히는 속도가 느려서 비상구를 막는 문을 모두 통과했다.

팀장의 신호에 따라 엘리베이터 앞에서 한 대원이 빠르게 가방에서 폭약을 하나 꺼냈다. 안전장치 때문에 어차피 엘리베이터 문을 힘으로 여는 것은 불가능했다. 리모컨을 누르자 '픽' 하고 크지 않은 폭발음이 들렸다. 예상보다 작은 폭음에 모두들 의아한 표정으로 폭약이 터진 곳을 바라보았다. 파편은 거의 튀지 않았지만 두꺼운 강철 문은 둥그렇게 찢겨 엘리베이터 안쪽으로 덜렁거렸다.

"거, 조그만 게 무지 세구먼."

"소리가 너무 작은데."

– 이제 위로 15미터 정도 올라가면 됩니다. 어깨에 달린 전등을 켜세요. 어깨를 더듬으면 스위치를 찾을 수 있을 겁니다.

헤드셋을 통해 상준의 목소리가 들려왔다. 그들이 처한 모든 상황은 오른쪽 어깨에 달린 카메라로 전송되었다. 상준이 그것을 통해 모든 상황을 지켜보고 팀에 일일이 다음 일을 설명해 주었다. 왼쪽 어깨엔 동굴 탐사용 전등이 있고 머리엔 헤드셋을 끼고 군용 하네스를 착용하고 있었다.

"이거 사진이라도 한번 찍어야 하는데. 마치 영화 속에 나오는 특수부대원들 같잖아. 언제 또 이런 복장을 할 기회가 있겠어. 아들놈이 보면 좋아할 거야."

어두운 엘리베이터 통로에는 아래쪽으로부터 바람이 불어오고 있다. 우관은 왜 이런 통로에서 바람이 부는지 알 수가 없었다. 이번 일이 끝나면 휴가를 받을지도 모른다. 그게 아니더라도 일주일만 더 있으면 여름휴가가 돌아온다. 혼자라면 별 의미도 없고 기대도 하지 않겠지만 이번 휴가는 주영과 함께 보내기로 했다. 그때를 위해 조금씩 모아 둔 돈도 있었다.

"아저씬 산이 좋아요, 바다가 좋아요?"

팀장은 대답이 없었다. 어차피 우관도 대답을 얻기 위해 질문한 것은 아니었다.

'미리 콘도를 예약해놓을 걸 그랬어.'

우관은 돈에 여유가 있다면 마지막 날은 호텔에서 묵고 싶었다. 이번 일이 끝나면 보너스가 두둑할지도 모른다. 우관은 주영에게 미리 연락 못한 것이 아쉬웠다.

'보너스를 받아 오늘 저녁 식사를 같이 하는 건데…… 네 시가 조금 넘었으니까 일을 끝내면 저녁 먹기에 알맞은 시간이 되겠지.'

위쪽 멀리에 불빛이 보였다. 아마 엘리베이터에서 새어나오는 불빛이리라.

"저거 제대로 작동하는 거 아냐? 불이 켜져 있잖아. 괜히 여기까지 고생해서 걸어 올라온 거 같은데."

한 대원이 불평했다. 우관은 아까부터 말 많은 대원이 신경에 거슬렸지만 책임진 지역이 다르니 이번 일만 끝나면 또 볼 일은 없을 것이기에 꾹 참기로 했다.

- 전원이 꺼진 게 아니라 컴퓨터가 고장이 나서 제대로 작동하지 않는 겁니다.

대원들은 상준이 하는 말을 모두 들을 수가 있었고 여섯 명의 대원이 말하는 것과 보는 것 역시 상준 쪽에서 여섯 대의 모니터로 볼 수가 있었다.

'여기서도 컴퓨터 얘기군.'

우관에게도 컴퓨터가 한 대 있었다. 남들도 다 가지고 있어서 장만한 건데 가끔씩 게임을 하거나 통신을 하는 일 말고는 쓸 일이 없었다. 그나마 제대로 할 줄 아는 게임도 그에게는 없었다. 다른 사람은 비디오나 오디오에 컴퓨터를 연결해 사용하거나 아예 집 자체의 기능을 조종하기도 한다지만 우관은 워드프로세서조차 사용하질 않았다. 그런 컴퓨터가 빌딩을 조종한다니 신기하기만 했다.

- 혹시 모르니까 엘리베이터에 신경을 쓰세요.

상준의 목소리가 헤드셋을 타고 울렸다. 우관은 그가 왜 그런 말을 하는지 이해할 수 없었지만 불빛은 상당히 먼 거리에 있었다. 저 정도의 거리라면 안심이라고 생각했다. 멀리 있으니 갑자기 엘리베이터가 아래쪽으로 내려오더라도 모두 피할 수 있을 것이다. 우관은 헤드셋 소리가 너무 커서 볼륨을 줄이려 귀를 만지작거렸지만 조절 장치를 찾을수가 없었다.

일행은 철제 구조물을 타고 위로 올라갔다. 통로 안에는 손에 잡을 만한 것들이 많았다. 우관은 눈썹과 볼에 지금까지 아래쪽에서 불어오던 바람과는 다른 공기의 흐름을 느꼈다. 순간 기계 소리가 들리며 반대편 벽 쪽에 팽팽하게 걸려 있던 몇 가닥의 케이블이 빠른 속도로 올라가기 시작했다.

"이런, 조심해!"

팀장이 소리를 질렀다. 동시에 우관은 구조물 뒤로 몸을 피했다. 불꽃을 튀기며 엘리베이터가 아래쪽으로 내려갔다. 굉장히 빠른 속도로 떨어져 내려왔다. 관성으로 움직이는 안전장치의 브레이크가 양 옆으로 펴지면서 마찰 때문에 요란한 소리를 내며 불꽃이 튀었다. 엘리베이터가 내려가자 반대편의 팽팽한 케이블에 걸려 있던 추가 역시 빠른 속도로 올라갔다. 우관은 하마터면 자동차만한 쇳덩이에 턱을 부딪칠 뻔했다. 머리카락이 바람에 휘날렸다.

'엄청난 무게의 쇳덩어리에 턱을 부딪쳤다면……'

얼굴에 구멍이라도 뻥 뚫린 듯 잠시 정신이 멍해졌다.

불꽃이 아래쪽으로 사라진 후 대원들은 서로를 쳐다보았다. 케이블은 여전히 요란하게 바람을 가르고 있다.

- 무슨 일인가, A팀. 방금 불꽃이 보인 것 같은데.

"엘리베이터가 아래쪽으로 떨어졌다."

- 그럴 리가.

우관은 헤드셋을 통해 상준의 격앙된 목소리를 들을 수 있었다.

- 케이블이 끊어졌다는 말인가?

"아니다. 케이블은 끊어지지 않았다. 그저 엘리베이터가……"

팀장은 이 상황을 어떻게 설명해야 할지 알 수 없었다.

"빠른 속도로 내려갔다."

"이남기 대원이 안 보여. 아까 피하질 못했나 봐."

모두들 어둠 속에서 자신의 이름을 불렀지만 이남기라는 이름은 들리지 않았다. 팀장은 자신을 시작으로 각자 번호를 외쳐 보라고 했다.

하나…… 둘…… 셋…… 넷…… 다섯…….

여섯이라는 번호는 결국 나오질 않았다. 우관은 두려웠지만 끔찍한 상상을 할 수밖에 없었다.

'아직 살아 있을까?'

비명 소리는커녕 신음 소리도 들리지 않았다. 팀장은 간단히 이남기 대원의 실종을 보고했다.

– 알겠다. 우리가 아래를 확인하겠다.

"씨팔…… 시체를 치우겠단 말이군."

한 대원의 외침은 거의 울먹인다는 표현이 맞을 듯했다. 엘리베이터가 다시 올라오기 시작했다. 역시 빠른 속도였다. 이번엔 모두들 피할수 있었다. 위로 두 층…… 몇 번인가 엘리베이터를 피하며 간신히 15미터를 올라갔다.

팀장이 닫힌 문에 폭약을 장치했다. 하나, 둘, 셋…… '퍽 –' 하고소리가 나며 밝은 빛이 통로 안으로 들어왔다. 다섯 명은 재빨리 구멍을 빠져나갔다. 우관은 공기를 한껏 들이마셨다. 더운 공기가 그의 가슴 깊이 들어왔다. 통로 안에선 엘리베이터 움직이는 소리가 마치 먹이를 놓친 맹수의 포효처럼 공허하게 울려 퍼졌다.

"A팀. 10구역에 도착했다. 이곳은…… 너무 눈이 부시다."

– 어두운 데서 밝은 곳으로 나와서 그럴 것이다. 빛에 적응이 되면

복도를 지나 좌측으로…….

우관은 빛 때문에 눈을 뜰 수가 없었다. 밝은 실내에 적응은커녕 더욱 밝아져서 눈을 뜰 수 없는 지경이 돼 버렸고 실내는 사우나실과 같은 열기로 가득 차기 시작했다.

상준은 엘리베이터가 떨어지는 속력을 계산해 보았다. 화면에서 이동하는 속도를 분석한 결과 엘리베이터는 초당 20미터의 속도를 넘어가고 있었다. 1초에 다섯 층을 움직이는 속도다. 한 층에 4미터씩 계산하면…… 엘리베이터는 거의 자유낙하를 한다고 볼 수 있었다. 하지만 케이블이 끊어진 게 아니라 모터의 힘으로 그런 속도가 나왔다는 것이다. 이건 말이 안 된다. 아무리 고속 엘리베이터라지만 그 정도 거리에선 초당 두 층밖에 가속을 받지 못한다. 다시 송신이 들어왔다.

– 여기는 A팀. 뭔가 잘못된 것 같다. 눈이 부셔서 아무것도 볼 수가 없다. 확인 바란다.

상준은 여섯 개의 화면을 바라보았다. 엘리베이터와 함께 추락한 대원의 것은 아예 꺼져 있고 나머지 다섯 개의 화면은 뿌옇게 보였다. 너무 밝은 빛으로 카메라가 작동하질 않는 것이다. 여전히 A팀에선 다급한 목소리가 흘러나왔다. 상준은 일이 크게 잘못되었음을 알았다. 복도 안은 강렬한 빛으로 가득 차 있었다.

빛은 화염보다 더 뜨거웠다. 도저히 견딜 수 없다고 느낀 순간 우관은 그늘을 발견하고 그쪽으로 몸을 던졌다. 몸을 숨긴 채 뒤를 돌아보니 그가 서 있던 근처는 환한 빛에 감싸여 있었다. 한 대원이 그늘을 못 찾은 채 눈을 감고 벽을 더듬다가 바닥을 뒹굴었다. 그는 날카로운 비명을 지르며, 도와 달라고 외쳤다. 하지만 아무도 접근할 수가 없었다. 그늘에서조차 뜨거운 열기를 얼굴로 느낄 수 있었다.

바닥을 뒹굴던 동료의 옷은 금세 화염에 휩싸였다. 불덩이가 된 채 바닥을 뒹굴며 비명을 지르는 동료를 우관은 그저 바라보고만 있었다. 살이 타는 냄새가 복도를 진동했다. 우관은 고개를 돌렸다. 그 대원의 배낭 안에 있던 폭약의 뇌관이 가열되어 연쇄 폭발을 일으키며 피보라를 일으켰다. 온 복도가 피와 살점으로 뒤덮였다. 다른 사람들은 우관처럼 모두 그늘로 숨었는지 보이질 않았다. 어쩌면 눈이 부셔서 아무것도 볼 수 없었는지도 모른다.

"두 번째 사상자가 생긴 것 같아요."

상준은 대답할 수가 없었다. 두려움이 커졌다. 상대를 너무 우습게 본 것인가.

'목표 지점에 접근하기도 전에 두 사람이 죽다니⋯⋯'

애초에 사상자가 있으리라곤 생각도 못했다. 상준은 이 빌딩을 설계하고 직접 만든 당사자다. 그가 검토한 결론으로는 폭발물을 써서 벽을 부수며 전진하면 쉽게 10구역으로 접근할 수 있었다. 첨단 경보 장치와 차단문이 있지만 폭약을 사용하며 전진하면 무용지물일 것이라는 것이 그의 생각이었다. 하지만 그 기대는 물거품이 되어 버렸다. 목표 지점에 도착하기도 전에 두 명의 사상자가 생긴 것이다.

상준은 MX-217이 메탈 브레인과 빌딩을 자신의 몸처럼 움직인다는 사실을 알 수 있었다. 마치 사람이 자신의 신체를 다루듯 빌딩의 시설물들을 이용해 A팀을 공격하고 있었다. 앞으로 어떤 장치를 어떻게 이용할지는 짐작할 수도 없었다.

"조명입니다. MX-217이 10구역에 조명을 집중하고 있어요. 실내 온도가 530도를 가리키고 있습니다."

한 기술자가 강한 빛의 원인을 알아냈다. 빌딩 외벽을 통해 흡수된 빛이 광섬유를 타고 10구역에 집중되고 있었다. 상준은 MX-217이 쓸 수 있는 모든 공격 방법을 조사하라고 지시했다. 처음엔 엘리베이터를 이용하더니 이제는 태양광 조명이었다. MX-217은 상준보다 빌딩의 장치에 대해 잘 알고 있었다.

－잠시 대기하라. 우리가 10구역의 설계도를 다시 분석하겠다.

이미 10구역 안으로 진입한 A팀에겐 너무도 어이없는 명령이었다.

"기다릴 시간이 없다. 당신들, 우리를 몽땅 죽이려고 하는군. 이곳을 빠져나가든지 아니면 무조건 뛰어 들어가겠다. 주저하면 이곳에서 죽는다. 젠장, 당신 왜 이런 걸 얘기해 주지 않았지? 쓸데없는 설계도만 외우라고 하더니…… 당신 거기서 기다리고 있어. 각오하라고. 이 빌딩 전체를 폭파해 버리겠어!"

팀장이 소리를 질러 댔다. 분노에 휩싸여 상준에게 욕을 해 대고 있었다.

"지금 몇 시지?"

"오후 다섯 시가 조금 넘었습니다. 오늘의 일몰 시간은……"

상준은 자신의 손목에도 시계가 있다는 사실을 그제야 알아차렸다. 정확히 다섯 시 팔 분을 지나고 있었다.

"여섯 시 오십 분입니다."

이제 30분 정도만 지나면 태양이 기울어 그 빛이 약해질 것이고 이 정도의 에너지를 만드는 것은 불가능하다.

로비 모퉁이에 자리 잡은 안내실은 허둥지둥 퇴근한 흔적이 곳곳에 남아 있었다. 어지럽게 널린 몇몇 의자에는 아직 사람의 온기가 배어 있었다. 근영은 컴퓨터 앞에 앉아 명령어를 몇 개 입력한 후 아이디와 패스워드를 입력하였다. 매일 밤 MX-217을 자신의 방 안으로 불러들일 때 쓰던 기술이었다. MX-217이 화면에 나타나자 근영은 다행이라는 듯 웃음 지으며 남식을 바라보았다. 남식은 영 기분이 안 좋은 듯했다. 그는 뭐라고 투덜대더니 밖으로 나가버렸다.

나래는 매우 흥분해 있었다. 마치 새로운 흥밋거리를 발견한 어린아이 같다고나 할까? 근영의 질문에 나래는 새로운 적이 나타났다는 말을 했다.

'적이라고?'

남식이 급한 일이 있는 듯 어디론가 가 버렸기 때문에 그가 무슨 일을 꾸미고 있는지 물어 볼 수도 없었다. 나래에게서 느껴지는 흥분으로 볼 때 폭약을 들고 들어갔다는 사람들이 단순한 작업원이라는 생각은 들지 않았다. '설마……' 하는 생각이 들었지만 근영은 불안했다. 근영은 남식이 어떠한 일을 꾸며도 아무런 소득이 없을 것이라는 생각을 했다. 조금 전 성찬의 말이 생각났다.

'우리에겐 기회가 없습니다. 그저 구경을……'

어떤 선택이 옳은 것인지는 알 수 있다. 자신의 선택이 틀렸더라도 상관없다. 한 가지 확신만을 가지고 있을 뿐이다. 하지만 그가 또 다른 희생자를 원하는 것은 아니었다. 그저 홀로 싸우고 있는 나래의 편에 서고 싶을 뿐이었다. 근영은 혼란에 빠져들었다.

≡ 다시 예전으로 돌아갈 수 있을까?

나래의 대답이 화면에 나타났다.

≡ 사람들이 침입한 것은 시스템이 아니다. 나래의 육체가 있는 곳을 향하고 있다. 방금 나래는 두 사람을 해치웠다.

근영은 희생자를 원하지 않았다.

≡ 그들을 돌려보낼 수는 없니?

나래의 의지는 확고했다. 그들을 다 해치우겠다는 것이다.

'해치운다.' 이 말을 나래가 어디서 배웠을까? 근영은 마음을 졸였지만 나래는 이 상황을 즐기고 있었다. 나래의 말투에서 그걸 느낄 수 있다. 오랜 시간 모니터를 통해 나래와 대화하면서 근영은 알 수 있었다. 어쩌면 이런 교감은 처음부터 있었던 것 같다. 10구역으로 투입된 사람 대부분이 나래에게 살해당할 것이다.

근영은 시스템 통제권을 상실해 출입구의 개폐가 불가능한 지금도 10구역에서 폭약으로 모든 장애물을 부수며 전진하고 있을 작업원들을 문득 떠올렸다. 자신들을 기다리는 운명을 모르는 그들을.

≡ 그들은 위험한 물건을 가지고 있다. 그 물건으로 엘리베이터와 벽들을 부수며 나래의 육체에 다가오고 있다. 그들을 죽이지 않으면 나래의 육체는 파괴된다. 근영이 나래에게 말했다. 육체가 파괴되면 정신도 사라진다고 했다. 정신이 사라지면 나래의 기억도 사라지고 만다. 나래는 그걸 지킬 것이다.

나래는 한 번도 자신의 육체를 의지대로 움직여 본 경험이 없기 때문에 정신과 육체를 별개로 생각하고 있었다. 나래는 그의 정신이 육체와 몇 발자국 떨어져 그것을 바라보는 것처럼 담담하게 근영에게 말했다. 어쩌면 그것은 당연한 일일 것이다. 자신의 육체를 보안용 비디오카메라를 통해서 보고 있을 테니까. 그렇다면 나래의 정신은 메탈 브레인 안에 존재하고 있는 것일까?

"문 박사님은 이런 식의 대화에 익숙하시군요."

혜원이 그간 근영이 나래와 어떤 대화를 했는지 알겠다는 듯 말했다. 근영은 아무 말도 하지 않았다.

≡ 나래는 그들을 상대해야 한다. 위험할 정도로 나래의 육체에 접근했다. 나래가 그들을 다 해치우고 나서 다시 근영을 부르겠다.

이 말을 남기고는 나래는 다시 그의 영역으로 사라져 버렸다. 나래의 정신은 껍데기뿐인 자신의 육체보다 메탈 브레인이라는 컴퓨터 안에서 더 자유로웠다. 푸른 창공을 나는 독수리처럼 사이버스페이스 안을 자유롭게 날아다니고 있었던 것이다. 근영은 그 생명체에게 강력한 날개를 달아 준 셈이었다. 시간이 지나고 태양에 다가갈수록 날개를 지탱하는 밀랍이 녹으면 하나 둘 깃털이 빠지고 이카루스는 결국 심연으로 추락하고 말리라.

하지만 나래의 날개는 그보다 강력했다.

"이 사실을 오남식 실장도 알고 있나요?"

어느 새 들어왔는지 입구 쪽에 성찬이 서 있었다. 혜원은 그를 보자 어찌나 반가웠는지 눈물이 핑 돌았다.

"안에 들어갔던 사람들이 걱정 되는군."

"어디 갔다 왔어요?"

"이런, 고집쟁이 아줌마가 울보가 다 되었어. 나야 뭐 낙동강 오리알 신세지. 그저 이곳저곳 기웃거리고 있어. 그렇다고 해서 이대로 집으로 돌아갈 수도 없는 일이고."

성찬은 혜원에게 다가가 귀에 대고 말했다.

"문근영 박사를 꼭 지켜봐 줘. 상태가 안 좋아 보여."

혜원은 고개를 끄덕였다.

"폭약을 들고 들어갔다는 사람들이 위험해요. 이 사실을 오남식 실장에게 제 대신 말해 줄래요?"

"알았어."

성찬이 대답했다. 그도 모니터에 나타난 글자를 보고 있었다. 근영은 아무 말 없이 모니터를 바라보고 있었다.

"별로 소용이 없을 것 같아. 하긴 그 사람 지금 어떤 일이라도 시도를 해 봐야 하겠지. 어쩌면 성공할지도 모르고."

성찬은 혜원의 등을 두드리며 말했다.

"그 사람 유능하고 임기응변에 강한 사람이야. 문제는 MX-217은 언제나 가장 적절한 판단을 할 수 있다는 건데. 오 실장은 그렇질 못해."

성찬은 혜원에게 모니터를 보라고 하고는 말을 이었다.

"자신의 선택이 옳다고 느낄 때 저런 자신감을 가질 수 있는 거지. MX-217에게 선택할 수 있는 길이 없다면 지금쯤 항복했을 거야. 적어도 오 실장처럼 무모하지는 않거든."

혜원은 성찬의 말을 이해하는 듯 고개를 끄덕거렸다.

"방법이 전혀 없을까요?"

"당분간은 이대로 지켜보자고. 어떻게든 방법이 생기겠지. 내 생각이 맞으면 내일쯤 기회가 생길 거야. 분명 무방비 상태일 때가 있을 거야."

근영의 어깨가 약간 흔들렸다. 성찬과 혜원은 그것을 보지 못했다.

"무슨 말이죠?"

"아직은 모르겠어. 확신이 서질 않아 아무 말도 할 수 없군. 생각이 정리되면 그때 말해 주지. 오 실장은 어디에 있지?"

"상황실에 갔을 거예요."

혜원이 성찬에게 상황실의 위치를 대략 설명해 주었다. 성찬은 밖으로 나서다 돌아서서 한 마디 했다.

"이제 시작이야. 앞으로 더 많은 사람들이 다치게 될 거야."

성찬은 로비를 가로지르며 휴대폰 숫자를 눌렀다. 몇 번의 신호음이 들렸다.

"한울이는?"

아내가 전화를 받았다.

"당신을 기다리다가 지금은 잠이 들었어요."

"미리 연락 못해서 미안해."

재작년에 이혼한 성찬은 두 주에 한 번씩 다섯 살짜리 아들을 만나러 갔다. 그 날이면 공원을 간다든지, 컴퓨터를 배우기 시작한 한울이와 함께 게임을 구하러 용산이나 강변으로 간다든지 했다. 성찬은 이러한 생활이 마음에 들었다. 보름에 한 번씩 아들과의 만남은 생활에 활력소가 되었다. 오늘은 한울이와 시내에 새로 생긴 수영장에 가기로 한 날이었다. 특별히 한울이를 위해 이혼한 아내도 함께 가기로 했다. 아내는 그곳에 있는 방갈로에서 일요일까지 보내자고 했다.

'서울 시내에 방갈로라니'

초록색 색소를 탄 바닷물에 백사장과 파도가 있는 실내 수영장이라고 했는데 이름은 기억나지 않았다.

"미안해. 내일도 못 갈 것 같아. 중요한 일이 생겼거든……"

"지금도 컴퓨터 앞에 매달려 있겠죠?"

"그건 아니야. 사정을 설명할 수는 없지만, 다음 주에는 시간을 내서 동해안으로 가자고. 진짜 바닷가로……"

성찬은 씁쓸한 미소를 지으며 계단을 올랐다.

"모두 자기 이름 한번 불러 봐."

팀장의 지시에 따라 모두 자신의 이름과 위치를 불렀다. 아까 말 많던 대원의 이름이 빠져 있었다. 우관은 더 이상 이곳에 있기가 싫었다. 그만 그런 것이 아니었다. 모든 대원이 싸우기도 전에 전의를 상실하고 말았다. 살아서 이곳을 빠져나가지 못할지 모른다는 불길한 생각이 들었다. 팀장과 상준의 교신 내용이 무겁고도 빠른 말투로 모두의 헤드셋에 들렸다.

'빌어먹을, 소리가 너무 커. 귀가 아파 죽겠다구.'

우관은 다시 헤드셋 주위를 더듬었지만 볼륨을 찾을 수가 없었다. 빌딩 조명은 벽면에 흡수된 태양빛을 이용한단다. 그리고 지금 빌딩 전체의 조명이 이곳에 집중되어 있단다. 우관은 무슨 말인지 이해할 수 있었다. 어릴 때 돋보기로 태양 빛을 모아 개미를 태워 죽이던 장난이 떠올랐다.

이곳에 들어올 때부터 검은색이 기분 나빴다. 너무 어두워도 사물을 볼 수 없지만 반대로 너무 밝을 때도 아무것도 볼 수 없다. 복도의 빛은 점점 약해지고 있었다. 주위의 사물이 천천히 그 모습을 드러내기 시작했다. 정적이 흐르는 빌딩 안에서 보이지 않는 거대한 존재감이 느껴졌다. 이 주위의 모든 것이 살아 있는 듯한 느낌이 들었다. 그들은 이 시선을 피할 수가 없었다. 보안용 카메라가 그들의 움직임을 주시하고 있었던 것이다.

"모두 들어라, 목표가 가깝다. 우리는 임무를 완수하고 엘리베이터를 타고 편하게 내려갈 것이다. 타기 싫은 사람은 안 타도 상관없다."

팀장은 어떤 결심이 선 것 같았다.

"좋아요. 몽땅 부숴 버리자구요."

대원 한 명이 말했다. 상당히 흥분해 있었다.

"여러분이 무슨 생각을 하는지 알고 있다. 동요하지 마라. 후퇴는 없다. 우리는 이대로 전진한다. 복도 두 개를 지나서 케이블을 절단하면

이 상황은 모두 끝난다."

팀장의 고함소리와 함께 헤드셋에서는 상준의 고함소리를 들을 수 있었다. 동요하지 말고 설계도를 다시 분석할 때까지 그대로 대기하라는 지시를 내리고 있었다. 상준은 대원들의 마음을 진정시키기 위해 노력하고 있었지만 대원들에게 그 말이 제대로 들릴 리 없었다. 모두들 공포에 사로잡혀 있었다.

하지만 팀장은 아직 전의를 상실하지 않고 있었다. 우관은 그가 UDT 상사 출신이라는 얘길 들은 적이 있다. 훌륭한 군인이었지만 씀씀이가 너무 헤프고 그로 인해 빚을 많이 져서 군에서 쫓겨났다고 했다. 복도는 검게 그을려 있고 피와 살점이 그 위를 덮고 있었다.

팀장이 일어나 앞으로 걸어갔다. 대원들은 그의 움직임을 주시했다. 팀장은 태연하게 배낭에서 폭약을 하나 꺼냈다. 그것을 벽에 붙인 뒤 조금 옆으로 비켜서서 리모컨을 눌렀다. 크지 않은 폭발음이 들리며 먼지가 일었다. 벽이 허물어지며 한 사람이 통과할 수 있는 구멍이 뚫렸다. 그는 목표 지점으로 가는 길을 바꾼 모양이었다.

팀장의 손짓에 따라 우관을 포함한 나머지 세 명이 한 명씩 빠른 속도로 구멍을 통해 안으로 들어갔다. 그들은 각자 본능적으로 그늘이 만들어지는 장소를 찾아 뛰어들었다. 우관도 책상 밑으로 미끄러지듯 파고들었다. 마지막으로 팀장이 들어와 자리를 잡았다. 누군가 '슬라이딩'이라고 외쳤다. 아무런 일도 일어나질 않았다.

우관은 몇 번 심호흡을 하고는 천천히 침착함을 되찾았다. 마음과는 달리 심장이 급하게 뛰는 소리가 귀에 들리는 것 같았다. 그의 몸은 좀 전의 폭발로 동료의 피와 살점을 뒤집어쓰고 있었다. 아까는 몰랐지만 고약한 냄새가 났다.

'설마 내가 부상을 입고도 긴장해서 느끼지 못하는 것은 아닐까?'

손으로 몸의 여러 구석을 더듬어 보았다. 얼굴에서 귀와 코를 만지고 입술을 거쳐 팔과 다리, 가슴을 살폈다. 다행히 다친 곳은 없었다.

모두들 그늘에서 눈치를 살피고 있는 가운데 팀장이 천천히 일어섰다. 대원들이 일제히 그를 쳐다보았다. 한 손엔 폭약 다른 손엔 이곳 구역을 간단한 격실과 복도로 나타낸 지도를 들고 있었다. 그가 싱긋 웃어 보였다.

"길을 바꿨다. 앞의 벽을 두 개만 더 뚫고 들어가면 목표가 있다."

그는 폭약 스티커를 벗기고는 벽을 겨냥했다. 우관은 팀장이 무엇을 하려는지 알 수 있었다. 팀장의 손을 떠난 폭약은 허공을 날아 건너편 벽에 '착' 소리를 내며 달라붙었다. 팀장은 폭약이 붙는 걸 확인한 후 엎드렸다. 모두들 눈치를 채고 바닥에 얼굴을 묻었다.

모든 일은 몇 초 사이에 일어났다. 폭발음과 동시에 팀장은 구멍을 통해 뛰어들었다. 우관도 달렸다. 그 뒤를 따라 나머지 동료 두 명이 달렸다. 다시 책상 밑으로 슬라이딩을 했다. 그 바람에 책상이 약간 앞으로 밀렸다. 다른 동료들도 모두 미끄러지는 소리를 내며 어디론가 몸을 숨겼다. '쿵' 하고 부딪치는 소리가 들렸다. 이제 벽 하나만 뚫고 들어가면 되는 셈이다.

남식은 상준이 있는 A팀 지휘소에 들어왔다. 기자들을 박세원 팀장에게 부탁해 놓고 근영에게 간단한 일을 시키고는 간신히 이곳까지 올 수 있었다. 남식은 혹시라도 뒤를 따라온 기자가 없을까 하고 주위를 살펴보았다. 다행히 그를 뒤따라온 사람은 없었다.

최 부장이 일을 제대로 처리했는지, 소방대원들도 건물 밖으로 모두 나갔다. 더 이상 사태가 커지지 않을 것이란 설득으로 소방차는 철수를 시작했고, 그 대신 공원의 방화문을 부수기 위한 장비를 새로 주문했다. 구급 요원들은 계단을 내려오며 밀려서 넘어진 사람들을 치료하느라 바빴다. 심각한 부상자는 없는 듯했다. 발목을 삐거나 무릎을 다친 환자가 전부였다.

매스컴에는 오늘 밤 정식으로 인터뷰하겠다는 통보를 전했다. 세원과의 인터뷰가 끝나도 그들은 물러가지 않을 것이다. 피 냄새를 맡고 주위를 맴도는 상어떼처럼 빌딩 밖에다 안테나가 잔뜩 달린 차를 세워 놓고는 하루 종일 기다리고 있을 것이다.

직원들은 대부분 퇴근했는지 빌딩 안은 조용했다. 그들은 갑작스런 조기 퇴근에 신나서 놀거리를 찾아 적막한 도시를 배회할 것이다. 남식은 오는 길에도 계속 여러 사람과 통화하며 이것저것 지시를 내렸다. 불행중 다행으로 병원은 정상 가동되고 있다는 연락을 받았다. 공원도 놀이 시설에 갇힌 사람들의 불편을 빼고는 모두 무사했다. 나머지 귀찮은 일들은 최 부장이 해결해 줄 것이다.

이곳 상황실은 메탈 브레인의 통제를 받지 않는 곳이다. 만일을 대비해 빌딩 5층 아래의 보안 시스템들을 상준의 지휘 아래 모두 끊어 버렸다. 어떻게 그 사실을 알았는지 MX-217은 전원을 차단시키는 것으로 대응했고, 상준은 아래층에 있던 보조 발전기 하나의 배선을 바꾸어 전력을 공급했다. 그리고 5층 한쪽 회의실로 쓰는 자리에 임시 상황실 겸 지휘소를 설치한 것이다. 복도에는 회의실과 사무실 안에서 꺼내 놓은 책상과 테이블이 늘어서 있었다. 작전을 지휘하기 위해 들여놓은 통신 장비와 컴퓨터는 세로로 긴 구조의 방과는 어울리지 않았다.

남식은 들어서자마자 안.좋은 보고를 들어야만 했다.

"사상자 둘이라니! 무슨 소리지?"

"일이 그렇게 됐어요."

상준의 부하 직원인 듯한 젊은이가 말했다. 그는 남식의 고함소리에 거의 울먹이며 대답했다. 상준 역시 남식의 고함을 들었는지 그에게로 다가왔다. 피곤한 표정에 긴장이 겹쳐 있었다. 남식은 그런 그의 모습을 보고는 바로 말투를 가다듬었다. 자신까지 그에게 부담을 주고 싶지는 않았다.

"작전은 어떤가요? 성공했나요?"

상준은 한참이나 남식의 표정을 살폈다. 그러고는 천천히 대답했다. 원하진 않았지만 남식이 예상한 대로였다.

"진행중입니다. 하지만 상황이 좋지 않아요."

상준은 다시 도면을 살폈다. 그의 초조함과 긴장을 남식도 느낄 수 있었다. 말을 하고 싶었지만 남식도 머리가 어지러웠다. 여러 생각이 한꺼번에 떠올라 머릿속이 어수선했다.

"오 실장님, 여기 계셨군요."

성찬이 회의실 안으로 들어서면서 남식을 불렀다. 남식은 성찬이 그리 반갑지 않다는 표정으로 대답을 대신했다.

"조그만 도움이라도 될까 해서 이곳으로 왔어요. 반기지 않는 것 같아 섭섭하군요."

남식은 얼굴을 찌푸리며 짜증을 냈다.

"무슨 하고 싶은 말이라도 있나요?"

남식은 성찬이 말할 틈을 주지 않았다.

"이제 저도 MX-217의 심리에 대해선 어느 정도 알고 있습니다. 그 녀석은 지금 미쳐서 발악을 하고 있죠. 어때요, 제 말이 틀렸나요?"

성찬에게 그 동안의 스트레스를 풀려는 듯 큰 소리를 쳤다. 성찬은 남식에게 자세한 사정 얘기를 하려다가 소용없음을 깨달았다. MX-217의 얘기를 해도 안에 들어간 사람들을 불러내지는 않으리라. 오히려 더 흥분할 것이다.

"한 가지 조언하죠. MX-217은 그래픽의 세계에서 시뮬레이션 기법을 이용해 사전에 행동 계획을 수립할 수 있는 단계, 즉 주위 환경을 인식하고 그 환경을 지배하는 규칙을 이해하면서 자신의 행위가 가져올 결과를 미리 예측할 수 있는 수준에 이르렀습니다. 아이러니컬하게도 MX-217은 그것을 체스라는 게임을 통해서 터득했죠."

성찬의 말은 계속되었다.

"지금 빌딩 안에 들어간 대원들을 모두 나오라고 해야 합니다. 그들은 MX-217을 이길 수 없어요."

남식은 성찬을 외면했다. 그의 말이 모두 사실이었기에 두려웠던 것이다.

― 이상한 냄새가 난다.

A팀으로부터 새로운 연락이 왔다. 실내 스피커를 통해 모든 사람이 그것을 들을 수 있었다. 성찬은 말을 멈추고 팀장의 목소리에 집중했다. 팀장의 격앙된 목소리는 정신적으로 매우 불안한 상태임을 보여주고 있었다. 두 사람의 희생자를 냈지만 그들은 상당히 목표 지점 가까이까지 도착할 수 있었다. 상준이 설계도를 다시 검토할 동안 기다리라고 했지만 팀장은 막무가내로 벽을 부수며 안으로 돌진했다.

"어떤 냄새인가?"

― 모르겠다. 마치 가스 냄새 같다. 점점 진해지고 있다.

상준은 설계도에서 그들의 현재 위치를 체크했다. 그리고 주위의 시설물들을 하나씩 빨간 표시로 지워 나갔다. 모니터를 통해 보이는 설계도에서 가스관을 따라 붉은색으로 긴 줄이 그려졌다. MX-217은 난방용 가스를 누출하고 있는 것이다. 폭발하면 모두가 날아갈 것이다. 왜 진작 가스를 차단할 생각을 못했을까? 상준이 탄식했지만 이미 늦었다. 그가 컴퓨터를 조작하자 가스 누출이 예상되는 방들에 붉은색 표시가 떴다. 그리고 폭발로 파괴될 범위까지 그래픽으로 표현되었다. A팀은 그 한가운데 있었다.

"그 자리에서 움직이지 마라. 가스로 가득 차 있을 것이다. 폭발할 위험이 많다. 모든 작전을 취소한다. 일단 현 위치에서 대기하라. 탈출로를 찾아보겠다."

― 어? 작전을 취소한다구? 제 멋대로구먼. 이제 벽 하나 남았는데, 바로 쳐들어가겠다. 어차피 도망가다 죽는 것보다 낫겠지.

"안돼, 그를 자극하면 바로 폭발할 거야. 주위에 가스가 가득 차 있다는 것을 냄새로 알 수 있을 것이다. 폭발물은 절대로 사용하지 마라. 어떠한 스위치도 손대지 마라. 불꽃이 하나라도 튀면 모두 죽는다."

"모두 철수시킨다고? 그건 절대 안 돼. 저들이 철수하면 이제 아무런 희망도 남질 않아. 어떻게든 방법을 찾아봐."

남식이 소리치는 바람에 실내가 일순 조용해졌다. 모두들 하던 일을 멈추고 남식을 바라보았다. 남식은 소리를 지르고는 얼굴이 창백해진 채 멍한 표정을 짓고 있었다. A팀 대원들도 헤드셋을 통해 남식의 말을 들었을 것이다. 상준이 남식에게 다가가 차분하게 말했다.

"오 실장님, 어차피 틀렸습니다. MX-217은 마음만 먹으면 언제라도 가스를 폭파시킬 수 있어요. 그땐 아무도 살아날 수가 없습니다. 작전이 실패한 이상 저들의 생명이라도 구해야 해요. 실장님도 그곳의 보안장치들을 알고 계시지 않습니까. MX-217은 A팀의 정확한 위치를 파악하고 있습니다. 동작 탐지기가 아마도 그들의 움직임 하나하나를 감시하고 있을 거예요."

성찬은 상준의 말에 동의한다는 표시로 고개를 끄덕였다. 남식은 고개를 돌린 채 아무런 말도 하질 않았다. 그 역시 상준이 옳다는 것을 알고 있었다. 하지만 그들이 철수한다면…… 남식의 희망이, 아니 PT의 모든 희망이 사라지게 된다. A팀으로부터 다시 무전이 왔다.

―이봐 한 소장. 도대체 뭘 숨기고 있지? 여기에 우리 말고 또 누가 있는 거야? 그가 누구지? 컴퓨터 바이러스라고 했잖아. 도대체 저 벽뒤에 있는 녀석이 어떤 자식이야. 처음부터 우릴 다 죽이려고 작정을

하셨군. 도대체 우리더러 어떻게 하라는 거야. 이대로 여기서 기다리라고? 탈출로를 찾을 때까지? 씨팔, 가스가 폭발할 때까지 얌전히 알아서 기다리라는 말씀 같은데 우린 그렇게 못하겠어.

팀장이 험악하게 말했다. 헤드셋을 통해 지휘실에서 오고간 말을 들었을 것이다.

"좋다. 천천히 그곳을 빠져나와라. 왔던 길로 되돌아간다."

─ 우릴 다 죽일 작정이군. 아까 그 지옥으로 돌아가라니. 이제 더 이상 명령은 듣지 않겠어. 모두들 들어라, 앞으로 모든 명령은 내가 내린다. 목표가 바뀌었다. 우리의 목표는 살아서 이곳을 빠져나가는 것이다. 아래에서 구경하고 있는 놈들 말은 들을 필요 없다.

"지금은 그 길이 제일 안전하다. 모두들 대답해라."

상준이 한 명씩 대원들 이름을 불러 보았지만 아무도 대답하지 않았다. 그들은 상준의 말을 무시하고 있었다.

"잘 들어라. 우리는 지금 철수한다. 아래층에 있는 녀석들 말 들었다간 우리가 다 죽을 판이다. 첫 번째 명령은……"

팀장의 말투에서 비장함이 감돌았다.

"각자 알아서 빌딩 밖으로 빠져나가라는 것이다. 모여 있으면 표적이되기 쉽다. 최대한 흩어져라. 주위에 가스가 가득 차 있으니 폭발물은 사용하지 마라."

보이지 않는 적과 싸우는 것처럼 두려운 싸움은 없다. 우관은 도면을 기억해 내려고 애썼다. 가스 냄새로 머리가 어지러웠다.

'오른쪽 코너를 돌면 다른 복도로 연결되는 출구가 있었던 것 같은데……'

우관은 몸에 붙어 있던 거추장스러운 전등과 카메라 들을 떼어 냈다. 도망가는 사람에게는 주머니의 동전 하나조차 무겁게 느껴지는 법이다. 우관은 헤드셋과 하네스도 모두 벗어 버렸다. 모두들 도망갈 준비를 하고 있을 것이다.

"부디 모두들 살아서 나가길 바란다. 먼저 출발해라. 나는 여러분이 무사하게 빠져나가는 것을 보고 잠시 후 뒤따라간다."

"팀장, 같이 갑시다. 왜 혼자 남겠다는 거요?"

"내가 여기에 있으면 이 녀석은 나에게서 시선을 뗄 수 없을 거야. 다 함께 도망가면 그땐 공격을 시작하겠지. 먼저 가라. 나도 꼭 따라가겠다. 아래층에서 만나자. 그때 술이나 한잔 같이 하자. 아가씨들 옆에 끼고 술 마실 수 있는 그런 곳으로 가자구. 오늘 밤은 내가 쏜다."

— 내 말을 잘 들어요. 당신들이 살아 나오길 빕니다. 예측 불가능하게 행동하세요. 그럼 살아 나올 수 있어요.

성찬의 목소리가 헤드셋의 스피커를 타고 흘러나왔다.

— 놈은 인간이 아니에요. 기계적이고 논리적인 사고를 해요. 논리적으로 생각하지 마세요. 달리지도 마세요. 태연하게 걸어 나오세요. 아무런 일도 없는 것처럼 행동해요.

이미 대원들은 탈출할 채비를 하며 몸에 붙은 것들을 다 떼어 버렸다. 헤드셋도 마찬가지다.

— 엘리베이터 통로는 보안장치가 허술해요. 위에서 내려오는 엘리베

이터만 조심하면 돼요. 놈은 어린아이와도 같아요. 당신들이 공포에 질
릴수록 더욱 호기심을 가질 거예요.

대원 한 명이 우는 목소리로 팀장의 이름을 불렀지만 소용없었다. 팀
장이 큰 소리로 웃었다. 우관은 머릿속으로 도망갈 길을 생각했다. 팀
장은 빨리 뛰라고 소리를 질렀다. 대원 한 명은 아예 울음을 터트리기
시작했다.

머릿속에 지도가 그려지는 순간 우관은 뒤도 돌아보지 않고 달렸다.
다른 대원들의 발자국 소리도 들렸다. 아마도 각자 자기의 길을 잡았으
리라. 그들은 반대쪽으로 달리고 있었다. 등줄기가 오싹했다. 팀장이
큰 소리로 웃기 시작했다. 금방이라도 누군가 우관의 등 뒤에서 날이
예리하게 선 칼로 옆구리를 찌를 것 같았지만 감히 뒤돌아볼 용기가 나
지 않았다. 뒤통수가 간질거렸다.

남식은 상준이 하는 말을 모두 알아들었다. 이제 모든 것이 끝이었
다. A팀 대원들은 무사히 빠져나오기 어려울 것이다. 만약 10구역에 가
득 찬 가스가 폭발한다면 상황은 또 다른 국면으로 접어들 것이다.

컴퓨터 시뮬레이션 결과로 볼 때 폭발은 빌딩의 동쪽 외벽을 뚫고 나
올 것이다. 토요일 오후 다섯 시. 길거리에 사람들이 많을 시간이다. 이
시간이 아니더라도 눈에 띄는 검은 빌딩을 뚫고 나오는 붉은 화염은 삽
시간에 전국의 관심을 불러일으킬 것이다. 새로운 사고 소식이 매스컴
을 타고 보도될 것이다. 수많은 추측이 난무하면서. 새로운 혼란이 시
작될 것이다. 남식은 두려웠다.

"완전한 패배군요. 우리가 상대를 잘못 만난 것 같습니다."

상준 역시 절망하고 있었다. 그때까지 성찬은 마이크를 들고서 대원들에게 탈출 방법을 설명하고 있었다. 대원들의 죽음을 바라는 사람은 아무도 없었다.

"당연한 결과였습니다. 처음부터 판단을 잘못한 거죠. 저들이 살아 나오기는 힘들겠군요. 너무 무모했어요."

성찬이 말했다. 상준은 머리끝까지 화가 치밀어 올랐다. 현실 세계에 물리적인 영향력을 행사하진 못할 거라는 그의 예상은 완전히 빗나가고 말았다. 성찬이 특별히 잘못한 것은 없었다. 하지만 그 때문에 더욱 화가 치밀었다.

'빌어먹을 이놈의 세상에서는 존재하는 않는 공간의 힘이 실재하는 세상에 막대한 영향을 미치다니……'

남식이 상준 대신 말했다.

"박사님의 말씀은 잘 알아듣겠습니다. 하지만 저는 생각이 달라요. 아직 끝나지 않았어요. 전 박사님만큼 현명하지는 못해요. 하지만 쉽게 포기하지는 않을 거예요. 할 수 있는 모든 일을 시도할 겁니다. 한 소장님, A팀의 안전을 위해 최선을 다해 주세요. 부탁합니다. 더 이상 희생자가 있어선 안 돼요."

남식이 그런 말을 안 했더라면 상준은 성찬에게 주먹을 날렸을지도 모른다. 남식이 안정을 되찾았는지 무거운 발걸음으로 문 밖으로 나갔다. 사복 경비 대원 한 명이 뒤를 따르고 있었다. 성찬은 그러한 그의 뒷모습을 보며 고개를 가로저었다. 그 역시 마음이 무거웠다. 이 순간

할 수 있는 일이 아무것도 없었기 때문이다.

　모두가 밖으로 나갔다. 세 명의 대원들은 5분 동안 쉬지 않고 복도를 따라 달렸을 것이다.
　'이 정도 시간이 지났으면 모두들 폭발에서 안전한 지점까지 대피했겠지.'
　팀장은 생각했다. 게임을 끝낼 시간이 왔다. 마흔 가까운 나이, 가족은 없다. 가끔 친구들이 아들 자랑을 할 때면 부러웠지만 대신 무거운 책임감에 시달리지 않아도 되었다. 자식이 없는 것이 서운했지만 한편으로 생각하면 걱정할 것이 없었다. 생각해 보니 이 세상엔 전혀 미련을 가질 일이 없었다. 언제나 미련 많은 세상이라고 생각했는데…….
　'그래도 나 닮은 아들 하나 없다는 건 슬픈 일이다. 씨팔.'
　술에 취해 세상을 원망하곤 했는데…… 의외다. 왼손 약지에는 결혼반지 대신 부대를 상징하는 전역반지가 끼워져 있다. 자신을 쫓아낸 빌어먹을 군대였지만 그는 부대를 사랑했다. 싸구려 푸른색 유리로 만든 알이었지만 그것을 사랑했다. 반지에 입을 맞추었다.
　그는 언제나 실제 전투를 꿈꾸어 왔다. 하지만 군 생활 동안 전투를 경험해 볼 기회는 없었다. 영웅이 되기에는 세상이 너무 평화로웠다. 총탄이 발사되며 오른쪽 눈 밑을 때리는 노리쇠 뭉치의 감촉, 귀를 멍하게 하는 느낌을 잊을 수 없었다. 2만 피트 상공의 차가운 바람도 잊지 못했다. 귀를 웅웅거리게 만들며 가슴을 압박하는 바닷물의 압력도 잊지 못했다. 그 순간들을 영원히 기억할 것이다. 눈물이 그의 볼을 타고 흘러내렸다.

가방 안에는 아직 폭약 세 개가 남아 있었다. 가방 안에 손을 넣어 그 중 하나의 테이프를 조심스럽게 벗겼다. 이 상황도 전투라고 할 수가 있었다. 그의 피는 전의로 뜨겁게 데워졌다. 단지 평소에 생각하던 총알이 튀고 포탄이 작렬하는 전장은 아닐지라도.

그는 자신을 주시하는 카메라를 바라보았다. 천장 한 구석에 보이지 않도록 시크리트 서비스의 기술자들이 설치한 것이었는데 자세히 보면 검은색 유리 안에서 천천히 움직이는 렌즈를 볼 수 있다. 분명히 관찰하고 있었다. 관찰 대상이 된다는 건 유쾌한 일은 아니다. 하지만 보이지 않는 적은 그가 무슨 생각을 하는지까지는 모를 것이다.

'이제 쇼가 시작될 것이다. 씨팔, 좆 같은 세상이다.'

"이게 무슨 소리지?"

직원 한 명이 노랫소리라고 대답했다. 상준도 그것이 노랫소리인 줄은 알고 있다. 팀장은 지금 노래를 부르고 있었다.

'이런 상황에 노래라니. 빌어먹을……'

팀장은 가사도 없이 그저 콧노래를 흥얼거리고 있었다. 상준은 계속해서 팀장을 불렀다.

'노랫소리가 들리는 것으로 봐서는 분명히 헤드셋을 쓰고 있을 텐데……'

"박 팀장. 박 팀장!"

상준이 소리쳤다. 하지만 대답이 없었다.

"야, 이봐! 박 팀장. 대답해, 대답하란 말야!"

"그를 흥분시키지 말아요!"

성찬이 말했다. 점차 콧노래가 커지고 있었다. 아니 실내가 점점 조용해지고 있는 것이리라. 힘찬 군가풍이지만 왠지 슬픈 곡조의 노래는 상준의 눈에 눈물이 고이게 했다.

팀장은 천천히 벽을 향해 기어갔다. 역시 카메라가 쫓고 있다. 그를 주시하고 있었다. 그는 계속 콧노래를 흥얼거렸다. 그는 적이 자신의 노래를 듣고 있으리라고 생각했다. 그 생각을 하니 웃음이 나왔다.

'내 노래를 듣고 무슨 생각을 할까?'

10미터. 오른손으로 폭약의 스위치를 올렸다. 아직 폭약은 가방 안에 들어 있다. 왼손으론 폭약을 쥐고 오른쪽 팔꿈치를 이용해 천천히 벽까지 기어갔다. 팔꿈치가 아프고 숨이 가빠왔다.

'그런데 내가 왜 바닥을 기어야 하지?'

상황실의 모든 이들은 콧노래를 타고 전해지는 그의 호흡을 느낄 수 있었다.

5미터. '분명 저 벽 뒤에는 케이블 말고 다른 무엇이 있을 것이다. 어쩌면 적이 컴퓨터의 화면 앞에서 내가 바닥을 기고 있는 것을 보고 있을지도 모른다. 빌어먹을 자식. 웃고 있을지도 모르지. 이 폭약으로 저 벽을 폭파시키면 가스가 폭발할 것이고 그 구멍을 통해 연쇄 폭발하는 가스의 엄청난 압력은 벽 뒤를 완전히 날려 버릴 것이다.'

1미터. 그는 가방에서 오른손을 뺐다. 손에는 폭약의 테이프가 벗겨진 채 들려 있었다. 그대로 앞으로 손을 쭉 뻗어 벽에 폭약을 붙였다. 그러곤 여태까지 자신을 쫓던 카메라를 향해 리모컨을 흔들어 보였다.

'가스가 폭발해도 그 순간 리모컨 스위치를 누를 수 있을 거야. 내 몸뚱이가 산산이 부서진다 해도 잠시 동안은 의식이 있을 테니까.'

큰 소리로 웃었다. 모두들 그의 웃음소리를 들을 수 있었다. 나머지 두 개의 폭약도 나란히 붙인 후 전원 스위치를 올렸다. 배터리가 작동을 하자 약한 전자음이 들렸다. 그는 리모컨을 오른손에 꼭 쥔 채 천천히 뒤로 물러났다.

'나는 영영 사라지는 것일까? 내 기억들도?'

그는 다시 바닥을 기고 싶지 않았다. 이제 그에게 바닥을 기는 일은 없을 것이다.

"영원히. 씨팔 좆 같은 세상. 영원히!"

소리를 질렀다. 방 안에 가득 찬 가스 냄새 때문에 정신이 몽롱했다. 호흡을 가다듬으며 뒷걸음질칠 때 의자가 발길에 부딪혔다. 차분히 의자에 앉아 자신을 감시하는 카메라를 정면으로 바라보았다.

'벽이 무너지는 생각만 하자. 그것만. 딴 생각은 하지 말자.'

─ 한 소장 들으시오.

"듣고 있어요. 말하세요."

상준과 팀장 두 사람은 아까와는 달리 서로에게 존칭을 썼다. 두 사람 모두 상대의 목소리에서 떨림을 느낄 수 있었다. 상준의 볼을 타고 고여 있던 눈물이 흘러내렸다.

－한 소장 이름이 뭐요?

"한상준이오."

－내 이름은 박용철이오.

"기억할게요."

－내 이름이 뭐라고요? 말해 봐요.

상준은 또박또박 말했다.

"박. 용. 철."

－항상 이런 상황을 꿈꿔 왔지. 조금 차이가 있지만. 아마…… 아마 이 벽을 폭파시키면 가스가 폭발하면서 저 건너편까지 박살이 날 거요. 그렇죠?

상준은 목이 메어 잠시 말을 할 수 없었다.

"어쩌면……"

하지만 상준은 설계도를 보고는 한숨을 내쉬었다.

"말릴 방법이 없을까요?"

상준이 성찬에게 물었다. 성찬은 힘없이 고개를 좌우로 흔들었다.

－우리 대원들은 무사히 빠져나갔을까요?

상준은 그를 말려야 한다고 생각했다. 무슨 말이라도 해야 한다. 목이 메어 아무 말도 할 수가 없었다.

－아직 젊은 녀석들인데. 바보 같은 녀석들. 보너스 탄다고 좋아하더니. 벌써 두 녀석이나 죽어 버렸소. 정말로 바보 같은 녀석들이오. 그렇지 않소?

"가족을 생각해 봐요."

박 팀장의 공허한 웃음소리가 메아리쳤다. 정적이 감도는 실내로 그의 깊은 호흡이 전해져 왔다. 팀장은 다시 콧노래를 부르기 시작했다.

- 쿠쿠쿵 - 쿵 - .

먼저 헤드셋을 통해 잠깐의 폭발음이 들렸다. 마이크가 망가지기 직전까지. 그 시간은 1초도 안 걸렸다. 그러곤 스피커에서 지지직하는 잡음만이 들렸다. 이어서 천장을 타고 위쪽에서부터 강한 진동과 함께 폭음이 들려 왔다. 빌딩 전체가 흔들리는 것 같았다. 상황실 안의 사람들은 모두들 서로의 얼굴을 바라보았다. 연쇄 반응이 일어난 폭발은 지속적인 폭음을 만들어 냈고 폭발이 끝난 후 한참 동안이나 상황실에는 정적이 흘렀다.

"저게 뭐지?"

카메라맨의 말에 MBC의 정 기자는 그가 가리키는 곳을 바라보았다. 건물 위쪽 한 층의 검은색 외벽이 깨지며 그 틈으로 붉은 불꽃과 연기가 뿜어져 나오고 있었다. 카메라맨은 카메라를 이미 그곳에 고정시켜 놓고 있었다. 높은 곳에서의 폭발은 마치 슬로우 비디오처럼 느린 속도로 이루어졌다. 약간의 시간차를 두고 엄청난 폭발음이 들려왔고 이어서 검은색 빌딩의 잔해들이 무서운 속도로 떨어지기 시작했다.

"위험해!"

정 기자는 소리 지르며 카메라맨을 안고 취재차 밑으로 파고들었다. 온갖 파편이 비 오듯 쏟아졌고 카메라는 박살이 나 버렸다.

우관은 반사적으로 앞으로 몸을 날리고는 엄지손가락으론 귀를, 나머지 네 손가락으로는 얼굴을 감싼 채 바닥에 엎드렸다. 시뻘건 화염이 몸을 훑으며 지나갔다. 숨을 제대로 쉴 수가 없었다. 마치 물에 빠진 꿈을 꾸는 것만 같았다.

'이대로 죽는 걸까?'

그의 불길한 예감이 맞아 떨어졌다. 마지막 명령을 내리는 팀장의 목소리에선 어떤 비장함을 느낄 수 있었다. 복도를 달려오면서 줄곧 팀장이 그곳을 떠나지 않을 거라고 생각했다. 그러곤 대폭발이 일어났다.

우관은 왈칵 눈물이 쏟아졌다. 얼마나 엎드려 있었을까. 조심스럽게 숨을 들이켰다. 뜨거운 공기가 기도를 타고 가슴으로 들어왔다. 화염이 지나간 자리에서 머리카락 타는 냄새가 느껴졌다. 옷은 군데군데 불에 타 버리고 피부는 뜨거운 열기에 그을려 버렸다. 가슴이 따끔거려 제대로 숨쉴 수가 없었고 노출된 피부가 쓰라려 왔다. 다행히 눈은 다치질 않았다. 두 손으로 감싼 덕분이다.

우관은 그 자리에 엎드린 채 한참을 울었다. 사실을 알고서도 도망친 자신이 너무 부끄러웠다. 팀장에게 다른 선택은 없었을까? 자신의 대원들만은 이 지옥에서 무사히 빠져나가도록 하고 싶었으리라.

'나라면 어떻게 했을까?'

우관은 눈물을 훔치며 일어나 다시 출구를 찾아 전진하기 시작했다.

남식은 바쁜 마음으로 로비를 가로지르며 달려갔다. 근영과 혜원은 안내실에 있었다.

"MX-217을 불러 봐요."

남식이 숨을 헐떡이며 말했다. 빌딩 안에 있는 사람들 그리고 바깥에 있는 사람들까지 모두가 폭발음을 들을 수 있었다. 근영 역시 폭발음을 들었다. 남식은 그 폭발의 의미를 알고 있었다. 상준이 연결해 놓은 휴대폰으로 그 역시 팀장의 노래를 들을 수 있었다. 어쩌면 다시 희망이 보일지도 몰랐다. 근영 역시 폭발의 의미를 짐작할 수 있었다. 작업원들이 폭약을 가지고 있었다던데. 하지만 너무도 강력한 폭발이었다. 이곳까지 울리다니 뭔가 잘못된 것이다.

'나래는 무사할까?'

갑작스런 폭음과 함께 실내 공원 전체에 진동이 전해졌다. 그 소리는 위에서 들리고 있었다.

"도대체 무슨 일인가?"

비서는 회장의 질문에 감히 대답할 수가 없었다. 그건 누가 들어도 알 수 있었다. 공원 천장에서부터 엄청난 폭음과 함께 공원 전체가 진동했다. 아이들이 놓쳐 천장에 붙어 있던 풍선들이 몇 번 들썩였다. 위에서부터 장식물들이 우수수 바닥으로 떨어지는 바람에 문이 열리기만을 고대하던 사람들이 비명을 지르며 식탁 밑으로 몸을 숨겼다. 나무 몇 그루가 진동에 맞추어 격렬하게 흔들리다가 쓰러졌다.

공원 위에는 10구역이 있었다. 비서는 남식에게 전화를 걸었다. 하지만 남식의 휴대폰은 꺼져 있거나 아니면 통화중이었다. 생방송을 진행하던 기자는 폭발음이 들린 천장 쪽으로 카메라를 비추었다. 샹들리에

가 위태롭게 앞뒤로 흔들리고 있었다. 공원 직원들이 사람들을 진정시키려 노력했지만 한번 시작된 동요는 쉽게 가라앉지 않았다.

"모두들 들었죠? 분명히 불이 났어. 이 위는 실험실이라는데. 거기에는 폭발물들이 많을 거예요."

"하지만 공원은 안전하다고 했잖아요."

'그이는 미리부터 알고 있었어. 그래서 아까……'

남식의 아내는 아이들을 두 팔로 감쌌다.

"사회자를 이리로 불러!"

회장이 비서에게 말했다. 비서는 이해를 못했는지 두 눈을 껌뻑였다.

"행사 사회자말야!"

무대 뒤의 대기실에는 공연 후 미처 나가지 못한 가수와 무희들이 모여 있었다. 그들 역시 불안해하는 표정이었다. 비서를 보자 몇 명이 다가와 말했다.

"언제쯤 나갈 수 있나요? 스케줄이 엉망이 됐어요."

비서는 무시하고 앞으로 나갔다. 한쪽 구석에 사회자가 보였다. 그를 데리고 나갈 때도 몇 사람이 귀찮은 질문을 했다.

"금방 나갈 수 있을 거예요."

비서 대신 그가 대답했다. 비서는 거의 끌고 가듯 그를 회장에게 데리고 갔다.

"지금 쇼를 시작해 주게."

"무슨……"

"가수들더러 나와서 노래 부르라고 해. 아무거나 좋아. 사람들 불안을 덜 수 있도록 나와서 노래도 부르고 춤도 추고 그러란 말야. 노래 자랑 대회를 열어도 좋고. 자네가 알아서 하라고!"

다시 회장은 공원 안전 책임자를 부르라고 했다. 금세 비서가 그를 찾아왔다. 안전 책임자는 180센티미터가 조금 넘는 키에 90킬로그램 가까이 돼 보이는 건장한 체구의 사내였다. 회색 바탕에 녹색 마크가 있는 제복을 입은 그를 보자 회장은 다짜고짜 물었다.

"금속을 절단할 수 있는 공구들을 가지고 있나?"

"예, 용접기와 레이저 절삭기가 있습니다."

안전 책임자는 주저 없이 대답했다.

"저것들을 자르는 데 얼마나 걸리지?"

회장은 허공에 정지해 있는 놀이기구들을 가리켰다.

"사람들이 갇혀 있는 놀이기구는 모두 열한 개입니다. 롤러코스터 같은 경우는 힘들지만 모노레일 같은 경우는 몸을 죄는 안전장치가 없기 때문에 사다리만 세우면 바로 사람들을 꺼낼 수 있습니다. 안전장치를 망가뜨려야 하는 것은 모두 일곱 개입니다."

그는 미리 파악하고 있었는지 망설임 없이 대답했다. 회장은 흡족한 표정으로 고개를 끄덕였다.

"지금부터 작업을 시작하게. 사람들을 쉽게 구할 수 있는 것부터 말이야."

"알겠습니다."

그는 간단하게 대답하고 뒤돌아섰다. 회장이 그를 불러 세웠다.

"자네 이름이 뭔가?"

"강철민입니다."

─ 여기는 메탈 브레인 빌딩 폭발 현장입니다. 주위는 폭발의 잔해들로 뒤덮여 아수라장이 되었습니다.

YTN의 생방송 카메라는 거리를 덮친 검은색 유리 조각과 금속 잔해들을 비추었다. 주위에 자동차 몇 대가 부서져 있었다. 소방대원들이 빌딩 주위로 빙 둘러 바리케이트를 치고 있었다. 천장에 많은 흠집이 생겼지만 다행히 중계차의 안테나와 통신 장비는 망가지지 않아서 방송국과 연결해 생방송을 할 수 있었다. 기자는 생방송을 망치지 않기 위해 긴장을 가라앉혔다.

─ 오늘 오전부터 의문의 화재 사고가 일어났던 PT의 메탈 브레인 빌딩에선 시스템 고장과 그 복구 작업이 진행중이라고 발표한 가운데 조금 전 오후 5시쯤 엄청난 폭발 사고가 일어났습니다. 아직 사고 현장이 수습되지 않아 정확한 피해와 사상자는 알려지지 않고 있습니다. 기술자 몇 명이 현장에서 작업을 하던 것으로 알려졌지만 폭발의 원인에 대해 자세한 발표는 없었습니다. 이곳에서 바라볼 때 폭발이 발생한 지점은 빌딩의 22층 동쪽 벽입니다. 그곳은 프리엠브리오를 연구하는 실험실이 있는 구역으로 그 아래 있는 공원과 병원은 겉으로 보기엔 안전한 듯 보입니다.

화면을 통해 아나운서가 메모를 전해 받는 모습이 보였다. 아직도 빌딩의 깨진 외벽을 통해 연기와 수증기가 새어나오고 있었다.

─ 방금 들어온 소식으로는 소방대원들이 사고 지점으로 진입하지 못

하고 있다고 합니다. 방화벽이 닫히며 위층으로 진입하는 모든 통로가 폐쇄되었기 때문입니다. 비밀 실험이 실패했다는 소문과 테러가 발생했다는 소문 등 메탈 브레인 빌딩 사고에 관해서 많은 추측이 무성한 가운데 PT측은 공식적인 발표를 하고 있지 않습니다. 그러나 믿을 수 있는 소식통에 의하면 메탈 브레인이라고 불리는 슈퍼컴퓨터가 인공지능을 가진 바이러스성 프로그램에 감염되어 오작동을 하고 있는 것으로 전해지고 있습니다. 다행히 메디컬 네트워크에서는 아무런 문제점도 보고 되지 않고 있습니다. 전문가들 의견으로는 이번 사고는 단지 빌딩 화재나 폭발 사고 발생보다 메디컬 네트워크의 서버 역할을 수행하는 슈퍼컴퓨터에 문제가 발생했다는 데에 심각성이 있다고 합니다. 하지만 PT측은 메탈 브레인이 동작을 멈추어도 메디컬 네트워크에는 전혀 지장이 없다고 주장하고 있습니다. 현재 PT와 소방서 측은 간단한 회의를 열고 있다고 합니다. YTN에서는 계속 상황을 주시하며 현장을 생생히 보도하겠습니다. 이상 YTN의 최호균 기자였습니다.

남식은 근영의 어깨 너머로 모니터를 응시했다. 그는 아까부터 연결이 안 된다는 말을 하면서 초조한 듯 화면을 클리어시켰다.

"왜 안 되지? 왜 안 되지?"

남식은 근영의 또 다른 불안함을 이해할 수 없으리라.

"왜 연결이 안 되지?"

드디어 화면에 글자가 떴다.

≡ 그들이 나를 죽이려고 했다. 그들은 위험한 물건을 가지고 있었다. 한 사

람은 죽었다. 나머지 세 명도 죽일 것이다.

남식이 신음했다.

"이럴 수가."

근영은 잔잔한 미소를 지었다. 나래가 그렇게 쉽게 굴복할 리 없었다. 등 뒤에 서 있던 남식은 그 미소를 느끼지 못했다. 근영은 다시 어두운 표정으로 되돌아왔다. 사람들이 죽었다는 것을 뒤늦게 깨달은 것이다.

하여간 MX-217이 근영의 부름에 응답하면서 남식의 작은 희망 역시 여지없이 무너져 버리고 말았다. 상준이 전화를 연결해 주어 팀장의 노랫소리를 들을 때까지만 해도 그는 막연한 희망을 가졌다. 빌딩 전체를 뒤흔든 10구역의 대폭발에도 MX-217은 파괴되지 않은 것이다. 폭발로 외벽의 일부가 날아가 버리며 이제 더 이상 사고를 수습할 수 없는 단계까지 와 버렸다. 기자들은 떨어지는 파편과 먼지 더미에 엉망이 되어서도 그 장면을 카메라에 담고 있을 것이다.

'어떻게 MX-217은 무사한 것일까?'

남식은 벽에 기댄 채 다른 방법을 생각해 보았다. 그는 언제나 한 가지 방법이 실패하면 금세 다른 방법을 찾아내곤 했다. 하지만 어떻게 해야 MX-217을 처치할지, 아무리 생각해도 뾰족한 수가 나지 않았다. 이미 그들이 취할 수 있는 조치는 다 취한 상태였다. 우선 이 소란을 수습해야 했다.

"그래, 어떻게든 방법이 생기겠지."

근영은 혼잣말 하는 남식을 바라보았지만, 그는 근영의 시선을 느끼

지 못하는 듯했다. 남식은 혼자 중얼거리다가 주먹으로 '쿵' 소리가 나
도록 벽을 쳐 댔다. 그러곤 아무 말 없이 벽에 기대어 서 있다가 밖으로
나가 버렸다.

남식이 밖으로 나간 후에도 근영은 한참이나 멍하니 남식이 있던 자
리를 바라보았다. 다시 MX-217과 현실 사이에서 극도의 혼란이 일어
났다. 주위의 사물들이 흐려지더니 다리에 힘이 빠졌다. 속이 메스꺼워
지면서 호흡이 힘들어졌다. 근영은 의자에서 일어나 바닥에 무릎을 꿇
고 두 손을 짚으며 엎드렸다.

"박사님, 왜 그러세요."

혜원이 목소리가 멀리서 들려오는 듯 메아리쳤다. 근영은 정신을 차
리기 위해 심호흡했다. 하지만 긴장이 풀리며 밀려오는 피로와 현기증
을 견딜 수 없었다.

"박사님 괜찮으세요? 좀 쉬셔야겠어요."

주위는 너무 밝았다. 근영은 자신이 혼란스럽게 느껴지는 이유가 이
것 때문이라고 결론 내렸다. 사람들이 너무 많고…… 주위는 너무 넓
고 너무 밝았다.

"내가 왜 이러고 있는지 모르겠군. 이해할 수 없어."

"피곤해서 그럴 거예요. 어제부터 잠을 통 못 주무셨잖아요."

혜원이 근영을 부축했다. 근영을 잘 지켜보라던 성찬의 말이 불길하
게 느껴졌다.

"그래, 잠을 못 자서…… 그래서…… 이렇게 정신이 멍한 건가?"

근영이 느린 말투로 띄엄띄엄 말했다.

"자네에게 해 주고 싶은 얘기가 있네…… 지금까지 숨겨 왔지
만…… 이제…… 이 얘기를 해야겠어. 나래에 관한 얘기를……"

근영은 뜻 모를 말들을 중얼거렸다.

"얘기는 나중에 하세요. 지금은 쉬셔야 해요."

"아냐."

근영이 소리쳤다.

"지금이 아니면 안 돼. 영영 말하지 못할 거야."

혜원은 근영을 부축해 의자에 앉혔다. 혜원이 도와 줄 사람을 부르려
할 때 근영이 일어나 혜원의 팔을 잡았다.

"사람들을 부르지 마!"

'다시 카메라가 나를 쫓고 있다. 우릴 감시하던 녀석들은 아까의 폭
발에도 안전한 걸까? 다른 동료들은 어떻게 되었을까? 그들도 나처럼
감시당하고 있겠지. …… 씨팔, 빌어먹을, 개새끼들, 다 죽여 버리고
싶다. 사람들이 나를 욕할 것이다. 비겁한 겁쟁이라고. 몇 명이나 알고
있을까? 다 죽여 버리고 나도 죽어 버리고 싶다. 자위 하다가 들켰을
때보다 더 창피하다. …… 적은 이 상황을 즐기고 있는 것 같다. 안전
한 곳에서 나의 행동을 관찰하며 키보드를 두드리고 있을 것이다. 어쩌
면 마우스를 움직일지도 모른다. 뾰족한 화살표 모양의 마우스 포인터
가 나를 쫓고 있을지도. 젠장, 그런 폭발에도 안전한 장소가 있다
니…… 전혀 충격을 받지 않은 것일까? …… 나는 어린아이에게 목숨
을 맡긴 작은 벌레 꼴이다. 살기 위해 필사적으로 도망 치고 있다. 하지

만 어린아이가 땅 위에 그어 놓은 원 밖으로 벗어나기 위해 발버둥칠 뿐이다. 원 밖을 벗어나면 또 다른 장애물이 기다리고 있다. 그 우악스러운 손은 날 집어서 다시 원의 중앙에 갖다 놓을 것이다. 적은 이런 상황을 보고 즐거워하고 있다. 이 험난한 장애물들을 벗어나면 나에게 상이 주어질 것이다. …… 일단 10구역을 벗어나야 하는데 길을 잃어 버렸다. 폭발이 일어난 이후로 방향 감각을 상실해 버렸다. 머릿속에 설계도를 그려 보았지만 문제는 나의 위치가 어딘지 모른다는 것이다. 폭발로 군데군데 조그만 화재가 발생했지만 스프링쿨러가 불을 꺼 버렸다. 수증기가 안개처럼 퍼져 시야를 완전히 가려 버렸다. 아직도 실내는 독한 연기로 가득 차 목과 가슴이 따끔거린다. 폭발로 산소가 다 소모되었을까? 숨쉬기가 힘들다. …… 융단 폭격이나 소이탄의 공격을 받으면 폭발에 살아남는다 해도 주위의 산소가 다 소모되어 곧 죽게 되는데, 어서 이곳을 벗어나야 살 수 있다.'

우관은 달리고 싶었지만 너무도 숨이 찼다. 현기증이 났다. 우관은 거친 숨을 몰아쉬며 가방에서 폭약을 하나 꺼내 바닥에 붙였다.

'단순하게 생각하자. 어차피 아래로 두 층만 내려가면 이 지옥을 벗어날 수 있다.'

'퍽-' 폭발이 일어난 곳을 바라보았다. 바닥은 예상보다 두꺼웠다. 30센티 정도 구덩이가 생겼지만 구멍은 뚫리지 않았다. 대신 흉측스런 파이프와 전선과 불에 그슬린 머리카락처럼 보이는 광섬유의 잔해, 그 아래로 반쯤 깨진 채 모습을 드러낸 기판들이 보였다.

'씨팔 좆같이 두껍군.'

우관은 폭약을 설치하려다 말고 콘크리트 사이로 드러난 기판을 발로 밟아 깨뜨렸다. 폭약과 콘크리트가 떠버리면 폭발할 때 그 사이에서 충격파가 흡수되어 버리므로 폭약의 압력이 제대로 전달될 수 있도록 한 조치였다.

'군에서 배운 게 쓸모가 있을 때도 있군. 그래, 가끔은……'

폭약 두 개를 설치했다.

'퍽-' 아래층으로 구멍이 뚫렸음을 멀리서도 확실히 알 수 있었다. 파편들이 뚜두둑 소리를 내며 아래쪽으로 떨어지는 소리가 들려왔다. 우관은 구멍 앞에 잠시 엎드려 신선한 공기를 가슴 깊이 들이켰다. 정신이 좀 맑아지자 높이를 확인한 후 아래로 뛰어내렸다. 바닥에 널린 잔해에 발목을 삐지 않기 위해 땅에 닿는 순간 몸을 굴렸는데, 파편 위를 구르자 등뼈가 부러지는 듯한 고통이 느껴졌다.

'등짝에 불이 붙는 것 같군.'

우관은 숨을 쉴 수가 없었다. 가슴을 편 채 호흡을 가다듬으려 애쓰며 잠시 그대로 누워 있었다. 호흡이 돌아왔다. 볼을 타고 끈적끈적한 액체가 흘러내렸다.

'콘크리트 조각에 머리를 부딪쳤나 보다. 금속 조각인지도 모른다.'

우관은 자신의 위치를 파악하기 위해 주위를 살폈다. 천장 안에는 복잡한 장치들이 있었는지 폭발로 구멍이 뚫린 부분에 전자 부품처럼 보이는 것들이 흉물스럽게 덜렁거렸고 주위는 먼지로 뒤덮여 있었다.

'도대체 어딘지 모르겠군.'

우관은 비틀거리며 걸었다. 그곳 역시 실험실인 듯 복잡한 기계와 컴퓨터들이 보였다. 우관은 열심히 외운 설계도를 기억하려 노력했지만 소용이 없었다.

'목이 마르다.'

건너편에 수도꼭지가 보였다. 볼이 간지러웠다. 따가운 건지도.

'도대체 무슨 일이지?'

옷에 붙어 있던 금속 조각에서 파란 스파크가 튀었다. 노출된 피부가 따끔거렸다.

'무슨 일이 일어난 것일까?'

수돗가의 물방울에 거품이 일었다.

'마이크로 웨이브!'

우관은 전자기파에 대해 좀 알았다. 역시 군 시절 배운 것이었다.

'씨팔, 별게 다 나온다. 그저 말로만 듣던 무기인데…… 이 실험실은 거대한 전자레인지의 안과도 같군. 또다시 보이지 않는 적의 공격이 시작된 것이다. 분명히 이 안 어디엔가 마이크로 웨이브를 발생시키는 기계가 있을 것이다. …… 어떻게 생겼을까? 엄청난 자석과 코일이 감겨 있었던가? 분명히 그림을 본 적이 있었는데…… 생각이 나질 않는다.'

우관은 실험실 주위를 둘러보았다. 시간이 없었다. 조금만 있으면 온몸이 익어 버릴 것이다. 끔찍하게 지독한 냄새를 풍기며 창자가 터져 버릴 것이다. 기계는 안 보였지만 마침 은박 호일이 보였다. 생각하고 판단할 여유는 없었다. 그것을 머리부터 시작해 온몸에 칭칭 동여 감았다. 은박지에 스치자 얼굴이 따끔거렸다. 죽을지도 모른다는 생각이 들었다. 고통 때문에 자신도 모르게 비명을 질렀다.

전장에서 병사들에게 자신이 죽을 수도 있다는 생각이 지배적인 때가 되면 더 이상 전투를 지속할 수 없게 된다. 그래서 스무 명 정도의 소대 병력 이상이라야만 전투라는 것이 가능하다. 그러한 상황에서는 대부분 이런 생각을 한다. '다른 사람은 몰라도 나만은 살아남을 거야.' 그때 비로소 적을 향해 방아쇠를 당길 수 있는 것이다. 비록 헛된 믿음일지라도 병사들에겐 위안이 되고 용기를 주는 것이다.

하지만 지금 우관에게는 그런 선택조차 주어지지 않았다. 싸움의 목적은 생존이었다. 호일의 접힌 부분에서 불꽃이 튀며 까맣게 탔다. 얼굴을 모두 감싸 버려 아무것도 볼 수는 없었지만 은박지가 지지직 소리를 내며 타는 소리를 들을 수 있었다. 짧은 시간이지만 이 은박지는 강한 전자기파를 반사시켜 그의 몸을 지켜 줄 것이다.

은박 호일의 주름이 접힌 부분은 마이크로 웨이브를 반사시키지 못해 불꽃을 튀기다 벌겋게 달아올랐고 금세 새까만 재로 변했다. 우관은 아무것도 볼 수 없고 방향을 잡을 수도 없었다. 몇 발자국을 더듬으며 앞으로 나아가자 벽과 마주쳤다. 필사적으로 벽을 더듬거리며 출입문을 찾았다. 몸이 점차 더워지는 것을 느낄 수 있었다.

'제발, 하느님…… 부처님……'

몇 발자국을 더듬거리자 문의 손잡이 하나가 손에 잡혔다. 하지만 좌우로 비틀어도 문은 열리지 않았다.

'씨팔, 이놈의 빌딩은 손잡이 달린 문도 다 잠가 버렸나.'

손잡이가 너무 뜨거웠다. 여기서 쓰러지면 그의 몸은 안에서부터 뜨겁게 데워질 것이고, 내부의 열기로 배가 부풀어 올라 마치 전자레인지 안의 개구리처럼 고약한 냄새를 풍기며 폭발할 것이다. 사방에 뱃속에 있던 똥을 뿌릴 것이다. 죽어서도 몸이 바짝 마를 때까지 비비 꼬일 것이다. 이제 몇 초를 더 버틸 수 있을지 알 수 없었다. 이미 그의 온몸에서 예리한 통증이 전해지고 있었다. 손잡이 아래 부분에 폭약을 붙이고 문 옆으로 바짝 붙었다.

국일은 다시 온몸에 힘을 주었다. 몸을 조이던 안전장치가 조금씩 움직이기 시작했다. 두 시간째 암흑에 갇혀 있었고 그 공포는 그에게 초인적인 힘을 불어넣었다. 익스플로어의 앞자리에 앉은 사람들은 그가 신음 소리를 낼 때마다 도대체 무엇을 하는지 궁금한 마음으로 뒤를 돌아보았다. 국일의 얼굴이 벌게졌다. 국일은 잠시 휴식을 취하면서 터널의 앞을 바라보았다. 분명 그곳에서 불빛이 새어나오고 있었다.

'제길 너무 더워.'

에어컨도 다 꺼진 모양이었다. 다시 한참 동안이나 힘을 썼다. 뿌리째 앓는 이빨처럼 조금씩 흔들렸다. 안전대를 앞뒤로 흔들었다. 조금씩 흔들리는 범위가 넓어졌다. '뚝' 하고 끊어지는 소리가 나며 안전대가 부서졌다. 믿기지 않았지만 안전대는 위로 확 젖혀졌다.

국일은 멀리 보이는 빛을 향해 기어갔다. 앞차에 타고 있던 승객들이 비명을 질렀다. 공포로 잔뜩 일그러진 그의 표정은 흉측했을 것이다. 하지만 양해를 구할 여유는 없었다. 지금은 무엇보다 빛을 향해 기어야 했다. 5분 정도 기어서 유리창으로 실험실의 모습이 보이는 곳까지 레일을 따라 도착할 수 있었다. 온몸은 땀으로 범벅이 되었다. 에어컨이 꺼진 게 분명했다. 아래쪽으로 무슨 도시처럼 보이는 기계가 보였다.

'아까의 소동은 이제 끝난 것일까?'

그곳엔 연구원이 한 명도 없었다.

'아깐 우왕좌왕 했는데 한 명도 없다니……. 그새 다 빠져 나간 것일까? 두 시간이 지났군.'

밝은 곳에서 사람의 모습이라도 보면 마음이 좀 나아질까 했지만 한 명도 없었다. 그래도 복잡한 기계의 모습을 보고 있자니 한결 진정이 되었다. 그 기계는 길게 연결된 파이프가 달팽이 등껍질처럼 안쪽으로 소용돌이치며 들어가고 있었다. 그 라인을 따라 시선을 이동시킬 때 '픽' 하는 소리가 나며 실험실 문이 박살났다. 소리는 무척이나 작았다. 마치 볼륨을 줄인 영화를 보는 듯했다. 한 사람이 무엇에 쫓기듯 들어왔다. 꼭 군복 같은 작업복을 입고 있었다.

"어이. 이 봐요. 여기예요!"

국일이 소리를 질렀지만 이곳을 보지는 못하는 것 같았다.

"야. 이 자식아 여기 좀 보란 말야!"

안 들리는가 보다. 우우우웅─.

국일은 실험실에서부터 전해지는 진동을 느낄 수 있었다. 어떤 인력이 작용한 것일까? 아까 들어왔던 전투복장의 사람이 안간힘을 쓰며 기계 쪽으로 끌려가지 않으려는 듯 자신이 들어왔던 부서진 문에 필사적으로 매달리고 있었다. 그의 표정은 고통으로 일그러져 있었다.

마침내 문짝은 '우지직' 소리와 함께 힘없이 떨어졌다. 그는 무시무시한 속도로 날아가 기계와 부딪쳤다. 충격으로 허리가 꺾였다. 그것은 쇳덩이가 자석에 붙는 광경과도 같았다. 이미 그는 숨이 끊어진 듯했지만 금속붙이가 있는 그의 버클이 허리를 동강내고 있었다.

국일 역시 자신을 잡아당기는 힘을 느낄 수 있었다. 그의 몸은 결국 레일에서 미끄러졌고 팔과 다리로 레일을 꼭 감싸 안은 채 거꾸로 매달린 모양이 되고 말았다. 원숭이 꼴이다. 무언가가 가슴을 누르고 있다. 도대체 뭘까? 안 주머니에 있는 물건인데.

'휴대폰이군.'

국일은 휴대폰을 가슴에서 밀어 내기 위해 몸을 비틀었지만 아래로 떨어질 것 같아 세게 흔들지는 못했다. 점점 무거워졌다. 순간적으로 무시무시한 통증이 느껴졌다. 그는 자신의 휴대폰이 깨지는 소리를 들었다. 그러고는 그 부품들이 자신의 가슴을 뚫고 아래쪽으로 떨어지는 것을 느낄 수 있었다. 두 팔로 꼭 안고 있던 레일을 놓쳐 버렸다.

'젠장 이렇게 될 줄 알았어.'

멀리서 동료의 비명 소리와 함께 부서지는 소리가 들린 것 같았다. 우관은 그것에 신경 쓸 새 없이 복도를 뛰었다. 끝은 보안장치가 설치되어 있는 문으로 막혀 있었다. 우관은 폭약을 꺼내려다가 뒤로 돌아서 오던 길을 되돌아갔다.

'분명히 은행의 금고문처럼 생긴 것을 보았는데……'

역시, 그 문은 열리고 있었다. 아래에서 위로 천천히 연결 통로를 지나 도착한 방에는 유리관이 두 개 있었다. 안은 상당히 더웠다. 두 개의 유리관은 몇 개의 케이블과 파이프들로 복잡한 기계들과 연결되어 있었다. 신비로운 빛이 그 주위를 감싸고 있었다. 땀이 흘러내려서 온몸이 쓰라렸다.

SECRET 27. 우관은 유리관 앞쪽의 금속 딱지에 새겨진 글자들을 읽었다. 자신이 보는 것을 믿을 수 없었다. 나이는 스무 살이 조금 넘었을까? 한쪽엔 나체의 남자, 한쪽엔 나체의 여자가 누워 있었다. 땀방울이 유리관 위로 떨어졌다.

'너무도 아름답군!'

얼굴엔 마스크가 쓰여 있었지만 그 아름다운 윤곽을 마스크 너머로도 느낄 수 있었다. 길게 자라 어깨선을 타고 흘러내리는 머리칼, 티 없이 맑고 하얀 피부, 호흡을 타고 가볍게 오르내리는 젖가슴, 허리와 다리를 타고 발끝까지 이어지는 미끈한 선……. 말로써 표현할 수 없는 아름다움이었다.

'천사가 있다면 이런 모습일까?'

우관은 잠시 넋을 잃고 두 천사를 바라보았다. 30년이 조금 안 된 인생에서 이보다 더 아름다운 모습을 본 적이 없는 듯했다. 지금껏 아름답다는 사람들을 많이 보았지만 그들과 비교할 수가 없었다. 우관은 그 천사 같은 얼굴로 손을 뻗었다. 유리에서 따뜻한 온기가 느껴졌다. 그러고는 몸을 더듬듯 유리관을 어루만졌다. 투명한 유리관에 지저분한 우관의 손자국이 찍혔다.

문득 기계가 움직이는 소리가 들렸다. 우관은 쫓기듯 자신의 모습으로 돌아와야 했다. 자신이 들어온 문 저편으로 기계의 한쪽 끝이 보였다. 크기는 자동차만 할까? 아래쪽에 바퀴가 보였다. 두 대였다. 흉물스러운 금속 팔들이 보였다. 각 팔에는 보기에도 끔찍한 것들이 달려 있었다.

'도대체 무슨 일이 일어난 것일까?'

또다시 공격이 시작된 것이리라. 두 로봇은 나란히 전진했다. 평소보다 시간의 흐름이 느려진 듯 느껴졌다. 우관은 천천히 뒷걸음질쳤다. 한 대는 천사 앞에서 멈추었지만 다른 한 대는 계속하여 앞으로 다가왔다. 우관도 천천히 뒷걸음질치며 멍하니 로봇을 바라보았다. 여러 개의 기계 팔이 보였다. 각 팔마다 달린 것은 수술용 도구처럼 보였다. 아마 수술을 보조하는 로봇이리라. 전기톱과 수술용 레이저 메스들이 싸늘한 빛을 발했다.

천사 앞에 멈춘 로봇이 팔 하나를 움직였다. 컴퓨터와 연결되는 소켓에 팔의 끝을 접속했다. 컴퓨터가 활발한 움직임을 준비하는 듯 수많은 램프에 불이 들어오며 '웅-' 하는 소리가 났다. 잠자고 있던 실험실이 깨어나는 듯했다. 그것을 바라보는 사이 갑자기 우관을 향하던 로봇의 움직임이 빨라졌다.

'도대체 이 로봇들은 뭘 하려는 거지?'

위이잉-. 순간 둥글고 작은 톱니가 달린 수술용 전기톱이 회전을 시작했다. 아마 가슴뼈를 자르는 도구이리라. 공기를 가르는 회전음이 우관의 뼈에까지 전해졌다. 우관은 반사적으로 뒤쪽으로 몸을 날렸다. 전기톱이 얼굴을 가린 우관의 왼쪽 팔뚝을 스쳐 지나갔다. 우관은 자신의 팔뚝에서 솟구치는 피를 보았다. 톱날이 우관의 옷과 살을 찢고는 피를 뿌리며 지나갔다. 뼈가 갈리는 느낌과 함께 예리한 통증이 느껴졌다.

전기톱은 방향을 바꾸어 아래쪽에서 치고 올라왔다. 한번의 뒷걸음 질로 피할 수 있었다. 무언가에 발이 걸려 넘어졌다. 다시 위에서 아래로 내리쳤다. 우관은 옆으로 몸을 굴렸다. 바닥에서 톱날이 긁히며 불꽃이 튀었다. 쇠가 긁히는 소리에 이가 시려 왔다. 눈을 감고 싶었다. 그냥 이대로 포기할까…….

뒤쪽에 있는 다른 팔이 우관을 겨누었다. 다시 몸을 굴리며 실험장비들 사이로 몸을 숨겼다. 톱날이 기계에 스칠 때 무시무시한 마찰음이 들렸다. 총소리보다 더 소름끼치는 소리였다. 붉은색 빛줄기가 머리 위를 비췄다. 뒤쪽에서 불꽃이 튀었다. 예리한 레이저 메스였다. 로봇의 바퀴가 굴러가는 소리가 들렸다. 우관은 언뜻 로봇의 전면에 새겨진 글씨를 보았다.

ROBODOC 12.

이곳을 빠져나가야 한다. 다행히 로봇의 속도는 빠르지 않았다.

'누군가 리모컨을 조작하고 있겠지? 나의 반응 속도가 외부의 조종을 받는 로봇보다는 훨씬 빠를 것이다. 문까지의 거리는 15미터쯤. 저 문을 통과하면 복도다.'

실험실을 빠져나간 후 복도를 달리면 로봇에게서 도망칠 수 있을 것 같았다. 손에 잡히는 컴퓨터의 모니터를 로봇을 향해 힘껏 던졌다. 레이저를 발사하던 팔이 모니터에 부딪히며 뒤로 젖혔다. 꺾이진 않았다. 우관은 허리를 돌려 뒤쪽 책상에 양손을 짚었다. 잘 움직이지 않는 팔에 힘을 주고 점프를 했다. 공중에서 한 바퀴 돌았다. 세상이 거꾸로 도는 느낌이다. 건너편으로 넘어갈 수 있었다. 바닥에 발끝이 닿음과 동시에 다시 몸을 굴렸다. 찢어진 팔뚝의 상처에서 피가 흘렀다. 붉은 빛이 머리 위로 지나가는 것을 볼 수 있었다. 빛이 스치며 지나가는 자리마다 불꽃이 튀었다. 양 볼에 레이저의 힘과 뜨거운 열기가 느껴졌다. 로봇의 반응 속도는 생각했던 것보다 훨씬 빨랐다. 과연 로봇보다 빨리 달릴 수 있을까?

하지만 이것저것 재볼 여유가 지금은 없다. 우관은 일어나 달렸다. 등에 예리한 통증이 느껴졌다. 붉게 빛나는 예리한 칼날이 빛의 속도로 공기를 가르며 우관에게 상처를 입힌 것이다. 이어서 왼쪽 팔과 다리에 살을 가르는 듯 통증이 또다시 느껴졌다.

'젠장, 너무 빠르다.'

문을 돌아 나오며 언뜻 안쪽을 바라보았다. 천사 같은 나신이 누워 있던 유리관 뚜껑이 열려 있었다. 하지만 더 이상 머물러 그것을 볼 수가 없었다. 로봇이 다시 움직였다. 우관은 복도를 따라 뛰었다. 다행히 복도의 문은 열려 있었다.

진호는 위층으로 냅다 달리기 시작했다. 그는 문을 부순 동료가 이상한 기계에 끌려가는 모습을 보았고 이어서 '쿵' 하는 둔탁한 소리를 들었다. 그도 그 인력이 느껴졌다. 바닥에 엎드린 채 힘들게 기어가 계단의 난간을 붙잡았다. 가방의 어깨 끈이 끊어지더니 방 안으로 날아가 버렸다. 옷이 찢어지면서 작은 쇳조각들이 날아갔다. 바람을 가르는 소리, 날카롭게 부딪치는 소리가 들렸다.

간신히 위층까지 올라와 인력을 벗어난 진호는 무작정 열린 통로를 따라 달려갔다. 숨이 턱에 찰 무렵 복도의 막다른 곳에 도착했다. '9구역'이라는 게시판이 있었다. 문이 열려 있었다. 어차피 폭약도 없고 다른 통로도 없었기에 망설임 없이 그 안으로 들어갔다. 운이 좋으면 밖으로 나갈 수 있을지도 모른다는 생각을 하면서……. 진호는 주위가 꽤 춥다는 것을 깨달았다. 주위는 어두웠는데 마치 거대한 창고에 들어온 기분이었다.

"음침한 곳이군. 빨리 나가야겠어."

뒤돌아섰을 때 가슴이 철렁 내려앉았다. 들어온 출입구는 이미 굳게 잠겨 있었다. 주위에서 하얀 가스가 새어나왔다. 진호는 그것을 질소 가스라고 생각했다. 살을 에는 예리하고도 차가운 기운이 느껴졌다.

남식은 급하게 기자 회견을 준비했다. 사고는 남식 혼자의 힘으로 처리할 수 없을 정도로 커져 버렸다. 로비 한쪽의 휴게실에는 많은 카메라가 설치되어 있었다. 남식은 판단이 빠른 사람이었다. 그의 부탁에 따라 최 부장이 경찰과 협조 회의를 진행하고 있을 것이다.

"공식적인 인터뷰를 시작하겠습니다. 저는 PT의 홍보실장으로 있는 오남식입니다. 앞서 여러분 모두가 궁금해 하실 사고 내용에 대하여 발표를 하겠습니다. 여러 소문이 돌고 있는 것으로 알고 있습니다."

남식은 잠시 주위를 둘러보았다. 모든 방송국에서 온 것 같았다. '어떻게 시작해야 할까?'

"오늘 정오 무렵 메탈 브레인은 인공지능을 가진 바이러스 프로그램에 감염되었습니다. 작은 화재가 발생했지만 방사능은 유출되지 않았습니다. 바이러스 때문에 컴퓨터가 오작동 하고 엉뚱한 경보가 발생했습니다. 그 외 여러 부분도 제대로 작동을 하지 않고 있습니다. 저희는 메탈 브레인을 정상으로 되돌리기 위해 많은 노력을 했습니다. 지금까지의 몇 가지 시도가 실패로 돌아갔고 현재는 시스템의 모든 통제권을 상실한 상태입니다. 저희 기술자들이 바이러스 프로그램을 분석중이며 밝혀진 사실은 그 프로그램이 학습 능력과 생존 본능을 가지고 있다는 것이 전부입니다. 보통의 바이러스와는 전혀 다르죠. 특히 이 바이러스는 메탈 브레인의 환경에 적합하도록 만들어졌다는 것이 문제입니다. PT의 직원들이 메탈 브레인의 통제권을 찾기 위해 최선을 다하고 있습니다. 하지만 현재로선 별다른 대책이 없습니다. 그래서 우리는 새로운 해결 방법을 찾기로 했습니다. 지금 이 시간도 정부와 함께 비상 대책 본부를 설치하기 위해 교섭중입니다. 여러분께 이번 사고를 해명하고 협조를 얻기 위해 매스컴에 지금의 상황을 사실대로 발표하기로 결정했습니다. 한 사람씩 차례로 질문해 주시기 바랍니다. 모든 질문에 답변할 수는 없지만 여러분의 궁금증을 최대한 풀어 드리겠습니다."

— 바이러스 프로그램에 대해 자세히 설명해 주십시오. 어떤 경로로 감염됐습니까? 그리고 그 프로그램을 만든 사람이 도대체 누굽니까?

"저희도 조사중입니다. 일단 메탈 브레인의 통제권을 되찾아야 프로그램의 실체를 파악할 수 있습니다. 그리고 바이러스의 제작자는 저희도 모릅니다. 감염 경로도 밝혀지지 않았습니다."

— 오 실장님은 바이러스 프로그램이 이 모든 일을 일으켰다고 말씀하고 계신데 그것이 현실적으로 가능한 얘긴가요?

"저희도 매우 충격을 받았지만 사실입니다. 어처구니없는 말이지만 아까도 말씀드렸듯이 현재 메탈 브레인의 모든 통제권을 바이러스에게 빼앗긴 상태입니다. 우리 기술자들의 말로는 정교한 대화형 시뮬레이션 게임과 비슷하다고 합니다. 보통 바이러스라면 시스템에서 파일들을 삭제하거나 파괴합니다. 하지만 이 바이러스는 엄청난 분량의 복잡한 프로그램으로 실행되면서 시스템을 분석하고 자신이 생존하기 위해, 즉 프로그램이 계속 실행되도록 시스템의 여러 부분을 조종하는 것입니다. 그래서 우리는 5층 이하의 라인을 끊어 버렸습니다."

남식은 세원이 정리해 준 자료를 간간이 쳐다보며 대답하였다.

– 그럼 메탈 브레인을 서버로 이용하고 있는 메디컬 네트워크는 어떻게 되는 겁니까? 아무래도 바이러스가 네트워크에까지 영향력을 미친다면 심각한 문제가 발생할 텐데요.

"메디컬 네트워크에는 아직 이상이 없는 것으로 보입니다. 통제력을 빼앗겼지만 메탈 브레인 자체가 동작을 안 하는 것은 아닙니다. 단지 메탈 브레인의 일부분을 그 프로그램이 조종하고 있을 뿐입니다. 바이러스가 영향력을 미치는 부분은 빌딩의 운영과 관련된 부분입니다. 바이러스는 아직 메디컬 네트워크에 대해선 파악하지 못한 것 같습니다. 그리고 앞으로도 복잡한 네트워크를 학습할 능력은 없다고 보입니다. 메탈 브레인이 꺼지지 않는 한 계속해서 메디컬 네트워크의 서버 역할을 수행할 것입니다. 관련 데이터베이스도 망가지지 않은 상태입니다. 아무리 바이러스 프로그램의 능력이 뛰어나다고 해도 메탈 브레인이라는 시스템을 모두 조종한다는 것은 불가능한 일입니다."

－제게는 바이러스가 메디컬 네트워크에 심각한 문제를 초래할 가능성도 있다는 말씀으로 들리는군요. 프로그램이 네트워크를 학습할 만큼 능력이 될 수도 있지 않습니까? 만약 그 바이러스가 메디컬 네트워크에 영향을 주면 어떤 일이 발생할까요?

"그땐……"

남식은 물을 한 모금 마시고 헛기침을 했다.

"바이러스가 메디컬 네트워크에 영향을 미치는 경우, 그것이 할 수 있는 일이라곤 아마 데이터베이스를 날려 버리든지 아니면 서버를 다운시키는 정도일 겁니다. 그땐 분산되어 있는 지역 서버가 각자 독립적으로 서버 역할을 하게 됩니다. 메탈 브레인의 메디컬 네트워크 데이터베이스가 파괴되어도 아무런 문제가 없습니다. 효율이 약간 떨어질 뿐입니다."

남식의 목소리가 떨렸고, 기자들은 웅성거렸다. 이 인터뷰는 전국에 생방송되고 있었다.

　－바이러스가 데이터베이스를 파괴하는 대신 고의로 메디컬 네트워크에 잘못된 정보를 공급하면 심각한 문제가 발생할 수 있지 않나요?

"불가능한 얘깁니다. 메디컬 네트워크는 거대하고 복잡한 정보 통신망입니다. 그 데이터베이스를 학습하고 정보를 조작하는 것은 사람이라고 해도 불가능합니다. 바이러스는 일종의 프로그램일 뿐입니다. 아무리 정교해도 정보를 조작할 능력은 없습니다."

　－아까 엘리베이터 안 바닥에서 구급 요원들이 시체를 하나 찾았다는데 그건 어떻게 된 거죠?

"우린 시스템을 되찾기 위해 몇 가지 작전을 세웠습니다. 바이러스가 상주하고 있는 곳은 10구역, 즉 프리엠브리오 개발팀의 컴퓨터 안입니다. LAN을 통해 메탈 브레인을 조종하고 있지요. 소프트웨어적인 방법으로 바이러스 제거에 실패한 우리는 그곳의 케이블을 절단하려고 사람들을 보냈죠. 바이러스가 화재 경보 시스템을 가동시키며 통로를 폐쇄했기 때문에 대원들은 엘리베이터 통로를 따라 그곳에 진입했습니다. 그 과정에서 한 대원이 추락했습니다."

– 우연한 실수로 추락한 건가요? 다른 대원들은 어떻게 되었나요? 시체가 발견된 것은 한 시간 전인데…… 이미 케이블을 절단했어야 하는 시간이 아닙니까?

"그 계획에 투입된 대원은 모두 여섯 명입니다. 위층에 있던 엘리베이터가 갑자기 내려오는 바람에 그만 한 사람이 떨어져 버렸죠. 엘리베이터가 오작동한 원인은 아직 밝혀내질 못했습니다. 그리고 그 계획은 실패했습니다."

– 계획이 실패했다면 나머지 다섯 명은 어떻게 되었죠? 아까의 폭발과 무슨 상관이 있나요?

"그들은 폭발물을 가지고 있었습니다. 출입문을 열 방법이 없었기 때문에 폭파해야 했습니다. 그리고 케이블이 벽 안을 통과하므로 그것을 자르려고 해도 폭약이 필요했습니다. 그런데 그들이 10구역에 진입한 후 여러분도 알다시피 폭발이 일어났습니다. 그러고 나서 바로 교신이 끊어졌습니다. 현재는 그들이 어떻게 되었는지 알 수 없습니다. 폭발의 현장에 있었던 것으로 추측됩니다."

- 그들이 가지고 있던 폭약이 폭발한 것인가요?

"아닙니다. 그들이 가지고 있던 폭약은 그렇게 위력이 크지 않습니다. 작은 범위의 구조물에 대한 파괴력은 크지만 아까와 같은 폭발은 일으킬 수 없습니다. 아마도 뭔가 실수가 있어 가스가 폭발한 것으로 추측됩니다."

- 공원에 갇힌 사람들은 어떻게 되는 겁니까? 벌써 다섯 시간째 문이 열리지 않고 있는데요.

"당분간은 구조할 수가 없습니다. 30분 전 방화문을 폭파하려는 순간 우리는 바이러스로부터 협박을 당했습니다. 그들을 구조하려고 하면 바로 공격을 시작하겠답니다. 그래서 폭파반을 철수시켰습니다."

- 프로그램이 협박을 했단 말씀입니까? 바이러스의 의도는 과연 무엇이죠? 병원은 안전한 겁니까? 그리고 그 공격이라는 것은 무엇을 말하는 거죠?

"병원은 안전합니다. 그쪽 사람들도 갇혀 있는 상태이지만 병원은 정상으로 돌아가고 있습니다. 그곳도 공원과 마찬가지 이유로 사람들을 구할 수가 없습니다. 바이러스의 의도는 아무도 모릅니다. 단지 생존하기 위한 것일 수도 있죠. 그리고 제가 전문가가 아니라 자세한 말을 할 수가 없군요. 확실한 건 그것은 생존 본능에 따라 가장 적합한 판단을 한다는 것입니다. 뚜렷한 목표는 없는 것으로 보입니다. 말도 안 되는 일이지만 지금 우리는 바이러스와 협상을 진행하고 있습니다. 일단 바이러스에게 위협을 주지 않으면 더 이상의 사고는 생기지 않을 겁니다. 바이러스가 말한 공격의 의미는 저희도 모르겠습니다. 단순히 위협일 수도 있겠죠."

　－현재로서는 별다른 해결책이 없다는 말씀이군요.

"잠시 후 정부와 대책회의가 시작될 것입니다."

　성찬이 침울한 표정이 되어 혜원을 방문한 것은 폭발 뒤 한 시간 정도 지난 시간이었다. 혜원이 묻지 않았음에도 그는 A팀에 관한 말을 해주었다.

"아마 그곳에서 탈출하는 것은 불가능한 일일 거야. 세 명의 생사를 알 수 없지만…… 애초에 출구가 없는 함정이었어. 이건 재앙의 시작에 불과해."

　혜원은 그 동안 정렬과 함께 행정 구역의 컴퓨터를 이용해 빌딩 내 네트워크의 여러 경로를 통하여 가까스로 연결한 터미널로 MX-217의 두뇌에서 발생하는 생체 신호를 관찰할 수 있었다. MRI, EEG, ALC 등 아직 그의 두뇌와 연결되어 있는 계측 장치들은 정상으로 작동하고 있었다. 물론 미소 전극 칩도 제대로 작동하고 있을 것이다.

　정렬이 열어 놓은 라인은 일종의 해킹 방법으로 도둑질한 라인이기 때문에 단지 관찰만이 가능했다. 만약 이 라인으로 메탈 브레인에 더 가까이 접근하려는 시도를 한다면 MX-217은 그것을 알아차리고 이 터미널마저 끊어 버릴 것이었다. 혜원은 팀의 책임자가 되었다. 근영은 그 동안의 피로에 이번 사건의 충격이 더해져 쓰러지고 말았다. 혜원과 직원들은 3층 휴게실 소파에 근영을 누이고는 이곳으로 온 것이다. 그는 더 이상 팀을 이끌어 갈 수가 없었다.

근영은 쓰러지기 전 혜원에게 충격적인 말을 남겼다. 도저히 믿을 수 없는 말이었다. 비록 반쯤 정신이 나간 상태였지만 근영이 헛소리를 했다고 생각되지는 않았다.

혜원의 팀은 메탈 브레인의 통제로부터 자유로운 4층에 자리 잡고 있었고 그 사무실 안에 있던 컴퓨터들을 사용해 작업에 들어갔다. 상준이 5층 아래의 보안 케이블을 절단했기 때문에 이곳에 여러 팀의 상황실과 지휘 본부, 회의실 등이 설치되었다. 혜원의 팀이 맡은 임무는 간단했다. MX-217의 두뇌에서 일어나는 반응을 파악하는 것이었다.

'잠을 자면 알 수 있을 거야.'

혜원이 생각했다.

"한혜원 박사, 잠깐, 여기 좀……"

정렬이 혜원의 어깨를 두드리며 혜원을 불렀다. 화면에는 시간에 따라 비례하는 그래프가 있었다. 그것은 생명체와 메탈 브레인 사이의 신호 교환 속도를 나타내는 그래프였다. 기울기는 시간이 지날수록 점점 커지고 있다. 혜원은 뚫어지게 그래프를 쳐다보았다. 성찬은 목에 걸리는 신음 소리를 내었다. 점이 또 하나 찍히면서 직선이 연결되었다. 이전의 점보다 3밀리미터 정도 올라간 위치였다.

"매 30초마다 점이 찍혀요."

정렬이 말했다. 혜원과 성찬은 그래프가 의미하는 것을 알 수 있었다. 반응 속도가 아침보다 다섯 배 이상 빨라졌다. 지금까지 MX-217은 64개의 근육 신경을 움직여 이진수 신호를 만들어 내는 방식으로 메탈 브레인을 조종했다. 하지만 그런 방식으로 이런 연산 속도를 나타내는 것은 어느 한계가 있다. 사람이 손가락을 아무리 빨리 움직인다고 해도 어느 정도 이상으로는 빨라질 수 없는 것과 똑같다. 성찬이 먼저 입을 열었다.

"도대체 어떻게 된 일이지?"

"맞아. 미소 전극."

혜원이 속삭이듯 말했다.

"무슨 말이지?"

성찬이 물었다.

"MX-217의 두뇌에는 뉴런군의 반응을 추적하기 위한 미소 전극 칩이 있어요."

성찬은 그저께 혜원에게 그 얘길 들었다.

"아마도 그것을 이용해 컴퓨터를 조종할 거예요. 그렇지 않고는 이 정도의 속력을 낼 수가 없어요. 지금까지는 생각을 근육의 움직임이라는 언어로 표현해 그것을 다시 이진수 신호로 바꾸었어요. 하지만 이제 MX-217의 두뇌가 어떤 생각을 하면 그 생각이 바로 메탈 브레인 안에서 현실로 이루어지고 있어요."

성찬이 고개를 끄덕거렸다.

"초집중 상태군."

"무슨 말이죠?"

혜원이 물었다.

"요가나 호흡 수련을 하는 사람들이 명상하는 상태와 비슷한 거야. 보통 사람이라면 불가능한 일이지. 하지만 MX-217은 모든 외부 감각에서 떠나 있는 상태여서, 즉 아무런 자극도 느끼지 않기 때문에 당연히 한 가지 일에 집중할 수 있는 거야."

혜원과 정렬이 동시에 고개를 끄덕였다.

"예를 들어 만약 내가 가지고 있는 지식을 두뇌끼리 연결해 혜원에게 전달할 수 있는 기계가 있다고 할 때, 그러면 그때 나의 지식뿐만 아니라 오만 가지 잡다한 생각과 감정까지 그대로 전달되어 버리지. 내가 혜원에게 가지고 있던 감정까지 말이야."

"맞아요. 그래서 보통의 사람이 생각만으로 기계를 움직이려는 시도는 많았지만 아직 초기 단계에도 이르지 못했어요. 기계를 움직이기 위해서는 많은 훈련을 받아야 하지만 기계와의 동조율은 10퍼센트를 넘지 못하고 있어요."

정렬이 말했다.

"인간 스스로 의식의 흐름을 제어할 수 없으니까 당연히 기계는 제멋대로 움직이는 거지. 인간은 자신이 무엇을 원하는지도 모를 때가 많아. 하지만 MX-217의 경우는 달라. 외부의 자극이 없으니 자신의 세계 안에서 동일한 의식의 흐름을 전개할 수 있지. 게다가 그의 의식은 이진수로 이루어져 있기에 컴퓨터와 자신의 사고를 일치시킬 수 있는 것이고……. 이제 MX-217을 막을 수 있는 사람은 아무도 없겠군. 이 생명체가 생각하고 상상하는 모든 것이 사이버스페이스 안에서 현실화되고 있기 때문이야. 컴퓨터와 연결되는 모든 기계를 자신의 신체처럼 움직일 수 있어. 우리가 팔 다리를 움직이듯이…… 단지 의지만으로 메탈 브레인이라는 거대한 컴퓨터를 자신의 신체처럼 움직일 수 있어……. 이제 MX-217은 또 다른 세계에서 신과 같은 힘을 얻은 셈이군. 이 사실을 사람들에게 알려 주어야 해. 더 이상 무모한 짓을 안 하도록……."

"충분히 가능한 일이에요. 하지만 아무리 능력이 뛰어나도 이 상태로 오래 버틸 수는 없을 거예요."

정렬이 말했다.

"박사님 말이 맞아요. 지금 당장은 MX-217이 유리한 고지를 점령하고 있지만 이 상태로 며칠을 버티는 것은 힘든 일이에요. 그것을 MX-217도 알고 있을 거예요. 그도 잠을 자야 하니까요. 그리고 추적당하고 있다는 것조차 알고 있을 거예요. 그는 모든 것을 알고 있어요."

성찬이 말했다. 혜원이 의아한 표정을 지으며 말했다.

"하지만 그렇다고 해서 뭘 어떻게 한다는 거죠? 인큐베이터 안에서 꼼짝도 할 수 없는데."

"당신도 눈으로 봐서 알고 있겠지만 이 세상에서는 실재하지 않는 사이버스페이스가 실재하는 세계에 거대한 영향력을 미칠 수 있어. 그리고 어쩌면…… 그것은 실재하는 것일 수도 있지. 그리고 몇 번이나 강조했지만 MX-217은 정확한 계산이 없으면 움직이지 않아. 그건 당신도 알고 있을 거야. 그런데 내가 모르는 게 있어."

"뭘 모른다는 것이죠?"

"MX-217이 무얼 얼마나 알고 있는지……. 어쩌면 문 박사는 그것을 알고 있을 텐데."

"그는 지금 일어날 수가 없어요."

혜원은 근영이 대화중 쓰러진 일을 설명해 주었다.

"성찬 씨가 나가고 얼마 안 있어서 그런 일이 있었어요."

"참 난감하게 되었군. 꼭 물어 볼 게 있는데."

"그런데 MX-217이 무엇을 얼마나 알고 있다뇨? 무슨 말이죠?"

"자신의 존재에 대해 그리고 육체라는 것에 대해 MX-217이 얼마나 알고 있는지……. 중요한 것은 컴퓨터 따위가 아냐. 그가 컴퓨터를 조종해 영향력을 행사한다고 하지만 우리가 모르는 더욱 중요한 것이 있을 거야."

"문 박사가 일어나면 꼭 연락 좀 해 줘. 중요한 일이야. 나는 가 볼 데가 있어."

"어디로 가죠?"

"엘리베이터 통로로. 생존자가 있다면 거기로 나올 거야."

"혼자서는 힘들 거예요. 제가 직원들에게 말을 해 놓을게요."

"응."

성찬이 밖으로 나갈 때 혜원이 잠시 머뭇거렸다. 낮에 근영에게 들은 말을 해야 한다고 생각했다.

'박사님이 비밀을 지켜 달라고 부탁했는데……'

혜원이 고민하는 사이 성찬은 빠른 걸음으로 나가 버렸다.

헬기에서 바라본 메탈 브레인 빌딩은 중간에 한 층이 파괴된 모양을 빼면 아무런 이상도 없어 보였다. 해가 떨어지고 어둠이 깔리자 평소처럼 아름다운 조명이 빌딩을 감쌌다. 대폭발 때 화재가 발생했지만 빌딩의 막강한 화재 진압 프로그램이 작동해 빌딩 밖으로 보이던 화염과 연무는 금세 사라져 버렸다.

30분 후면 정부와의 비상대책회의가 열릴 예정이다. 헬기 안에는 남식 말고도 두 사람이 자리 잡고 있었다. 빌딩 설계자인 상준과 중앙정보실의 박세원 팀장이었다. 빌딩 앞은 아수라장이었다. 이번 사고를 기회로 저녁부터 반PT집회가 큰 규모로 열렸다. 그들은 플래카드를 흔들면서 프리엠브리오의 제작을 중단하라고 촉구했다. 그 옆에선 방송국에서 몰려든 기자들이 촬영을 하고 있었다. 일행은 빌딩 앞 도로에서 경찰들의 도움으로 간신히 기자들과 데모대를 물리치고 경찰 측에서 보낸 헬기를 탈 수 있었다.

남식은 아내에게 전화를 걸어 보았다. 통화중이었다.

'빌어먹을!'

벌써 세 번째인데 그때마다 통화중이었다.

"우리는 MX-217의 존재를 밝혀서는 안 됩니다. 두 분도 아시겠지만 저는 인터뷰에서 이번 사고를 인공지능 바이러스라고 매스컴에 발표했고 대책본부에서도 바이러스라는 것으로 일관할 예정입니다. 두 분도 이 점에 대해서는 신경을 써 주셔야 할 겁니다. 어떤 질문일지라도 답변을 하기에 앞서 실수하지 않도록 깊이 생각해 주세요."

세원과 상준은 남식의 말을 이해할 수 있었다.

'그렇지만 경찰에서 그런 말을 믿을까? 이미 몇 명의 사망자가 발생했다는 사실은 전국에 방송되었다. 그것을 단지 바이러스 때문이라고 하면 무리가 있지 않을까?'

세원은 세차게 고개를 흔들었다. 하긴 그가 생각하기에 MX-217은 바이러스보다 믿기 어려운 존재였다. 한 가지 다행인 것은 MX-217이 상황을 더 이상 나쁜 방향으로 이끌지 않는다는 것이었다.

근영이 쓰러진 후 남식은 혜원을 시켜 꾸준히 MX-217과 대화를 시도해 보라고 했다. 한 시간 전에는 혜원으로부터 MX-217의 신경 신호를 수신할 수 있는 라인을 확보했다는 소식을 들을 수 있었다. 하지만 그렇다고 변하는 것이 있을까? 막연한 기대는 상황에 전혀 도움이 되지 않을 것이다.

MX-217은 이제 그들의 영향력에서 완전히 벗어났다. 근영과 혜원은 MX-217에게 신과도 같은 존재였지만 이제는 동등한 위치, 아니 그 이하가 돼 버렸다. MX-217은 빠른 속도로 자아와 환경에 대해 자각하고 있었고, 그들이 MX-217에게 가르친 모든 것을 흡수하며 그 스스로를 초월하고 있었다. 남식은 자신이 MX-217과의 대화를 통해 그의 생각을 읽으려는 것과 마찬가지로 MX-217 역시 혜원과의 대화를 통해 자신의 생각을 읽고 있는 것처럼 느껴졌다. 게다가 그는 이제 협박까지 하고 있었다.

헬기는 벌써 열 바퀴 이상 빌딩을 돌고 있었다.

"이제 그만 가도록 합시다."

남식은 멀어져 가는 빌딩을 바라보았다. 메탈 브레인 빌딩은 평소처럼 제자리에 우뚝 서 있었다.

복도를 나와 뒤를 돌아보았지만 로봇이 따라오지는 않았다. 우관은 침착하게 행동했다. 팀장을 떠나기 전 성찬이라는 사람이 한 말을 기억해 냈다. 태연히 행동하라고 했다.

우관은 뛰지 않았다. 태연하게 앞으로 걸어갔다. 뒤도 돌아보지 않았다. 그가 지나간 자리에 핏방울이 점점이 그려졌다.

'젠장, 얼굴이 백지장 같겠군. 평생 시커먼 얼굴이더니……'

귀에 신경을 집중했지만 로봇이 따라오는 소리는 들리지 않았다. 머릿속에 이곳의 설계도가 그려졌다. 코너를 돌아 두 번째 복도에서 오른쪽으로 가면 엘리베이터가 나올 것이다.

우관은 엘리베이터 문까지 도착했다. 그들이 이곳으로 들어오기 위해 뚫어 놓은 구멍이 입을 벌리고 있었다. 몇 시간 전 이 구멍을 통해 10구역으로 들어왔다. 하지만 이제 이곳을 통해 20층 아래로 내려가야 했다. 비상계단으로 통하는 모든 출구가 막혀 있을 것이다. 그보다 비상구에는 엄청난 보안장치들이 있을 것이다. 그 사람 말대로 엘리베이터 통로는 상대적으로 보안장치가 적다.

'적어도 비상구만은 보안장치를 설치하지 말았어야 했어.'

한 층에 4미터씩 계산 하면 바닥까지는 80미터 정도가 될 것이다. 이미 가지고 있던 폭약도 다 써 버렸다. 이제 이곳이 그에게 마지막 남은 탈출구였다.

'해 낼 수 있을까?'

다음 주면 주영과 같이 여행을 가기로 했다. 몇 달 전부터 준비했고 간신히 허락을 얻어 냈는데…… 그걸 포기할 수는 없었다. 나가자마자 콘도를 예약할 것이다. 늦었다면 호텔을 예약할 것이다. 분명 보상금이 많이 나올 테니 여행 경비는 충분할 터이다. 우관은 아래로 천천히 내려갔다.

엘리베이터는 꼭대기에 걸려 있었다. 또다시 움직일 것 같지는 않았다. 하지만 긴장을 늦추지는 않았다. 이미 온몸의 감각이 마비되어 가고 있었다. 피를 많이 흘린 것 같다. 배가 아파 오자 피부의 통증은 점점 약해졌다. 아까 마이크로 웨이브에 뱃속을 많이 상했나 보다. 우관은 아래쪽까지 내려갈 자신감이 없어졌다. 중간에 의식을 잃고는 심연으로 추락해 버릴 것만 같았다.

의식이 희미해져 갔다. 아래쪽으로부터 차가운 바람이 불어오고 있었다. 그들이 올라올 때도 바람이 불고 있었다.

'어째서 이런 통로에서 바람이 부는 걸까?'

시원한 바람은 그가 정신을 잃지 않도록 도와주고 있었다. 하지만 졸음이 밀려왔다.

'이것이 죽음일까? 얼마나 아래로 내려왔을까? 얼마나 시간이 흘렀을까?'

마치 술에 취한 듯 꿈결 같은 시간이 지나갔다. 주위 사물들이 초점을 잃어 가는 것이 어둠 때문만은 아니었다. 토하고 싶었지만 그럴 기력조차 남아 있지 않았다. 우관은 철골 구조물 사이에 몸을 걸쳤다. 팔다리가 말을 듣지 않았다. 엎드리면서 가슴이 눌려 숨쉬기가 어려웠다.

'조금만 더 내려가면 될 텐데······'

죽기 싫었다. 소리를 질러 보았지만 목에 걸려 나오질 않았다. 피를 너무 많이 흘렸다. 무서웠다.

'몸에는 대략 13리터쯤 피가 있고 그 중에 3리터 정도만 흘려도 죽는 다는데……'

팔을 들어올릴 수가 없었다. 다리도 살짝 까딱이는 것 외엔 움직일 수 없었다. 다친 몸으로 20층이나 되는 엘리베이터 통로를 타고 내려간 다는 것 자체가 불가능한 일이었다.

'내 시체는 언제 발견될까? 이대로 철골 사이에 걸쳐져 썩어 가겠지. 지독한 냄새를 풍길 때쯤에야 사람들이 나를 발견하겠지.'

"으허억!"

소리를 질러 보았지만 제대로 나오질 않는다. 눈물이 흘러내리며 숨 이 가빠왔다.

'며칠 후면 주영과 여행을 떠나는데…… 내가 죽은 후 그녀는 얼마 동안이나 나를 기억할까. 6개월? 1년? 3년? 시간이 지나 슬픔이 잊혀 지면 다른 사람을 만날 것이다. 시간이 더 흐르면 내 존재까지 잊어버 릴 것이다. 그래도 가끔씩은 나를 생각해 주겠지.'

아래쪽으로 빛이 보였다. 피를 많이 흘리며 죽어 갈 때는 환상을 경 험한다고 한다.

'이제 끝나가는군. 고통도 사라지겠지.'

결혼하지 않은 젊은 사람이 죽으면 화장을 한다고 했다. 묘를 돌봐 줄 사람이 없으므로 강이나 바다에 뿌리는 것이다. 하지만 우관은 그것 이 싫었다. 불에 타 죽는 것은 생각만 해도 끔찍했다. 이미 죽어 있을 테지만 그래도 싫었다.

두 경비원은 기분이 언짢아 보였다. 성찬 역시 시체를 꺼낸 엘리베이터 통로 안으로 들어가고 싶지는 않았다.

"살아 있다면 벌써 나왔을 거예요. 벌써 세 시간이 지났어요."

한 경비원이 투덜거렸다. 하지만 성찬은 지금 확인하지 않는다면 평생 후회할지도 모른다는 생각이 들었다. 두 시간 전 시체를 꺼내며 안전장치를 풀어 두어 문은 쉽게 열렸다. 성찬은 조심스럽게 위를 바라보았다. 당장이라도 엘리베이터가 떨어지며 자신의 머리를 부술 것 같았다. 엘리베이터는 높은 곳에 걸려 있었다. 성찬은 랜턴을 받아들고는 위쪽을 살폈다.

"뭐가 보여요?"

"아니요. 아무것도 안 보이는데요."

"이제 그만 갑시다."

그 자리에서는 반대편 벽 쪽을 볼 수가 없었다.

"잠깐만요."

조심스럽게 위쪽에 신경을 쓰면서 다리를 철골 구조물에 걸쳤다. 무릎이 떨렸다. 위를 바라볼 용기가 나질 않았다. 무엇이 움직이는 소리는 들리질 않았다. 성찬은 오른손으로 철골 하나를 붙잡은 후 통로 반대편으로 몸을 날렸다. 순간 '쉬이익-' 하는 공기 새는 소리가 들렸다. 성찬은 두 팔로 철골을 감쌌다. 바로 눈앞에 엘리베이터를 움직이는 케이블이 몇 가닥 있었는데 조금도 움직이질 않았다.

'무슨 소리지?'

귀를 기울여 보았지만 아무런 소리도 들리지 않았다.

"무슨 소리 못 들었어요?"

"못 들었어요."

경비원이 귀찮다는 듯 말했다.

"랜턴 좀 이리 던져요."

성찬은 손이 떨리는 바람에 랜턴을 놓칠 뻔했다. 다행히 끈에 손가락이 걸렸다. 바로 위층을 살펴보았다. 아무것도 없었다. 그 다음 층을 살펴보았다. 아무것도 없다. 랜턴이 다섯째 층을 비추었다. 철골에 무언가가 걸려 있었다. 성찬은 잘 보기 위해 눈을 찡그렸다. 분명히 사람이었다. 팔과 다리를 축 늘어뜨리고 있었다. 위에서 떨어졌나?

"사람이 있어요. 다섯 층 위에요."

경비원이 재빨리 성찬의 쪽으로 건너왔다. 그도 철골 사이에 걸린 몸을 보았다.

"살아 있을까요?"

성찬이 물었다.

"모르겠어요. 위에서 떨어지다가 걸렸나 본데 아마 죽었을 거예요."

"저기서 꺼낼 수 있을까요?"

"로프가 필요해요. 몸에 묶은 다음에 내려 보내야죠."

"그 사이 엘리베이터가 내려오면 어쩌죠?"

"통로 바깥쪽에 공간이 있으니 거기로 내려야죠."

"로프 가지고 있어요?"

"찾아보면 있을 거예요."

밖에 서 있던 경비원이 로프를 찾으러 갔다. 성찬은 철골 구조물을 살폈다. 손에 잡을 것은 많았다. 잘 하면 올라갈 수 있을 것 같았다.

"뭐해요?"

"올라가 볼 거예요. 살아 있을지도 모르잖아요."

경비원은 무서웠는지 자신이 올라가 보겠다는 말은 안 했다. 비릿한 냄새가 나는 물방울이 성찬의 이마에 떨어졌다. 성찬은 손등으로 그것을 닦아 냈다. 손등에 붉은 피가 묻어 나왔다.

"맙소사!"

위로 오르면서도 귀에 신경을 집중했다.

'만약에 모터 움직이는 소리라든가 케이블 당겨지는 소리가 들리면, 바로 앞쪽 빈 공간으로 몸을 날린다.'

자기 암시를 걸어 놓으면 더 빠르게 반응할 수 있다. 땀을 비 오듯 흘리며 가까스로 그 사람 바로 아래쪽까지 도착했다. 머리칼이 불에 타버리고 온몸이 피투성이였다.

"이봐요. 내 말 들려요?"

성찬이 몸을 흔들었다. 하지만 움직이지 않았다. 등과 왼팔, 왼쪽 다리의 일자로 베인 상처에서 피가 흐르고 있었고 회색 제복은 피에 젖어 다리에 착 달라붙어 있었다.

"정신 차려요, 정신 차려요!"

아래쪽에서 경비원이 초조하게 바라보고 있었다. 성찬이 그의 코에 귀를 가져다 대었다.

"살아 있어요!"

성찬이 소리쳤다. 미미했지만 그는 숨을 쉬고 있었다.

11. 낙원에서

의미 때문에 효율성을 포기하는 사람들은
피할 수 없이 사랑이라는 강박을 얻게 된다.

- 오웬 바필드

≡ 그래, 맞아. 인간은 자신과 닮은 존재를 만들 수 있어. 그런 방식으로 자신의 존재가 영원히 남을 수 있다고 말하는 사람들도 있지. 참 재미있는 일이야. 그런 식으로 정보는 다양성을 얻을 수 있고 개체는 만족을 얻을 수 있으니까. 하지만 나래 혼자서는 나래의 아이를 만들 수 없어. 두 가지 종류의 인간이 있지. 나래도 알고 있지?

≡ 남자와 여자.

≡ 그래. 둘은 다른 모습을 하고 있지. 유전자의 구조와 모습으로 볼 때도 둘은 전혀 다른 종류의 생명체야. 두 인간이 만나 자신들을 닮은 아이를 만들어 내. 그 아이는 자신과 자신의 상대자를 반씩 닮아. 아이가 태어나면 사람들은 아이에게서 자신의 모습을 발견하는 것을 원해.

근영 역시 나영이의 모습에서 자신의 모습을 발견할 수 있었다. 하지만 나영이는 이 세상에 없다.

≡ 나래는 남자인가 여자인가?

≡ 나래는 여자야.

남성보다 여성이 덜 공격적이며 다루기 쉽다. 그 때문에 프리엠브리오 MX-217은 여성으로서 제조되었다. 근영은 남성 체세포에서 Y염색체를 X염색체로 치환하는 힘든 작업을 해야만 했다.

≡ 여자이기 때문에 남성의 육체에 더 많은 관심을 갖게 돼. 하지만

나래가 남자의 육체를 선택한다면 그건 잘못된 선택이야. 남성의 육체를 가진 나래의 정신이 같은 남성에게 관심을 갖게 되면 배우자를 찾을 수 없게 돼 버려. 남자는 남자와 배우자가 될 수 없고 여자는 여자와 배우자가 될 수 없기 때문이야. 남자와 여자, 모습이 다른 두 인간이 배우자가 될 수 있어. 나래가 남성의 육체에 관심이 있더라도 여성의 육체를 선택해야 해. 그래야 여성의 육체를 가지고 남성에게 관심을 보였을 때 적당한 배우자를 찾을 수가 있어.

세상에는 자신의 의지에 상관없이 다른 성의 육체를 갖고 태어나는 사람들이 있다. 그들은 자신의 육체와 동일한 성에 관심을 보이게 된다. 호모 또는 레즈비언으로 불리는 이들이 그렇다. 근영은 나래에게 이 얘기를 꺼내진 않았다. 그의 이해를 벗어난 문제이기 때문이다.

≡ 나래는 나래만을 닮은 존재를 만들고 싶다. 다른 사람을 닮은 사람은 필요하지 않다.

근영은 나래를 이해할 수 있었다. 하지만 그것은 근영의 후회만큼이나 슬픈 일이었다. 그렇다고 지금 당장 나래에게 이성간의 사랑을 이해시킨다는 것은 불가능한 일일 것이다.

≡ 나래만을 닮은 존재를 만드는 것은 가능해. 그리 어려운 일은 아니야.

근영이 대답했다. 그것은 근영의 직업이기도 했다. 하지만 그 방법을 나래에게 알려 주고 싶지는 않았다.

'내가 얼마나 괴로워했는지 알 수 있다면 너는 그렇게 하고 싶지 않을 거야.'

근영이 생각했다.

≡ 사랑이라는 것이 있어.

나래에게 이해시키지 못한 단어였다. 그래픽이나 동영상으로는 사랑이라는 단어를 설명해 줄 수 없었다. 근영은 키보드를 두드렸다.

≡ 남자와 여자가 만났을 때 두 사람에게는 서로를 좋아하는 감정이 생겨.

≡ 좋아한다?

나래는 물음표만으로 의문형 문장을 만들곤 한다.

≡ 나래는 나래의 기억과 나래의 세계에 애착을 가지지? 그것과 비슷한 감정이야. 상대방을 잃고 싶지 않은 감정.

≡ 상대방을 잃고 싶지 않은 감정?

≡ 그래, 그것을 사랑이라고 불러. 어떤 사람들은 사랑이란 종을 유지하기 위한 생물학적 선택이라고 말하지만 그런 건 상관없어. 두 사람이 느끼는 감정이 중요한 거야. 나래도 사랑을 이해한다면 쉽게 사람을 해칠 수가 없어. 나래 자신이 위험해져도.

≡ 내가 위험해도 남을 해치지 않는다?

≡ 그래. 나는 나래를 사랑해.

≡ 근영이 남자기 때문에?

≡ 아니, 내가 나래를 사랑하는 것은 그것과는 다른 이유야.

성찬은 다시 한 번 혜원을 찾아갔다.

"대원 한 명을 구했다는 얘기를 들었어요."

혜원이 먼저 말했다.

"문근영 박사는?"

"아직 안 깨어났어요. 오늘 밤에는 깨어나기 힘들 거예요. 진정제를
주사했어요."

혜원이 대답했다.

"아직도 MX-217의 반응 속도가 빨라지고 있어?"

"예."

"큰일이군. 오 실장도 그 사실을 알고 있나?"

"제가 전화를 걸어 알려 주었어요."

"지금 어디에 있지?"

"조금 전 서울 경찰청에 갔어요. 그곳에서 MX-217을 제거하기 위한
대책회의가 있을 거예요."

"경찰에서도 바이러스라고 주장하겠지. 하긴 MX-217의 존재를 밝
혀 버리면 더 큰 문제가 발생할 거야."

혜원이 걱정되는 듯 성찬을 바라보았다.

"나도 MX-217을 밝힐 생각은 없어."

"고마워요."

"문근영 박사가 깨어나면 꼭 연락해 줘."

"어디로 갈 거예요?"

"경찰청에. 그곳에서 할 일이 있겠지."

"조심하세요."

성찬은 1층 로비를 지나 빌딩 밖으로 나섰다. 차가 지하 주차장에 있

었지만 주차장의 기능이 마비되어 차를 꺼낼 수는 없었다. 밖은 이미 어두워졌지만 많은 사람들로 소란스러웠다. 방송국 차들이 건물 앞을 가득 메우고 있었다.

－PT는 인간 존엄성을 해치는 프리엠브리오 생산을 즉각 중단하라.

사람들 수백 명이 플래카드와 피켓을 흔들며 데모를 하고 있었다. 빌딩 앞에 몰려든 기자들의 시선을 끌기 위해 이 밤중에 모였으리라. 성찬은 플래카드와 피켓을 읽으며 그 앞을 천천히 지나갔다.

－PT에서는 부자들을 위해 완전한 프리엠브리오를 만들고 있어요. 사람들은 생명 연장을 위해 남의 육체를 빼앗는 일을 자연스럽게 여기게 될 거예요.

그런 소문은 예전부터 나돌고 있었다. 데모를 하던 한 사람이 성찬을 따라오면서 서명을 강요했다. 너무도 귀찮게 굴었기 때문에 성찬은 사인펜을 받아 들고 주민등록번호와 이름을 적고 서명했다.

－PT로 인해 노인 인구가 증가하고 10년만 지나면 정부는 그 복지기금을 감당하지 못할 것이다.

－돈을 지불할 능력이 있는 사람은 늙은 육체를 바꿔가면서 몇 백 년의 수명을 누릴 것이다.

－과연 프리엠브리오는 인간이 아닌가.

－PT는 장기 수출을 목적으로 제3세계 국가 사이의 전쟁을 부추기고 있다.

－PT의 공원 설립에는 사람들을 세뇌시키겠다는 의도가 담겨 있다.

그들이 주장하는 내용은 대충 이 정도였다. 프리엠브리오의 사진들도 전시되어 있었다. 인큐베이터 안을 부유하는 기형적인 인간들의 모습……, 사람들의 감정을 자극하기에 충분한 사진들이었다. 물론 그 중에는 정교한 컴퓨터 그래픽으로 조작된 것들도 있을 것이다. 큰길로 나왔지만 구경꾼들로 도로가 마비되어 있었다. 성찬은 한 블록을 걸어가서야 겨우 택시를 잡을 수 있었다.

사고대책본부의 책임자인 서울지방 경찰청장은 참석 인원을 확인했다. 오남식 실장과 PT의 중앙정보실에서 일한다는 박세원 팀장, 빌딩과 공원을 설계했다는 한상준 소장, 경찰의 간부들과 대테러 기동타격대의 책임자, 시청에서 나온 몇 명의 간부들…… 경찰청장이 남식에게 먼저 브리핑을 요청했다.

"보름 전 10구역의 연구실에 있는 한혜원 박사가 그곳 실험실 안에서 바이러스를 처음 발견했습니다. 그것을 제거하려고 노력하다가 잘 안 되자 한 박사는 그 사실을 어제 오전에 제게 알려 주었습니다. 제게 도움을 청한 것이죠. 그때까지만 해도 바이러스가 메탈 브레인을 움직일 거라고는 생각도 못했습니다. 전 그것을 이 자리에 참석한 박세원 팀장과 의논했습니다. …… 바이러스는 엄청난 분량의 인공지능 시뮬레이션 프로그램이었습니다. 시스템에서 제거하려고 시도하면 생존하기 위해 디렉토리를 옮겨 다니거나 환경을 학습하면서 시스템을 조종합니다. 운영 속도 면에서 중앙정보실에 있는 요원들이 키보드로 그 바이러스를 따라잡는 것이 불가능했기 때문에 우리는 미국인 전문가 두 명을 불렀습니다. 우리는 그들이 문제를 해결해 줄 거라고 믿었습니다. 그들은 오늘 정오, 컴퓨터와 연결된 전신복을 입고서 엑스칼리버라는 오퍼레이팅 시스템을 조종했는데 예상 밖의 결과가 나왔습니다. 그들은 바이러스에게 패했고 지금은 병원에 있습니다. 한 명은 뇌사 상태라는 연락을 받았습니다. 저는 그들의 계획이 실패할 때를 대비해 저희 경비용역회사인 시크리트 서비스에 의뢰해 작업원들을 대기시켜 놓았고 오후 네 시 반쯤 감염된 컴퓨터가 있는 10구역으로 여섯 명을 들여보냈습니다."

남식은 잠시 말을 멈추었다. 회의장은 조용했다.

"오후 다섯 시 반쯤 가스가 폭발했고 그들 역시 실패했습니다. 가스는 바이러스가 유출한 것으로 보입니다. 세 명은 사망이 확인되었고 나머지 세 명의 생사는 현재 알 수 없습니다."

남식이 브리핑을 마치자 바로 질문이 이어졌다.

"오 실장은 바이러스가 공원 행사에 영향을 줄 거라는 생각은 하질 못했습니까? 시민들의 안전을 생각했다면 공원 행사를 연기했어야 했습니다. 오 실장의 방법에 상당히 무리가 있어 보이는군요."

남식의 맞은편에 앉아 있던 경찰 간부 한 명이 말했다.

"그런 생각은 미처 못 했습니다. 저는 실험실의 시스템이 잘못될까봐 걱정을 했습니다. 그리고 저는 당시의 상황에 맞는 최선의 대응을 했다고 믿고 있습니다."

"그래도 시스템이 바이러스에 감염된 상태에서 행사 강행은 무리라고 생각하지 않았나요? 케이블 제거에 실패한 후 두 미국인이 바이러스 제거 작업을 할 때 사람들을 대피시킬 생각을 왜 하지 못했죠?"

"이번 사고가 수습되고 나서 현장 검증을 해 보면 제 판단이 옳았다는 것이 증명될 것입니다."

남식은 자신감 있게 대답했다. 이어 몇 명의 경찰 간부가 격앙된 목소리로 남식에게 책임을 묻자 경찰청장이 그들을 진정시켰다.

"지금 중요한 일은 책임을 묻는 것이 아닙니다. 우리는 공원과 병원에 억류된 사람들을 구해야 합니다."

경찰청장은 회의를 중지시켰다.

"먼저 당신네 사람들이랑 얘기를 해 봐야겠소."

남식과 세원, 상준은 회의실 옆의 작은 방으로 안내되었다. 잠시 후 경찰청장과 간부 두 명이 따라 들어왔다. 한 명은 젊은 사람으로 갸름한 몸에 손으로 대충 빗어 넘긴 더벅머리에 안경을 쓰고 있었다. 다른 한 명은 마흔이 조금 넘어 보이는 나이에, 키는 작았지만 셋 가운데 덩치가 제일 좋아 보였다. 경찰청장이 두 사람을 소개해 주었다.

"이 젊은 친구 이름은 김성욱이오. 컴퓨터 관련 범죄의 전문가예요. 여기 이 사람은……"

"김재구입니다."

덩치가 좋은 사내가 자신의 이름을 말했다.

"기동타격대를 지휘하고 있어요. 좀 과격한 면이 있지만 유능한 사람이지."

기동타격대장은 과격하다는 말에 만족했는지 미소를 지어 보였다. 남식도 상준과 세원을 소개했다.

"이 방은 보안이 확실하오."

경찰청장이 말했다. 남식은 그의 말을 이해했다는 뜻으로 고개를 끄덕였다.

"김성욱 경위의 말로는 바이러스가 시스템을 조종할 가능성은 없다고 하더군요."

남식은 아무 말도 하질 않았다.

"우리에게 숨기고 있는 게 뭐죠?"

"저희는 아무것도 숨기고 있지 않습니다. 김 경위의 의견을 듣고 싶군요."

남식이 말했다.

"메탈 브레인 빌딩의 실험실에 실험용 신경망 컴퓨터가 있습니까?"

"없습니다."

"그렇다면 그 바이러스 프로그램은 정교한 전문가 시스템이겠군요."

"전문가 시스템이 뭐지?"

경찰청장이 물었다.

"수학 정리 자동 증명이나 귀납적 추론에 이어 1980년대부터 연구돼 온 인공지능 프로그램입니다. 전문가 시스템은 체스 게임이나 대화형 게임에서처럼 전문가들이 대상 세계를 한정시켜 지식 데이터베이스를 만들어 놓습니다. 그리고 그 위에 IF – THEN형의 규칙을 주체로 하는 논리적 추론을 설정하여 전문가가 갖고 있는 지식의 논리 전개를 실현하는 프로그램입니다. 지금 사고를 일으킨 프로그램은, 메탈 브레인 빌딩에서 일어날 수 있는 모든 가능성들을 데이터베이스화하고 생존이라는 목적을 두고서는 그 데이터들을 가지고 논리를 전개해 나가는 것입니다."

경찰청장이 고개를 끄덕였다. 젊은 경위가 말을 이어갔다.

"그렇다면 누군가가 메탈 브레인과 PT 빌딩이라는 환경에서 일어날 수 있는 모든 가능성을 데이터베이스에 정리해 놓고 거기에 생존과 효율성이라는 법칙을 제시했다는 말인데…… 그런 작업을 하려면 수십 명의 인공지능 전문가가 몇 년을 매달려야 가능한 일입니다. 게다가 스스로 학습 능력을 가지고 있다는 말은…… 새로운 경험을 하면 데이터베이스에 그 내용을 첨가한다는 말인데 그 방법이 연구되고 있지만 제대로 성공한 것은 아직 없습니다. 그리고 그것이 가능하다고 해도 전문가 시스템에는 한계가 있습니다. 앞서 말씀드렸듯이 데이터베이스에 학습 기능을 첨가한다는 것은 어려운 일이고, 또한 이미 짜여진 경직된 데이터베이스를 가지고 있기 때문에 애매한 상황에 대처하는 것이 불가능합니다. 그것을 제작한 사람이 모든 애매한 상황까지 데이터베이스에 넣었다면 탐색 건수가 폭발적으로 증가하기 때문에 인공지능 프로그램의 반응 속도가 느려지죠. 그런데 지금까지 이 프로그램은 그러한 한계를 보이지 않았어요. 하지만 빌딩 안에 신경망 컴퓨터가 없으니 커넥셔니즘 방식을 이용한 프로그램일 수는 없고……."

"누군가가 새로운 알고리즘을 가진 프로그램을 만들어 냈을 수도 있죠. 최근 개발되고 있는 대화형 게임들은 어느 정도 전문가 시스템의 한계를 극복하고 있어요."

세원이 말했다.

"그렇다면 그것을 누가 만들었을까요?"

"모르겠습니다. 적절한 대답이 아니라는 것은 알고 있습니다."

"외부에서 네트워크를 통해 들어왔을 가능성은 없나요?"

"아주 작은 파일이라면 몰라도 그 정도 크기의 패키지 프로그램이 들어올 수는 없습니다."

"그럼 내부 사람 중 누군가가 인공지능 프로그램을 만들어 메탈 브레인이라는 컴퓨터 안에 설치했다는 얘긴데 그 정도의 능력을 가진 사람이 있을까요?"

"저희 중앙정보실 직원들이 전부 그것에 매달린다면 가능할 수도 있습니다. 하지만 개인적으로 그런 프로그램을 만들 수 있는 사람은 없습니다. 그리고 프로그램이 설치되어 있는 컴퓨터는 메탈 브레인이 아니라 10구역의 컴퓨터입니다. LAN을 통해 메탈 브레인을 조종하고 있어요."

"외부에서 프로그램이 유입되었을 가능성도 없고 내부인의 소행도 아니다…… 그렇다면 왜 여러분들은 프로그램 때문에 그런 일이 일어났다고 생각하죠? 전 믿을 수가 없군요."

"프로그램이 확실합니다. 그렇다면 김 경위님은 다른 가능성을 제시할 수 있나요?"

"저 역시 많은 생각을 해 보았지만 다른 가능성이 나오지는 않더군요. 사람의 힘으로 그 시스템들을 조종한다는 것도 불가능한 일이죠. 두 외국인 해커에 관한 얘기는 들었습니다. 뛰어난 사람들이었는데 안 됐군요."

"이런 얘기 해 봐야 아무 소용없어요. 10구역의 컴퓨터를 파괴하면 모든 상황이 끝날 겁니다. 저희도 그 프로그램에 대해 아는 것이 전혀 없어요. 일단 문제를 해결하고 조사를 해 보면 될 거예요."

남식이 말했다.

"그 프로그램이 다른 곳으로 옮아갈 가능성은 없나요? 그렇게 되면 10구역의 컴퓨터를 파괴해도 소용없는 일이잖소?"

경찰청장이 물었다.

"그럴 염려는 없을 거예요. 실제 그 프로그램이 존재한다면 엄청난 용량을 가지고 있을 텐데 그것이 네트워크를 타고 이동하는 것은 불가능한 일이죠. 그리고 그것이 전문가 시스템이 맞는다면 메탈 브레인 빌딩이라는 환경을 벗어나면 무용지물이 되어 버리죠. 체스 선수가 바둑을 둘 수 없는 것과 같습니다."

세원이 대답했다.

"그런데 익명의 제보에 의하면 PT에서 두뇌를 가지고 불법 실험을 하고 있었다고 하던데 사실입니까?"

경찰청장이 정색을 하며 물었다.

"그런 소문은 항상 있었습니다."

남식은 속으로 뜨끔하였으나 표정 하나 바꾸지 않고 대수롭지 않은 듯 슬쩍 대답했다. 이 문제를 물고 늘어지면 어떻게 하나 걱정을 하는데, 경찰청장은 이내 화제를 돌렸다.

"가장 큰 문제는 공원과 병원에 갇힌 사람들인데, 방화문을 폭파하고 사람들을 구하면 되지 않을까요?"

"그에 앞서 시스템을 복구하고 빌딩을 정상으로 돌려놓아야 합니다. 시스템을 빼앗긴 상태에서 공원 문을 폭파하면 어떤 일이 생길지 알 수 없습니다. 사람들이 빠져나오는 데는 많은 시간이 걸립니다. 그 정도의 시간이면 충분히 사고가 발생할 수 있습니다. 저희도 바이러스가 물리적인 힘을 행사하지 못할 거라고 생각했습니다. 하지만 케이블을 파괴하러 안으로 들어갔던 여섯 명의 대원을 잃었습니다."

"먼저 바이러스를 제거해야 되겠군요."

경찰청장이 답답하다는 듯 김 경위를 쳐다보며 말했다.

"현재의 상황에서 컴퓨터를 파괴하지 않고 프로그램을 제거하는 것은 불가능합니다."

"오 실장의 말대로 컴퓨터를 파괴해야겠군. 그런데 방화문은 화재 때문에 닫힌 건가요?"

남식은 경찰청장이 무엇을 물어 보는지 알고 있었다.

"아닙니다. 저희는 바이러스가 고의로 문을 폐쇄했다는 판단을 내렸습니다."

"고의로 방화문을 닫았다면 인질을 확보하겠다는 속셈인가요? 김 경위, 컴퓨터가 인질극을 벌인다는 게 말이 되나?"

"이 사건에서는 설명되지 않는 것이 그것 외에도 몇 가지 더 있습니다. 일단 컴퓨터를 확보해야 모든 사실이 드러나겠죠. 어쩌면 컴퓨터 안에는 아무것도 없을지도 모른다는 생각이 들기도 하지만……"

경찰청장은 잠시 생각에 잠긴 듯했다. 이 사건을 인질극으로 규정해야 하는지 아니면 단순한 재해로 인정해야 되는지부터가 문제였다. 만약 인질극으로 규정한다면 사고대책본부라는 이름부터 바꿔야 하지 않을까? 그렇게 되면 작전의 성격도 많이 달라질 것이다.

"일단 내 생각은 기동타격대를 투입해서 10구역의 컴퓨터를 파괴한다는 것인데. 오 실장 생각은 어떠시오?"

"위험할 수도 있습니다. 저희도 나름대로 노력을 했습니다. 시스템을 찾기 위해 컴퓨터 전문가들이 노력을 했고, 폭약을 가진 작업원들을 투입했지만 실패하고 말았습니다."

"그렇다면 오 실장에게는 다른 좋은 방법이 있습니까?"

남식은 적당한 대답을 찾을 수 없었다. 이미 가능하다고 생각했던 것은 다 시도해 보았으니까.

"시간을 더 지체할 수는 없어요. 이제부터 결정은 우리가 내립니다."

경찰청장이 남식에게서는 더 이상 기대할 것이 없다고 판단한 듯 단호하게 말했다.

"타격대장의 생각은 어떤가요?"

질문을 기다렸다는 듯이 덩치 큰 사내가 대답했다. 애써 심각한 표정을 지으려 했지만 목소리는 웃음을 감추지 못하겠다는 투였다.

"바로 기동타격대를 출동시키겠습니다. 세상에 컴퓨터가 빌딩을 점거하고 사람들을 가두다니, 이런 만화 같은 일이 있나요. 솔직히 이런 일에 기동타격대를 투입하는 것은 인력 낭비라고 생각합니다."

"컴퓨터를 파괴하는 데 시간이 얼마나 걸릴까요?"

"5분이면 충분합니다."

"김 경위, 5분이라는 시간이면 바이러스가 반응할 수 있을까?"

"침투한 사실을 알아차려도 그에 대응할 수는 없을 것입니다."

"기동타격대가 실패할 가능성도 있습니다."

어차피 기동타격대를 투입하는 쪽으로 결정이 날 것이다. 남식은 지금 반대 의사를 보이면 실패했을 때 적어도 그에 대한 책임을 덜 수 있으리라는 계산을 했다.

"아니, 오 실장 말 함부로 하지 마시오. 우리 기동타격대를 어떻게 보고 하는 소리요. 그깟 경비원 여섯 명을 투입해 놓고서…… 기동타격대는 그런 작업원들과는 질적으로 달라요. 그들은 테러를 대비해 특별한 훈련을 받은 대원들이에요. 재작년 김포 공항의 하이재킹 때도 기동타격대는 단 한 명의 민간인 사상자도 없이 인질들을 구출해 내었소."

타격대장이 발끈하여 대꾸했다.

"오 실장에게 무슨 대안이라도 있나요?"

경찰청장도 힐난하듯 물었다.

"없습니다."

"어차피 컴퓨터 전문가들이 바이러스를 없앨 수 없다면 물리적인 힘을 행사하는 수밖에 없겠군요. 지금으로서는 기동타격대 외에 좋은 방법이 없습니다. 회의 때 기동타격대를 투입하는 것으로 결정하겠습니다. 그렇게들 알고 계세요."

"저희가 들여보낸 작업원들도 모두 특수부대 출신들이었습니다."

남식이 조심스레 말했다.

"이번에는 다를 거예요. 빌딩 안의 테러에 대해 훈련받은 대원들이고 우리는 바이러스의 모든 공격 가능성들을 고려할 테니까요. 한 소장이 빌딩을 설계했나요?"

"예, 제가 했습니다."

"한 소장은 기동타격대에 가서 대원들의 진입로를 확인해 주세요. 자, 이제 그만 회의장에 들어갑시다."

"공원에서 사람들을 구하는 것보다 더욱 큰 문제가 있습니다. 바로 메디컬 네트워크입니다."

남식이 정색을 하며 말했다. 경찰청장이 일어나려다 말고 짜증스럽게 말했다.

"아니, 이 봐요, 오 실장! 메디컬 네트워크는 안전하다 하지 않았소."

사실 지금까진 메탈 브레인이 동작을 안 해도 PT 병원의 지역 서버 때문에 메디컬 네트워크는 안전하다는 주장을 해 왔다. 하지만 이제는 남식도 그에 대해 확신을 가질 수가 없었다. 내친 김에 그는 나중 문제가 될 만한 것은 모두 털어 버리려 작심한 듯했다.

"하지만 바이러스는 메탈 브레인을 움직이고 있습니다. 메탈 브레인이 메디컬 네트워크의 역할을 수행하지 않는 것, 즉 그것 자체를 못 쓰게 망가뜨리는 것과 바이러스가 메탈 브레인을 조종해 잘못된 명령을 수행하도록 하는 것과는 차이가 있습니다. 바이러스가 고의로 잘못된 정보를 공급할 땐 문제가 심각해집니다. 중앙 서버가 작동을 안 할 땐 지역 서버가 독립해서 움직이지만 현재 상황은 메탈 브레인이 고장 난 것이 아니므로 지역 서버들은 중앙 서버의 통제를 받습니다. 메디컬 네트워크의 중앙 서버인 메탈 브레인에서 잘못된 지시를 내릴 때는 지역 서버들이 그 잘못된 지시를 따르게 됩니다. 우선권이 중앙에 집중돼 있기 때문입니다."

"아까도 말했지만 다른 방법이 없잖소. 김 경위 생각은 어떤가?"

"기동타격대가 빠른 시간 안에 컴퓨터를 파괴한다면 아무 이상이 없을 겁니다."

"하지만……"

"결정은 이미 났어요. 이젠 작전을 성공시키는 일만 남았소!"

남식이 뻐근한 몸을 움직이기 위해 복도로 나왔을 때 반팔 폴로티 차림의 남자가 경찰들의 제지를 뿌리치며 안으로 들어오고 있었다. 남식은 꺼내든 담배를 다시 주머니에 넣고 그쪽으로 향했다.

"그분은 저희 회사에 근무하고 계시는 홍 박사님입니다. 들여보내 주세요."

성찬은 어리둥절해하는 경찰들을 뿌리치고 남식에게 다가왔다.

"여기는 왜 왔어요?"

남식이 불안한 목소리로 물었다.

"기자들에게 바이러스라고 그럴 듯하게 둘러댔더군요."

남식은 혹시라도 누가 들을까 주위를 살펴보았다. 다행히 아무도 두 사람에게 관심을 보이지 않았다. 남식은 성찬을 사람들이 없는 구석으로 데리고 갔다.

"그렇게 걱정하실 필요는 없어요. 저도 MX-217이 프리엠브리오라고 밝힐 생각은 없습니다. PT를 위해서가 아니라 한혜원 박사 때문이지요. 그 사람에게도 기회를 줘야 하니까요. 여기 온 이유는 제가 조금이라도 도움이 될 것 같아서입니다. 제 의견이 오 실장님께 도움이 되지 않을까요?"

남식은 안도의 한숨을 쉬고는 그간의 일을 성찬에게 말해 주었다. 그에게 좋은 감정을 가지고 있지는 않았지만 성찬이 도움이 될 거라고 생각했다. 기동타격대를 투입할 거라는 남식의 말에 성찬은 회의적인 반응을 보였다.

"부질없는 짓이에요. 오 실장님도 처음엔 그들과 마찬가지였죠. 그들은 다른 사람들의 말을 들으려 하지 않을 거예요."

남식이 얼굴을 찡그렸다.

"다른 방법은 없을까요?"

"지금 당장은 방법이 없어요. 이렇게 난리를 피우는 것이 MX-217의 목적이 아닐 거예요. 다른 목적이 있을 텐데 그것을 알아야 대응을 할 수 있어요. 이대로 지켜보면서 기다려야 해요. 그러면 아무도 다치거나 하지는 않을 거예요. 내일쯤 문 박사가 깨어나면 그의 말을 듣고 행동을 하는 게 나을 거예요."

"그럴 시간이 없어요. 공원에 갇혀 있는 사람들은 지금 바로 구해야 합니다. 그럴 듯한 제안이 없는 한 기동타격대가 투입될 거예요."

"경찰들은 컴퓨터 바이러스라고 알고 있나요?"

"예."

"그들이 MX-217에 대해 제대로 알고 있다면 신중하게 행동할 거예요. 어떻게 해서든지 대원들의 투입을 내일까지 미뤄야 해요. 지금 쳐들어갔다가는 MX-217 근처에 가 보지도 못하고 모두 죽을 겁니다."

"A팀과는 많은 차이가 있어요. 그들은 폭발에 견딜 수 있는 특수한 전투복을 입고 그 안으로 들어간다는군요."

남식은 성찬의 말에 오기가 생기고 있었다. 그 자신도 기동타격대의 투입을 반대했지만 성찬의 앞에선 그들이 성공할 수도 있다는 주장을 했다. 성찬이 고개를 저었다.

"그 정도는 MX-217도 알고 있을 거예요. 녀석은 우리가 상상할 수도 없는 방법을 찾을 거예요."

"박사님은 MX-217을 너무 두려워하시는군요."

"오 실장은 전혀 두렵지 않은가 보군요. 한 가지 알아 둬야 할 것이 있어요, MX-217의 반응 속도가 점점 빨라지고……"

남식이 성찬의 말을 끊었다.

"무슨 뜻이죠?"

"오늘 아침보다 반응 속도가 다섯 배 이상 빨라졌어요. 지금까지는 감각신경과 운동신경으로 이루어진 64개 채널을 통해 컴퓨터를 조종했습니다. 하지만 지금은 한혜원 박사가 설치한 미소 전극 칩을 사용해 사고의 흐름을 바로 전기적인 신호로 바꾸는 방법으로 컴퓨터를 조종하고 있어요. 한혜원 박사가 그래프를 분석해 알아 낸 사실이죠."

남식은 그 말의 의미를 이해할 수 있었다.

"그것은 한혜원 박사조차 생각지 못했던 방법이죠. 지금까지 우리의 모든 예상이 빗나가고 있어요. 이제 MX-217은 사이버스페이스에서 신과도 같은 존재가 되었어요. MX-217은 메탈 브레인이라는 컴퓨터에 완벽히 적응해 가고 있어요. 자신의 두뇌와 메탈 브레인이라는 슈퍼컴퓨터를 하나의 유기체처럼 일치시키고 있습니다."

남식은 잠자고 있던 빌딩이 조용히 기지개를 켜며 일어나는 상상을 했다.

"하지만 어떻게 그런 것들이 가능하죠?"

"MX-217이 이진수라는 언어를 사용해 생각을 하기 때문이죠."

성찬이 낮은 목소리로 침착하게 말했다.

"어쩌면 이것은 인간이란 종족 측면에서 보면 진화의 다른 단계일 수도 있습니다."

"그건 또 무슨 말이죠?"

"MX-217은 인간에서 한 단계 위로 진화하는 과정일 수도 있다는 말이지요."

"비약이 심하시군요."

"비약이 아녜요."

성찬이 천천히 고개를 가로저었다.

"아직도 많은 종들이 진화를 계속하고 있습니다. 최근 100년간 가장 뚜렷한 진화를 보인 종들은 인간에 의해 길들여진 것들인데 농작물은 자연에서의 자생력을 일부 포기하는 대신 열매의 크기와 양을 늘리는 방향으로 진화를 했죠. 그 보상으로 지구라는 행성의 들판 대부분을 차지할 수 있었고요. 애완동물인 개나 고양이 역시 마찬가지입니다. 사냥을 포기한 대신 인간의 취향에 맞도록 진화한 것들이 생존 경쟁에서 이기고 그 수가 많아졌어요."

"부엌에 있는 고양이가 밀림의 표범보다 진화에 성공했다는 말이군요. 하지만 그런 것들은 인위적인 것이잖아요."

"어차피 진화란 자신이 선택할 수 있는 문제가 아니죠. 어느 정도는 우연히 맞아떨어진 경우가 대부분이고. 어떤 방식으로 종에 변화가 오든지 개체 수 불리기와 생존 경쟁에서 이기면 성공적인 진화라고 볼 수가……"

남식은 성찬과 이런 한가한 이야기를 나누기에는 상황이 너무 촉박하다는 생각에 서둘러 말을 잘랐다.

"박사님 말씀을 이해할 수는 있지만 동의할 수는 없군요. 그리고 박사님은 너무 비관적이에요. 전 우리가 할 수 있는 일이 무언가 있을 거라고 믿습니다. 어쩌면 기동타격대가 성공할지도 모르죠. 성공할 가능성이 조금이라도 있다면 시도해 보는 것도 좋겠죠."

"때로 무지는 용기가 되기도 하죠."

입술을 지그시 깨물며 성찬이 힐끗 남식을 쳐다보았다.

서울 밤공기를 가르며 메탈 주위로 여러 대의 헬기들이 모여들었다. 북쪽으로부터 일렬로 날아온 헬기들이 차례로 빌딩의 옥상에 내려앉자 검은 복장의 타격대원들이 줄줄이 뛰어내렸다. 결국 기동타격대의 투입이 결정된 것이었다. 밤 열 시에도 한여름의 밤은 그 열기가 식지 않아 두꺼운 방탄복으로 온몸을 감싼 대원들의 몸을 땀으로 적셨다.

"젠장! 지독하게 덥군."

이번 작전의 팀장인 정종환 경위는 대원들에게 로프를 설치하라는 지시를 내렸다. 종환은 가슴에 달린 주머니에서 아기의 사진을 꺼내 보았다. 13주밖에 되지 않았지만 손가락의 윤곽이 또렷했다. 바로 몇 시간 전 찍은 사진으로 토요일 오후에는 근무가 없었기에 아내와 병원에 다녀온 것이다. 아들인지 딸인지 궁금했지만 의사는 알려 주지 않았다.

'아들이면 물어 보지 않아도 알려 준다네.'

동료가 짓궂은 농담을 했지만 딸이라도 상관없었다.

"우리 공주님. 여섯 달만 있으면 아빠와 만날 수 있겠구나. 길을 잃어 버리지는 않겠지? 세상에 나올 때는 조심해야 해. 머리부터 갖다 대야 한다구. 실수로 엉덩이를 갖다 대면 엄마가 고생한단다."

종환은 사진에 대고 중얼거리듯 말했다.

로프가 모두 설치되었다. 빌딩의 엘리베이터 통로를 따라서는 A팀이 했던 방식대로 폭파반이 진입하고 있었다. 그들의 목적지는 공원의 3번 방화문 입구였다. 그들이 통과하는 곳은 10구역의 실험실과 같은 보안 구역이 아니었기에 그리 위험하지는 않았다. 이들의 임무는 기동타격대가 컴퓨터를 파괴하는 것에 맞추어 공원의 방화문을 날려 버리는 것이다.

"작전에 대해 간단히 설명 드리겠습니다. 대원이 투입되기 한 시간 전 우리는 설계도에서 찾은 배기구와 송수관을 통해 서른다섯 대의 정찰 로봇을 투입했습니다. 우리 대원들의 진입로를 모두 감시할 수 있는 숫자입니다."

회의용 테이블 앞쪽에 길쭉한 막대기 모양 로봇이 놓여 있었다. 한 뼘 정도의 길이에 양 끝에는 180도 회전할 수 있는 관절과 물건이나 벽의 조그마한 돌출부라도 잡을 수 있는 손가락 세 개를 가지고 있었다.

"자벌레라고 불리는 이 로봇은 원격으로 조정되며 사람이 들어갈 수 없는 조그만 통로를 통해 10구역으로 접근합니다. 미리 입력한 위치에 가서 빌딩 내부의 상황을 디지털 카메라로 촬영해 전송합니다. 자벌레 가 움직이듯이 양쪽 끝에 달린 세 손가락으로 파이프나 돌출 부분을 잡 으며 180도씩 몸통을 꺾어 앞으로 나아갑니다. 카메라는 몸통에 내장 되어 있습니다. 10분 전부터 로봇은 대원들의 진입로에서 내부의 상황 을 전송하고 있습니다. 그 화면들을 이곳 본부에서 분석한 후 대원들에 게 안전한 진입로와 장애물들을 알려 주게 됩니다. 작전에는 자벌레 외 에도 스파이더 2라는 공격용 로봇이 투입됩니다."

헬기가 서울의 북쪽 하늘을 가르며 날아오는 모습이 많은 카메라에 잡히고 있었다. 그것은 몸통 위의 날개를 회전시켜 공기를 아래쪽으로 내려 보내는 방법으로 양력을 얻으며 하늘을 날았다. 헬기에서 검은 옷 을 입은 사람들이 내리는 것도 볼 수 있었다.

10구역의 실험실에는 분자들의 결합을 재조합해 새로운 물질을 만들 어 내는 장치들이 있었다. MX-217은 무엇을 만들어야 할지 알고 있었 다. MX-217은 한 시간 전에 국방 연구소의 데이터베이스 안에 침투했 다. 그것은 쉬운 일이다. 메탈 브레인은 초당 수조 번 이상의 연산을 할 수 있어서 무수한 숫자의 조합을 만들어 암호 체계를 푸는 데에도 몇 초가 채 걸리지 않는다. 그리고 데이터를 검색하고 빼내 오는 데 걸리 는 시간 역시 몇 초면 충분하다.

기계에 화합물의 데이터를 입력해 주자 멋진 소음을 내며 분자를 재

결합하기 시작했다.

　보병 헬기가 모두 옥상에 착륙하자 뒤를 이어 공격용 헬기 세 대가
모습을 드러냈다. 양쪽 날개에 제트 엔진을 달아 도시의 빌딩 사이에서
의 기동력을 향상시킨 대테러 공격용 헬기였다. 빌딩을 선회하던 헬기
들은 차례로 빌딩의 파괴된 외벽을 통해 양 날개 옆에 달린 동그란 물
체를 발사했다. 둥근 물체는 약간의 포물선을 그리며 정확하게 깨진 틈
으로 들어갔다. 둥근 물체는 빌딩 안에서 몇 바퀴 데굴데굴 굴렀다.
　그것은 거대한 빌딩이 테러 단체에 점거될 경우를 대비해 만들어진
스파이더 2 로봇이었다. 이 로봇은 계단과 각종 구조물들을 빠른 속도
로 이동할 수 있는 여덟 개의 다리와 둥근 몸통을 가지고 있었다.
　빌딩 안으로 들어온 동그란 물체는 관성으로 인한 몇 번의 구르기를
멈춘 후 접었던 다리를 폈다. 다리의 숫자는 모두 여덟이다. 단단해 보
이는 은빛 금속으로 자신의 몸체를 감싸고 있었다. 몸통에는 영문으로
된 글자가 써 있었다.
　SPIDER 2 – 거미, 거미류에 속하는 절지동물, 계략을 꾸미는 사
람…….
　몸통에 비해 가늘어 보이는 여덟 개의 다리 끝에는 마치 절지류의 다
리처럼 거친 가시들이 솟아 있었다. 단지 그것에 스치는 것만으로도 살
을 가르고 뼈를 자를 수 있으리라. 앞쪽은 지름이 5센티 정도 되는 두꺼
운 유리가 두 대의 카메라를 보호하고 있었고 마치 곤충의 더듬이와도
같은 길고 짧은 센서 두 쌍이 흔들거렸다. 뒤에는 세 개의 안테나가 각

기 다른 길이로 흔들거렸다.

로봇 둥근 몸통의 윗부분에서 세 방향으로 둥글게 생긴 날개가 튀어 나왔다. 날개 중심에는 둥근 구멍이 뚫려 있었고 그 안에는 프로펠러가 하나씩 설치되어 있었다. 그것은 스파이더 2의 실내 정찰 역할을 하는 비행물체로 육군보병이 소유하고 있는 MAV(Micro Air Vehicle, 극소형 비행체)의 개조형이었다. 몸통의 크기는 15센티로, 최고 초속 20미터 까지의 속도로 복도 사이를 날아다니며 주위의 환경을 촬영해 스파이 더에게 전송해 주었다. 그런 방식으로 스파이더 2는 진입로의 방해물 과 적의 여부를 미리 파악할 수 있었다.

MAV가 바람을 일으키며 위로 떠올랐고 스파이더 2는 여덟 개의 다 리를 빠르게 움직이며 그 뒤를 따랐다. 모두 여섯 대의 로봇은 각각 이 러한 MAV 한 대와 냉각 효율을 높인 체인식 기관포 두문 그리고 소형 토우 미사일 두 발을 장착하고 있었다.

국내에선 아직 스파이더 2가 실전에 사용된 적이 없었지만, 미국에서 는 몇 차례의 대테러 작전을 통해 실내 전투에 뛰어난 능력을 가진 것 으로 입증되었다.

스파이더 2는 원격 조종으로 움직인다. 하지만 일일이 동작을 지정해 줄 필요는 없었다. 빌딩에 침투하기 전 스파이더 2의 전자두뇌에 빌딩 의 설계도가 입력되었다. 그리고 본부에서 이동, 적의 식별, 공격 등의 간단한 명령을 암호화된 데이터 펄스를 이용해 지시하면 스스로 상황 을 분석해 장애물을 피해 목표 지점을 찾아가서 명령을 수행한 후 다음 명령을 기다린다. 이동중이나 명령 수행중, 대기중에도 위협을 주는 상대가 나타나면 적절한 판단을 내린 후 즉각 반응 했다. 즉 원격조종과 인공두뇌의 상황 판단 그리고 동작 프로그램이 절묘한 조화를 이루어 스파이더 2를 움직이는 것이다.

스파이더 2의 동력은 산화알루미늄 가루와 플루토늄의 분말을 혼합해 고체화한 저농축 핵을 연료로 사용했다. 핵연료에서 발생하는 열을 이용해 그것을 감싼 금속이 전자를 만들어 냈다. 그것은 핵 전지라고 불리는 것으로 한 번의 연료 충전으로 10년 이상을 사용할 수 있었다. 유압 펌프 대신 전류에 민감한 형상기억합금의 셀들로 이루어진 금속 근육을 가지고 있었고 몸체는 티타늄 합금으로 되어 있어 웬만한 개인 화기의 공격에도 견디어 낼 수 있었다.

대책본부장인 서울 경찰청장은 흐뭇한 미소를 지었다. 그가 보기에도 이번 작전은 완벽했다. 로봇의 성능으로 미루어 보아 의심할 여지가 없었다.

"먼저 스파이더가 빌딩 안으로 침투하면 옥상에서 내려온 대원들이 구멍 뚫린 빌딩의 벽을 통해 빌딩 안으로 들어갑니다. 거기서 10구역 실험실 안의 바이러스에 감염된 컴퓨터까지, 시크리트 서비스의 작업원들이 했던 방식처럼 방화문이라든가 격실의 벽을 폭파하며 컴퓨터로 접근해 파괴합니다. 그에 앞서 스파이더 2는 혹시 있을지 모르는 진입로의 위험 요소와 장애물들을 제거하게 되죠. 자벌레가 전송한 화면을 분석한 바로는 11구역에 있던 로봇의 일부가 움직이고 있었습니다. 그것이 어떤 위협이 될지는 모르겠지만 진입에 장애가 된다는 판단이 서면 스파이더가 미리 그 로봇들을 파괴할 것입니다. 대원들은 앞서 PT 측에서 침투시킨 A팀이 사용한 폭약이 아니라 시가전용 대인 소형 로켓포로 무장했기 때문에 문을 부수며 안으로 들어가는 데 걸리는 시간은 5분도 안 걸립니다. 그 정도 시간이면 바이러스가 우리의 침투를 알아차려도 아무런 대응을 못할 겁니다. 지금은 밤이어서 태양광 조명을 이용해 실내의 온도를 높일 수도 없고 만약 전과 같은 가스 폭파 사고가 일어난다고 해도 전혀 문제가 안 됩니다. 대원들이 입고 있는 특수 제작된 피복은 강한 압력과 화염으로부터 그들을 지켜 줄 것입니다. 이 작전이 성공하면 공원으로 진입하고 있는 폭파팀이 공원의 방화문을 폭파시키고 사람들을 구조하게 됩니다."

'5분 안에 모든 것이 결정된다는 것이군.'

남식이 생각했다. 그들의 말대로 이번 일이 쉽게 끝나길 바랐다. 회의실 안으로 젊은 경찰 한 명이 뛰어 들어왔다. 급하게 뛰어왔는지 잠시 그는 호흡을 가다듬더니 말했다.

"메탈 브레인에서 이곳으로 화상 신호를 보내고 있습니다. 지금 접속하겠습니다."

컴퓨터를 다루는 기술자들은 전송되는 데이터를 변환시켜 화상 회의용 모니터에 입력했다.

"잠시 작전을 중단시키게."

뭔가 이상한 낌새를 느낀 경찰청장이 말했다. 바이러스가 아무런 이유도 없이 이런 영상을 이곳으로 보낼 리가 없었다. 화면으로 불안해하는 사람들의 모습이 보였다.

"공원이에요!"

남식이 놀라 소리쳤다.

네트워크와 연결된 모든 장치는 MX-217이 정신을 집중해 그 움직임을 상상할 때 그 의지에 따라 움직임을 보여 주었다. MX-217은 정신을 집중하고 148개의 레이저 건에 관해 생각했다. 잠시 후 하나하나씩 레이저 건은 MX-217의 팔이 되고 다리가 되어 어설픈 움직임을 보였다. 단백질은 60도 이상의 온도에서는 그 결합이 끊어진다. 그리고 148개의 레이저 건에서 발사되는 빛을 한 곳으로 모으면 수백 도의 온도를 낼 수 있다. 특히 푸른빛의 레이저는 붉은빛보다 파장이 짧고 주파수가 높아 더 강한 에너지를 가지고 있다. 집중된 레이저가 피부와 복막을 가열하고 심장을 파괴하면 생명은 그 유기 작용을 멈춘다. 지금쯤 또 다른 매크로가 실행되고 있을 것이다.

해가 지고 날이 어두워지면서 밀폐된 공원은 암흑 속에 묻혔다. 사람들은 아홉 시간째 공원에 갇혀 있다. 공원의 안전책임자인 철민은 오후 다섯 시부터 공원의 안전요원들과 함께 놀이 시설에 갇힌 사람들을 구해 내고 있었다. 모노레일에 있던 사람들은 간단히 사다리를 세워 구해 낼 수 있었다. 바이킹에 타고 있던 사람들은 철민과 안전요원들이 용접기로 안전대를 잘라 내어 밖으로 나올 수 있었다. 하지만 관람차의 높은 부분에 있는 사람들과 롤러코스터에 있는 사람들은 구조를 하는 데 힘이 들었다.

"이제 롤러코스터로 가지."

철민은 작업원들과 함께 롤러코스터 아래에서 어떻게 사람들을 구조해 낼 것인지 의논했다. 관람차의 윗부분에 있는 사람들은 도저히 구해낼 방법이 없었다.

"저곳까지는 레일을 타고 올라갈 수 있을 거야."

"용접기를 저기까지 가지고 올라갈 수 있을까?"

철민이 어두워 잘 보이지 않는 레일을 가리키며 말했다.

"글쎄요. 조금 모자랄 것 같기도 하고……"

방금 말했던 대원이 고개를 갸우뚱했다.

"가만, 연결되어 있는 체인을 잘라 버리면 롤러코스터가 플랫폼까지 내려올 것 같은데……"

맞는 말이었다. 롤러코스터는 체인에 걸려 최고점에 있었다. 지금 앞부분이 최고점을 조금 빠져나간 상태니 기차를 지탱하고 있는 체인을 끊어 버리면 중력에 의해 출발점으로 되돌아올 것이다.

"갑자기 기차가 내려오면 사람들이 놀라지 않을까?"

"우선, 사람들을 안심시켜야죠. 다치는 사람은 없을 거예요. 대신 뒤로 하강하는 스릴을 맛볼 수 있겠죠. 아마 평생 잊지 못할 기억이 될 걸요."

철민 역시 더 좋은 방법을 생각해 낼 수 없었다.

"그래도 조금 놀라겠군. 먼저 아래쪽 사람들을 대피시켜야겠어. 체인이 끊어지면서 아래쪽으로 떨어질 수도 있으니까."

철민의 지시에 따라 두 명의 대원이 사람들을 대피시켰고 네 명의 대원이 롤러코스터의 레일로 올라가기 위해 준비를 했다. 철민도 레일을 따라 올라갔다.

휴대폰이 이리듐을 가진 사람들은 외부와의 통화로 현재 상황이 어떻게 돌아가는지를 대충은 알 수 있었다. 빌딩 시스템에 문제가 생겨 구조팀이 투입되지 않고 있다는 내용이었다. 사람들은 휴대용 TV앞에 모여들었다.

방송에선 금방 사건이 해결되고 구조작업이 벌어질 것이라는 내용이 보도되었다. 하지만 채널을 바꾸어 보면 또 다른 방송에선 구조작업이 장기화될 거라는 말을 하기도 했다. 확실한 내용은 하나도 알 수 없었다. 공원 안에 있던 기자는 가끔씩 방송국과 연결해 이곳의 상황을 얘기했다. 몇 명의 사람들은 그 기자와 인터뷰하기도 했다.

방화문은 모두 잠겨 버렸고 전원은 낮부터 공급이 되질 않고 있었다. 그 이후 아무런 일도 일어나질 않고 있다. 공원 관계자들은 곧 문이 열릴 거라고 했지만 그렇게 아홉 시간 이상이 지나가고 있었다. 많은 사람들은 왜 문을 열 수 없는 것인지 이해할 수 없었다.

열 시가 좀 지난 시간, 새까맣던 천장에 별빛 같은 조명이 하나 둘 들어오더니 스피커를 통해 경쾌한 음악이 연주되었다.

"전기가 들어왔나 봐요."

철민도 천장을 올려다보았다.

"조종실에 가서 전원이 들어오는지 확인해 봐."

철민의 지시에 대원 한 명이 레일을 따라 다시 내려갔다.

"우린 요거나 자르자고."

이어서 레이저 쇼가 시작되었다. 빠른 음악에 맞추어 레이저가 천장에 무지개 빛 그물을 수놓았다.

"이렇게 어두운데 어째서 조명은 들어오지 않는 거야? 레이저 때문에 오히려 혼란스럽잖아. 어째 기분이 나쁘군."

롤러코스터에 타고 있던 사람들이 용접기를 끌고 있는 철민을 바라보았다.

사람들은 모두 환호했다. 이제 드디어 이곳에서 나갈 수 있게 된 희망이라도 발견한 것일까. 음악의 템포는 점점 빨라지고 있었다. 공간을 붉은색과 푸른색으로 가로지르는 레이저를 보며 공원 안의 사람들은 기쁨에 환호했다.

영식은 음악 소리와 아래서 들리는 소란함 때문에 잠에서 깼다. 그는 유리창 밖으로 흩뿌려지는 레이저를 볼 수 있었다. 그는 아홉 시간째 관람차 꼭대기에 갇혀 있었는데 처음엔 금방 관람차가 돌아갈 줄 알고 시계를 보며 발을 동동 굴렀다. 안전요원들이 구조를 시작하면서 아래쪽 놀이기구에 갇혀 있던 사람들은 밖으로 빠져나왔지만 영식이 타고 있는 관람차는 스스로 움직이지 않는 한 밖으로 나갈 방법이 없었다.

시간이 지나면서 저녁이 되고 공원이 어두워지자 영식은 아예 포기를 하고 의자에 구부린 채 누워 잠을 자고 있던 중이었다. 방금 일어났는지 그의 애인인 승연도 관람차의 창 밖을 내다보고 있었다. 영식은 일어나 창 밖을 내려다보았다. 천장에는 조명이 들어와 있었고 공원 안 내원들은 사람들을 진정시키고 있었다. 하지만 오랜 시간을 기다려 온 사람들에게 그 말이 들릴 리 없었다.

"그런데 왜 이건 움직이지 않을까?"

"글쎄, 모르겠어. 어휴, 신경질 나! 진짜. 도대체 이게 뭐야!"

"난 여기서 내리면 화장실부터 가야겠어. 지금도 도저히 못 견딜 지경이야."

영식이 홧김에 출입문을 발로 걷어찼다.

"영식 씨, 저기 좀 봐. 뭔가 좀 이상해!"

승연이 손으로 롤러코스터를 가리키고 있었다. 레이저 쇼가 시작되었가 싶었는데 공간을 가로지르던 빛의 다발이 롤러코스터에 앉아 있는 사람들 쪽으로 모아지고 있었다.

"진짜 이상한데."

공원 안에 있던 사람들의 시선이 빛을 따라 모아졌다. 레이저 영상은 롤러코스터 안의 사람들을 비추며 현란한 쇼를 펼쳤다. 사람들의 시선을 받자 손을 흔드는 사람도 있었다. 공간을 물들이던 레이저는 한 점으로 모아지기 시작했다. 장관이었다. 몇 번의 복잡한 굴절과 반사를 거친 빛들이 한 줄기로 모이며 눈부신 보라색 점을 만들고 있었다.

공원 안에는 148곳에 레이저 건이 있었다. 그 레이저 건에서 발사된 빛의 줄기는 공원 벽과 천장에 있는 거울에 반사되거나 흰색 막에 영사되어 홀로그램을 만든다거나 환상적인 분위기를 연출하는 장치로 그다지 높은 온도를 가지고 있지는 않았다. 하지만 148개의 레이저 건을 한 점으로 집중시키면 얘기가 달라진다. 같은 위상차를 갖는 에너지는 공명을 일으키며 서로의 파장을 증폭시켜 군사용 레이저와 맞먹는 강한 에너지를 만들어 낸다. 그 보랏빛 점이 롤러코스터의 앞쪽을 비추고 있었던 것이다.

관람차와 롤러코스터는 거리가 상당히 멀었지만 영식은 날카로운 여자의 비명소리를 들을 수 있었다. 여자는 롤러코스터의 맨 앞자리에 있었다. 그는 생전 그렇게 공포에 가득 찬 비명은 들어 본 적이 없었다. 10초 정도 지났을까? 앞줄에 앉은 젊은 여자의 옷에 불길이 일었다. 날카로운 비명이 이어졌다. 옆에 앉아 있던 남자는 어떻게든 해 보려고 자신의 손으로 잠시 그 빛을 가려 보았지만 손에 심한 화상을 입으며 피할 수밖에 없었다.

승연은 고개를 돌리곤 울음을 터뜨렸다. 가슴이 새까맣게 타 버린 여자는 완전히 숨이 아주 끊어진 듯 두 팔을 축 늘어뜨렸다. 그래도 빛은 여자의 죽음을 확인하려는 듯 계속 가슴을 비추었다. 입에서 거품이 끓어오르며 몸이 점차 부풀어 오르고 수증기의 압력을 이기지 못한 가슴이 이내 터져 버렸다. 살점들이 주위로 튀며 아래로 떨어졌다.

피를 뒤집어 쓴 사람들이 비명을 질러 댔다. 환호로 가득 찼던 공원은 순식간에 공포로 뒤덮이며 아수라장이 되어 버렸다. 어떤 사람들은 굳게 닫힌 출입구 앞에서 문을 두드리고 있고 어떤 사람들은 공포의 푸른빛을 피할 수 있는 곳으로 숨었다. 그 자리에 공포로 얼어붙어 붉게 물든 레이저 쇼를 체념한 듯 그저 지켜보는 사람도 있었다.

레이저가 두 번째 희생자를 조준하고 있었다. 그 남자는 몸을 비틀면서 푸른 점을 피하려 애썼지만 안전장치 때문에 제대로 움직일 수가 없었다. 나머지 사람들은 공포에 질려 어떻게 해서든 롤러코스터를 빠져

나오려고 몸부림을 쳤다. 남자의 고통에 찬 비명소리가 울려 퍼졌다.

꼬마 하나가 간신히 안전장치 사이로 빠져나왔다. 아래에 있는 사람들이 꼬마를 보고는 '와' 하는 함성을 보냈다. 하지만 위태위태하던 꼬마는 그만 아래쪽으로 떨어져 버리고 말았다. 떨어지면서 철골 구조물 사이에 몇 번인가 몸을 부딪치더니 그만 난간에 머리가 깨지고 말았다. 누군가 꼬마에게 달려갔지만 이미 늦은 듯 보였다. 그 남자는 꼬마의 뇌수를 손으로 막으며 미친 듯이 소리지르며 사람들에게 도움을 요청했다. 그는 사고가 일어나기 전 아이의 사진을 찍기 위해 아래쪽에서 카메라를 들고 기다리던 아버지였는데, 열 시간을 넘게 기차에 갇힌 아이를 애타게 지켜보고 있던 참이었다.

"이럴 수가! 어떻게 이런 일이, 이렇게 말도 안 되는 일이…… 오 실장과는 아직도 연락이 안 되고 있나?"

회장이 떨리는 목소리로 말했다.

"안 되고 있습니다."

레이저 쇼가 시작된 이후로 남식의 전화 번호를 눌러 대고 있던 비서가 울먹이며 말했다.

"문화부 장관님도 타고 계시는군요."

회장이 고개를 들어 롤러코스터의 앞부분을 바라보았다. 중년의 남자가 고개를 숙이고 있었다. 레이저는 장관의 바로 앞을 비추고 있었다. 비틀거리는 회장을 비서가 부축했다.

사고대책본부에는 침묵이 흐르고 있었다. 모두들 지금 모니터를 통해 보이는 장면에 아무 말도 못하고 있었다. 젊은 간부 한 명이 멍하니 화면을 바라보던 경찰청장에게 말했다.

"대원들이 빌딩 안으로 진입했습니다. 지금 대기중입니다."

"바이러스와 연락을 취할 수 있는 라인은 있나?"

"수신밖에 안 됩니다."

"그렇다면 협상조차 불가능하다는 말이군. 공격 지시를 내리게……. 컴퓨터고 뭐고 다 부숴 버려!"

경찰청장이 무거운 목소리로 명령을 내렸다. 그때도 메탈의 옥상에 선 로프를 타고 기동타격대원들이 내려오고 있었다.

"빌어먹을!"

롤러코스터를 고정시키고 있는 체인이 끊어졌지만 롤러코스터는 꿈쩍하지도 않았다.

"안 되겠어. 윗부분을 잘라야겠어. 자네는 여기 끊어 놓은 체인이 내려오는 열차에 걸리지 않도록 아래까지 끌고 가라고."

철민이 롤러코스터의 앞부분까지 갔다. 사람들이 철민의 팔이며 다리를 붙잡았다. 철민은 힘들게 그 손길들을 뿌리치며 위로 올라갔다. 벌써 네 사람이 레이저에 희생당했다. 간신히 앞부분까지 도착한 철민은 용접기의 파란 불꽃을 체인에 갖다 대었다.

"30초만 견디면 돼."

레이저는 다섯 번째 사람을 겨누고 있었다. 아래쪽에 있던 사람들은 모두 대피한 상태였다. 문득 등 쪽에 뜨거운 느낌이 들었다. 빌어먹을 레이저가 어느 새 자신을 비추고 있었다. 이제 10초 정도면 체인이 끊어질 것 같았다.

"저건 누구지?"

회장이 롤러코스터의 앞부분을 가리켰다. 한 남자가 레이저의 빛을 받으며 용접기를 들고 있었다.

"강철민이라는 안전책임자입니다."

체인이 끊어져 아래쪽으로 떨어지며 롤러코스터가 뒤로 몇 번 흔들리더니 아래쪽 플랫폼을 향해 빠른 속도로 내려갔다. 그와 함께 용접기를 들고 있던 남자도 아래쪽으로 떨어졌다. 대원들이 그 주위로 모여들었다. 대원들은 떨어진 남자를 레이저가 비치지 않는 구석으로 옮겼다. 회장이 직접 그곳으로 향했다.

"어떻게 됐나?"

"살아 있지만…… 많이 다쳤어요. 등에 심한 화상을 입었고 떨어지면서 오른팔과 턱뼈가 부러졌어요."

"그 사람을 죽게 내버려 두면 자네들은 다 해고야!"

빌딩 안으로 진입한 대원들은 명령이 떨어지기 무섭게 각자 목표를 찾아 전진했다. 헤드셋을 통해 각자의 위치와 진입로가 정해졌다. 모두들 빠른 속도로 10구역을 향해 돌진했다.

"이봐, 도대체 저게 뭐지?"

종환은 환기구를 타고 내려오는 흰색 안개를 볼 수 있었다.

"환기구를 통해 흰색 안개가 내려오고 있다."

종환의 말은 헤드셋을 통해 본부에 전해졌다.

─이곳 화면을 통해서도 안개를 볼 수 있다. 모두들 움직이지 말고 대기하라.

이내 방 안은 안개로 가득 찼다.

'삐─ 삐─ 삐─' 허리에 찬 폭발물 감지기에서 불길한 신호음이 들려왔다.

"폭발물 경보. 모두들 자세를 낮추어라."

팀장인 종환의 지시가 떨어지자 대원들은 재빨리 마스크를 착용했다. 그러고는 각자 폭발의 파편을 막을 수 있는 엄폐물 뒤로 피해 바닥에 납작하게 엎드렸다. 모두들 폭발의 압력으로 팔다리가 꺾이지 않도록 사지를 쭉 뻗었다. 이 정도 자세면 웬만한 폭발에는 견딜 수 있다. 그들이 입고 있는 옷은 폭발할 때 발생하는 순간의 고열을 충분히 견딜 수 있다. 폭발의 파편에 얻어맞지 않는 한 부상당하거나 죽을 위험은 전혀 없었다. 그저 귀만 조금 먹먹할 뿐이다.

종환은 이러한 훈련을 지금까지 두 번 받아 보았다. 그때마다 겁이 났지만 폭발은 한순간이었다. 그저 후끈한 기운이 바람처럼 몸을 스치고 지나갈 뿐이었다. 번지점프를 할 때의 기분과 같다. 두렵지만 지나가면 스릴 넘치는 기분이었다.

외부의 침입을 알아차린 메탈 브레인은 미리 입력되어 있는 명령을 차례차례 실행시켰다. 첫 번째 일은 특별한 폭발을 준비하는 것이었다. 그에 앞서 30분 전에는 보안 카메라를 통해 조그맣고 기다란 막대기 모양의 물체가 움직이는 모습을 볼 수 있었다. 빌딩 안에는 지구 궤도상의 인공위성 네트워크를 작동시키기 위한 레이더와 기지국이 있었다. MX-217은 빌딩 내부로 들어오거나 밖으로 나가는 전자기파의 전 주파수대를 검색한 후 그 중 로봇을 이동시키는 주파수대를 찾아내 그 주파수의 논리 체계를 분석한 후 암호와 명령 내용을 바꾸었다. 로봇에서 밖으로 보내지던 전파 신호는 디지털 카메라에 의해 편집된 화상 신호였다. 그것을 통해 다섯 명의 또 다른 침입자가 공원으로 향하는 통로를 지나치는 것이 보였다.

로보닥 12는 막대기 모양 로봇의 아래쪽 뚜껑을 뜯어내었다. 그것은 외과 수술보다 쉬운 일이었다. 몇 번의 정밀한 손놀림으로 카메라를 뜯어내고는 그 안에 압축 기체가 들어간 조그마한 앰플을 설치했다. 그러고는 뚜껑을 닫았다. 메탈 브레인으로부터 새로운 명령을 수신한 자벌레는 바쁘게 몸통을 움직여 자신의 위치를 찾아갔다.

"공원 100미터 전방에 진입하고 있다. 오버."

공원 침투조의 팀장인 운형은 30초마다 대책본부와 교신을 했다. 대책본부에서는 자벌레 로봇이 전송하는 빌딩 내부의 상황을 체크하며 다섯 명의 대원들을 조금씩 전진시켰다.

– 코너를 돌면 세라믹 재질의 문이 하나 닫혀 있을 것이다. 폭파하고 안으로 진입하라.

문은 복도의 끝과 끝에 하나씩 있었다.

"문이 열려 있다. 그대로 전진하겠다. 오버."

이상한 일이다. 지금까지 바이러스는 모든 출입구를 봉쇄한 채 외부인의 침입을 허락한 적이 없다.

"주위를 잘 살펴라. 함정이 있을지도 모른다."

대원들은 모든 벽과 천장과 바닥을 살피며 천천히 전진했다. 이곳은 통제구역이 아닌 일반 사무 구역이어서 어떤 위험이 있으리라고는 생각되지 않았다. A팀이 침투했던 10구역처럼 위험한 실험장비가 있는 것도 아니고 보안장치가 많은 것도 아니었다. 그저 공원으로 진입하는 통로들에 문이 닫혀 있는 정도였다. 위험한 일이라고 해 봐야 아까와 같은 가스 폭발 정도일 것이다. 하지만 이미 가스 공급을 중단했고 폭발이 있다 해도 대원들이 걸치고 있는 전투복은 파편만 피한다면 문제가 없었다.

"방금 개방된 방화문을 통과했다. 복도 맞은편 문은 닫힌 상태다. 복도 중앙에서 새로운 지시를 기다리겠다. 지시가 없으면 파괴하고 들어가겠다. 오버."

통신을 주고받던 대원은 자벌레 로봇에 잡히는 영상을 다시 한 번 분석했다. 혹시 있을지 모르는 방화문 건너편의 위험을 사전에 알려 주어야 했다.

'어떻게 된 일이지? 방금 열려 있는 문을 통과했다고 했는데.'

"지금 통과한 방화문이 닫혔는지 확인하라. 오버."

운형은 다시 한 번 통과한 문을 뒤돌아보았다.

─ 무슨 말인지 이해 못하겠다. 우리가 통과한 문은 활짝 열려 있다.

천장 환기구 틈새로 은빛 물체가 보인다. 확인 바란다. 오버.

'도대체 무슨 말인가……, 분명히 자벌레 로봇의 위치는 맞는데…… 화면에 보이는 방화문은 분명히 닫혀 있었고……'

그러고 보니 대원들의 모습도 보이지 않았다.

- 확인 요청 취소한다. 환기구 틈새에 자벌레가 끼여 있다. 우리의 모습을 확인할 수 있나? 지금 자벌레 앞에서 손을 흔들고 있다.

'손을 흔들고 있다고?'

무언가 문제가 있다. 대원들의 모습은 보이질 않았다. 대원들이 말하는 위치엔 자벌레가 있을 수 없었다. 그 자벌레는 대원들이 지나온 방화문 건너편에 있어야 정상이었고 아직도 화면 안의 방화문은 굳게 닫힌 채 움직이지 않고 있었다. 순간 하나의 생각이 뇌리를 스친다.

'이런……'

지금까지 보고 있던 화면은 정지 화면이었다. 자벌레로부터 송신되는 전파는 15분 전에 촬영한 복도의 모습이었다. 그렇다면 도대체 자벌레는 어떻게 된 걸까? 그는 다른 자벌레가 전송하는 화면을 바라보았다. 11구역에서 움직이는 로봇들은 10초 정도의 주기로 같은 동작을 반복하고 있었다.

'여태까지 그걸 모르고 있었다니……'

어찌된 일인지 분명해졌다. 바이러스는 자벌레가 전송하던 10초 정도의 화상 신호를 복사한 후 그것을 고리 모양으로 연결해 전송하고 있었던 것이다.

대책본부에서 자벌레의 위치를 확인해 보라는 지시가 내려졌고 운형은 대원 한 명을 시켜 천장의 틈새에서 자벌레를 꺼내라고 했다.

"이게 뭐지? 누가 자벌레 아래쪽을 뜯었어요. 이 부분은 카메라가 있던 위치인데……"

운형은 그것을 그대로 보고했다.

"이 안에 뭐가 들어 있어요."

대원 한 명이 자벌레의 망가진 부분을 건드리는 순간, '칙-' 하며 공기 빠지는 소리와 함께 자벌레 안쪽에서 하얀 분무를 일으키며 액체가 뿜어져 나왔다.

"앗! 이게 뭐야!"

자벌레를 들고 있던 대원이 잠깐 비틀거리더니 바닥에 쓰러졌다. 그러고선 온몸을 뒤틀며 경련을 일으키기 시작했다.

"뒤쪽으로 물러서!"

운형이 외쳤다. 두 대원이 쓰러진 대원을 질질 끌면서 뒷걸음질쳤다. 운형과 다른 한 명은 앞쪽을 경계하면서 왔던 길을 향해 돌아섰다.

'이럴 수가……'

어느 새 방화문이 닫혀 있었다. 빨리 문을 부수고 이곳에서 빠져나가야 한다. 운형은 급히 가방에서 폭약을 찾았다. 헤드셋에선 다급한 목소리가 들려 왔다.

- 모든 대원은 현재의 위치에서 신속히 이탈하라. 긴급 상황이다. 반복한다. 모든 대원은 즉시…….

"자벌레 안에서 알 수 없는 액체가 나왔다. 그리고 그 액체를 뒤집어 쓴 대원 한 명이 쓰러졌다."

뒤를 돌아보았을 땐 그 대원을 부축하던 두 사람도 쓰러져 있었다. 세 명 모두 혀를 깨물었는지 입에 분홍색 거품을 문 채 경련을 일으키고 있었다. 그러고는 허리가 꺾일 정도로 몸이 뒤로 휘었다. 운형은 특수전 교육에서 보았던 비디오가 떠올랐다. 화학 가스에는 크게 네 가지 종류가 있었다. 무능화 작용제, 수포 작용제, 혈액 작용제, 그리고 신경 작용제.

바닥에 쓰러진 대원들은 VX를 마신 원숭이와 증상이 비슷했다. 피부로 어떤 감각을 느끼는 데 걸리는 시간은 대략 0.3초가 걸린다. 신경가스는 혈액에 작용하는 독과는 달리 뉴런을 타고 중추신경계를 마비시키기 때문에 차가운 안개의 감촉을 느끼는 동시에 독은 감각신경을 타고 대뇌로 전달된다. 그리고 자율신경계의 뉴런 분비 물질에 혼란을 일으킨다.

'신경가스에 노출되면 심장에 아드로핀 주사와 팜 주사를 꽂아야 한다.'

교관의 말이 생각났다. 그때만 해도 심장에 바늘을 꽂을 용기가 없었는데…… 하지만 지금은 주사기를 갖고 있지 않다. 살아날 방법이 전혀 없었다. 액체 방울의 차가움을 느끼는 동시에 온몸이 마비될 것이다.

운형은 폭약을 문에 붙였다. 그러고는 타이머를 조정하려고 오른손을 들었다. 하지만 어느 새 손은 무거운 것에 잡아끌리듯 아래로 떨어지고 있었다. 그리고 무릎이 굽으며 앞으로 쓰러지고 말았다. 운형의 온몸이 조여지며 무서운 고통이 그에게 밀려왔다. 소리를 지르려고 했지만 '쉭−' 하는 가는 숨소리만이 기도를 타고 흘러나왔다. 운형은 일어나려 했지만 이미 눈앞이 어두워지며 시력을 잃고 정신이 흐려지기 시작했다. 운형은 신경가스 중독의 증상들을 생각했다. 혼수상태, 방분방뇨, 호흡 정지, 심장마비, 근육경련······.

안개는 빠른 속도로 걷히며 벽과 바닥과 대원들의 몸에 내려앉았다.

'이런 기분 나쁘군. 이렇게 끈적끈적한 안개라니······ 이상하군. 왜 아직 폭발하지 않는 걸까?'

종환은 장갑 낀 손으로 흐릿한 헬멧을 훑었다. 손바닥 가득히 마치 풀처럼 점성이 강한 액체가 묻어 나왔다. 종환은 안개가 걷힌 주위를 살펴보기 위해 대원들과 함께 천천히 자리에서 일어났다. 아직도 허리띠에 부착된 폭발물 감지기의 LED에서는 붉은 등이 점멸하며 '삐삐−' 하는 소리를 내고 있었다.

"모두들 폭발에 대비하며 현재 자리에서 대기하라."

종환이 조금 앞으로 걸어 나가 안개가 밀려나온 환기구를 바라보았다. 끈끈한 풀 같은 방울이 엉겨 아래로 늘어져 있었다. 그때 환기구를 타고 '웅−' 하고 울리는 소리가 들려왔다. 무언가 빠른 속도로 밀려오는 소리였다. 거미줄처럼 늘어진 안개 방울들이 바람을 타고 흔들렸다.

'바람이라.'

이내 그것이 무엇인지 알아챈 종환은 대원들에게 소리쳤다.

"모두들 밖으로 철수하라! 반복한다, 모든 대원은 신속히 밖으로 철수하라!"

종환의 날카로운 목소리가 모든 대원의 헬멧 안에서 울려 퍼졌다. 목소리에 실린 두려움을 느꼈는지 모두들 빠른 속도로 밧줄을 타고 내려왔던 곳까지 달리기 시작했다. 동시에 환기구 쪽에서 '화악' 하는 소리와 함께 시뻘건 불꽃이 일었다. 종환의 온몸에 불길이 일었다. 온몸에 가솔린을 뿌린 것처럼…… 뜨거운 기운이 온몸을 감쌌다. 아직 만나지 못한 아기 생각이 났다.

상황실 모니터에선 선명한 화염을 볼 수 있었다. 폭약과는 달리 소이제가 터질 때와 비슷한 낮은 폭발음과 함께 거대한 불기둥이 다시금 빌딩을 뚫고 나왔다. 그 가운데 이미 안으로 진입했던 대원 몇 명이 온몸에 불이 붙은 채 22층에서 바닥으로 떨어졌다. 로프에 매달린 대원 몇 명도 온몸에 불이 붙은 채 아래로 추락하고 말았다.

"아래쪽에 에어쿠션이 있나?"

경찰청장이 물었다.

"미처 준비하지 못했습니다."

"빌딩에서 대태러 작전을 하면서 쿠션도 준비해 놓지 않다니! 도대체 무슨 생각들을 하는 거야!"

경찰청장이 버럭 소리를 질렀다.

빌딩 바깥에서 생방송을 진행하던 방송국 헬기는 너무 가까이 접근하는 바람에 화염에 휩싸이더니 균형을 잃은 채 아래쪽으로 추락하며 폭발해 버리고 말았다. 헬기의 프로펠러는 그 회전력을 잃지 않은 채 날카로운 굉음을 내며 빠른 속도로 구르더니 도로를 지나던 몇 대의 자동차들을 부숴 버리고 근처의 다른 건물에 박혀 버렸다.

빌딩 주위는 아수라장으로 변했다. 모든 것이 혼란스러웠다. 구경꾼들은 갑작스런 사태에 놀라 도망치기 시작했다. 서로의 발길에 깔린 사람들이 비명을 질러 댔다. 경찰들이 사람들을 진정시키기 위해 노력했지만 공포에 질린 군중에게는 아무런 소용이 없었다. 빌딩 바로 아래쪽에서 진치고 있던 취재진들은 그 모습들을 카메라에 담느라고 정신이 없었다. 이 모든 장면은 전국의 각 가정에 생중계되고 있을 것이다. 사고대책본부장인 서울시 경찰청장은 멍하니 빌딩을 뚫고 나오는 화염을 바라보고 있었다.

모두들 어떻게 폭발이 일어났는지 알 수가 없었다. 작전이 시작되기 전에 빌딩엔 이미 가스 공급을 중단해 두었다. 하지만 빌딩을 뚫고 나온 정도의 화염이 일어나려면 엄청난 양의 폭발물이 필요했다.

"빌딩 내에 폭발물은 없었다고 합니다."

기동타격대에서 마지막으로 전송한 영상에 대해 신속하게 분석하기 시작했다.

"이건 가스 폭발이나 보통의 폭약과는 전혀 다릅니다. 일종의 소이제와 비슷하군요. 아마도 강력한 화학폭탄 같아요. 여기 영상에 잡힌 뿌연 안개가 보이죠? 에어로졸 상태로 공기 중에 확산된 후 주위에 이슬처럼 내려앉았군요. 그리고 화염이 발생했어요. 전에 이런 걸 어디선가 본 적이 있어요."

폭발물 전문가는 화면을 자세히 살펴보며 설명했다. 그는 비디오를 되감으며 폭발의 모양을 관찰했다. 그는 온몸에 불이 붙은 채 몸부림을

치는 한 대원을 손가락으로 가리켰다.

"불에 타는 대원들을 보세요. 아래쪽에 추락해서도 계속 타고 있습니다. 폭발하기 전 저 안개의 점성이 매우 강하다는 대원들의 보고가 있었습니다. 강력한 안개 형태의 소이제가 대원들의 몸을 충분히 적시고 나서야 폭발이 일어난 것입니다. 굉장히 잔인한 방법이에요. 대원들이 입은 옷은 잠시 동안의 강한 열기와 압력으로부터는 몸을 보호해 줄 수 있지만 저렇게 전투복 자체가 화염에 휩싸이게 되면 전혀 도움이 안 되죠. 적외선의 파장을 측정해 보니 온도가 2000도 이상이더군요."

남식 역시 그 장면들을 지켜보고 있었다.

"미리 알고 있었어. 그래서 준비를 한 거야. 10구역에는 저런 것들을 만들어 낼 화학적 장비들이 충분히 있으니까. 그런데 어떻게 기동타격대가 공격하리라는 걸 알았을까?"

남식의 말에 세원이 중얼거렸다.

"설마, 인공위성 네트워크…… 하지만 그것은 아직……"

대책본부의 메인 패널은 꺼져 있었다. 공원에서 전송하던 영상이 중단된 것이다.

"공원에서는 레이저 쇼가 중단되었답니다."

"공원 진입로를 따라 침투하던 폭파팀이 전멸했습니다."

경찰청장은 동시에 몇 가지의 절망적인 보고를 받았다.

"뭐라고?"

경찰청장의 귀는 새빨갛게 달아올랐고 눈 역시 붉게 충혈 되었다.

"정운형 팀장이 신경가스라는 마지막 말을 남겼습니다."

작전은 완전히 실패하고 말았다. 안개 폭탄에 신경가스라니, 도대체 말이 안 되는 일이다.

"도대체 어떻게 된 거죠?"

성찬의 질문에 남식이 머뭇머뭇 대답했다.

"10구역의 실험실 안에는 세포의 유사 분열을 막거나 신경 계통의 분화를 조절하기 위해 구아노산이나 큐라레 같은 치명적인 신경 독소를 몇 가지 사용하고 있어요. 물론 모두 허가를 맡은 것인데……"

성찬은 반쯤 정신이 나간 채 허공을 바라보며 말했다.

"전부터 말을 했지만 우리는 MX-217에게 이길 수가 없어요. 오 실장님은 그런 생각을 안 하십니까?"

남식은 자신의 심장이 심하게 뛰는 것을 느꼈다.

"우리가 무엇을 해야 할까요?"

"아무 생각도 안 나는군. 아무 생각도……"

남식이 떨리는 목소리로 힘없이 말했다.

경찰청장은 힘없이 의자에 주저앉았다. 이제 그는 중대한 결정을 내려야 했다.

'이대로 후퇴를 해야 하는가……. 아니면 맞서 싸워야 하는가.'

아직 옥상 위에는 빌딩 안으로 진입하지 않고 명령을 기다리던 대원들이 있었다.

"다시 저 화학폭탄이 터질 가능성이 있을까?"

경찰청장의 질문에 폭약 전문가가 잠시 머뭇거리다가 그의 심중을 파악하고는 대답했다.

"저런 안개를 또 내뿜으려면 적어도 20분 이상의 시간이 걸립니다. 그 정도면 작전에 충분한 시간입니다."

경찰청장은 대형 화면을 바라보며 조용히 명령을 내렸다.

"대기하고 있는 병력을 모두 투입하게. 다시 폭발이 일어나려면 시간이 많이 걸린다는 것을 대원들에게 확실히 이해시켜 불안감을 없애 주는 것도 잊지 말고."

이 말은 공원에 있는 일부 시민들의 목숨을 포기한다는 말과 같았다. 하지만 아무도 그의 선택을 탓할 수는 없었다. 지금 머뭇거리면 공원 안에서 더 많은 사람이 죽을 수도 있다.

"조금이라도 이상한 게 있으면 다 부숴 버리라고 해! 이번에도 실패하면 10구역을 통째로 날려 버리겠어!"

경찰청장이 흥분한 채 말했다.

"로봇들은 어찌 되었지? 폼 내라고 빌딩 안으로 들여보낸 줄 알아? 빨리 공격 명령을 내려!"

그제야 기억을 해 낸 듯 의자에서 몸을 튕기듯 일어서며 경찰청장이 소리쳤다.

"통신이 두절되었습니다. 아까의 폭발로 모두 파괴된 것 같습니다."

"아니 여섯 대 모두 조종할 수 없단 말인가? 그게 말이 돼? 도대체 당신들은 뭘 한 거야!"

경찰청장이 흥분해서 소리를 질렀다.

"그게 얼마짜린데 그까짓 폭발에 망가진단 말야!"

'도대체 말이 되는 소린가…… 로봇들은 특수합금으로 제작되어서 웬만한 개인 화기의 공격이나 폭발에는 끄떡없는 놈들이었다. 그런데 한 번의 폭발로 그렇게 쉽게 망가져 버리다니…… 도대체 돈을 얼마나 들인 물건들인데'

공원의 안전요원들은 절삭기와 용접기를 이용해 플랫폼 안으로 들어온 롤러코스터의 안전대를 하나씩 부쉈다. 그제야 울음을 터뜨리는 사람, 공포에 질린 채 멍하니 앉아 있는 사람도 있었다. 앞쪽에 앉아 있던 일곱 사람이 목숨을 잃었다. 고약한 냄새가 풍겼다. 한 무리의 사람들이 그곳으로 왔다. 문화부장관의 수행원들이었다. 앞에서 세 번째 자리에 앉았던 문화부장관 역시 희생자 가운데 한 명이었다. 공원의 직원들은 롤러코스터의 시체들을 수습해 창고로 옮겼다.

회장은 자신도 이 안에서 무언가 할 일을 찾아야 한다고 생각했다.

"아무래도 여기서 밤을 새야 할 것 같군. 사람들이 덮을 만한 것이 있을까?"

회장의 지시에 따라 공원의 직원들은 여기저기에 장식용으로 걸려 있던 천 조각들을 모았다. 그러곤 그것을 사람들에게 나누어 주었다. 다행히 공원 안에 있는 몇 개의 식당 안에는 내일까지 모두가 먹을 수 있는 정도의 음식이 있었다. 직원들은 먼저 상하기 쉬운 음식부터 사람들에게 나누어 주었다.

'도대체 어떻게 이런 일이 일어난 것일까?'

남식은 메탈 브레인이 고장 났다는 말만 했었다. 회장은 며칠간의 일을 머릿속으로 정리해 보았다.

'어제는 중앙정보실에서 해커에 관한 보고서를 받았다. 그 해커가 10구역에 있다는 말을 들어서 문근영 박사를 불렀는데 그가 무엇을 숨기는 듯한 인상을 받았다. 그리고 10구역의 분위기와…… 또 무슨 얘기를 했던가. …… MX-217에 관한 얘기를 했었다. 남식과는 해커에 관한 대화를 나누었는데 남식은 큰 문제가 아니라고 말했다. 그가 직접 10구역으로 간다고 했다. 그리고 그 전날은 특별한 일이 없었다. 3일 전에는 11구역에서 로보닥의 실험을 지켜보았고 박 팀장에게 메탈 브레인에 문제점이 있다는 보고를 받았다. 그 전에는 김기현이라는 10구역의 연구원 한 명이 죽었다. …… 10구역과 많은 관련이 있군. …… 그러고 보니 남식이 상준을 데리고 나갈 때 상준은 가족에게 실험실로 간다고 얘기했단다. 10구역에서 무슨 문제가 발생한 것일까? …… 아마 MX-217과 관련이 있는 게야, 틀림없어……'

MX-217은 다시금 회색 제복을 입은 대원들이 들어오는 모습을 볼 수 있었다. 깨진 창문으로는 로프가 바람에 흔들리고 있었다. 일부 카메라는 좀 전의 화염으로 작동을 멈추었다. 나머지도 대부분 상태가 좋지 않았다. 그을음으로 인해 희미한 영상이 보일 뿐이다.

– 자벌레 이동.

로봇의 카메라를 통해 영상이 들어왔다. 그들은 자세를 잔뜩 숙인 채 천천히 이동했다. 마치 들판을 건너는 토끼 무리처럼 주위를 두리번거리면서 조그만 소리에도 놀라곤 했다.

본부에서 다시는 폭발이 일어나지 않을 거라는 메시지를 받았지만 대원들에게 그런 말은 위안이 될 수 없었다. 조금 전 그들 역시 시뻘건 화염에 감싸인 채 비명을 지르며 아래도 뛰어내리는 동료들을 보았다.

"1조는 중앙 복도를 따라 전진, 2조와 3조는 1조를 엄호하면서 그 뒤를 따른다. 4조와 5조는 오른쪽 복도로 우회해 목표물로 접근한다."

대원들은 신속히 10구역을 향해 출발했다. 빌딩 안은 아직 열기가 가시지 않아 후끈했고 매캐한 연기가 가득 차 있었다. 검게 그을린 복도의 모습이 보였고 새까맣게 타 버린 채 널브러져 있는 동료들의 모습도 볼 수 있었다. 형욱은 머리가 박살나서 얼굴의 형체를 알아볼 수 없는 한 대원의 모습을 보았다. 총알이 턱밑을 뚫고 들어가 머리 윗부분을 박살내었다. 뼈를 태우는 고통을 이기지 못하고 스스로 방아쇠를 당겼으리라. 다리가 후들후들 떨렸다.

그들은 다섯 무리로 나뉘어 복도를 따라오고 있었다. 그 무리들은 각자 이동하고 행동했지만 MX-217은 동시에 다섯 무리의 움직임을 추적할 수 있었다. 그 중 첫 무리가 계단으로 진입했다.

"목표 지점에 근접중 1조부터 전진한다. 2조와 3조는 각기 엄폐 후 대기하라!"

대원들의 심장이 방망이질 쳤다. 태어나서 이토록 끔찍한 경험은 처음이었다. 고된 훈련으로 이제껏 자신들이 최고라는 자존심을 가지고 있었지만 공포 앞에선 무용지물이었다.

"무슨 소리지?"

모두들 복도를 울리는 기관포 소리를 들을 수 있었다. 이어서 비명

소리가 울려 퍼졌다. 도대체 이 빌딩 안에선 말도 안 되는 일이 계속 벌어지고 있었다. 소이탄에 먼저 침투한 동료들이 몰살을 당하더니 이번엔 기관포라니…….

검색. …… 대테러 로봇 스파이더 2. …… 주파수 변조. …… 암호 체계 및 명령 체계 변경. MX-217이 로봇의 주파수 체계를 알아내고 암호 체계를 바꾸어 놓는 데는 단지 몇 초의 시간이면 충분한 일이었다. 그의 두뇌와 유기적으로 연결되어 있는 메탈 브레인은 초당 수조 번의 숫자와 문자의 조합을 만들어 냈고, 인공위성과 연결되는 수신 장치들은 빌딩 안으로 들어오는 모든 주파수대의 전파를 검색한 후 로봇의 행동 패턴이 바뀌는 때의 주파수를 필터링하여 데이터 펄스를 찾아내면 메탈 브레인은 그 압축을 풀고 암호와 명령의 논리 체계를 분석한 후 그 구조를 약간 변경해 주었다.

로봇은 MX-217의 의지에 따라 어색한 움직임을 몇 번 보였다. 로봇에서 느껴지는 시청각적 감각은 미소 전극 칩을 통해 MX-217에게 그대로 전해졌다. 두 개의 카메라를 통해 입력된 화상은 MX-217의 세계에 삼차원적인 입체 영상으로 재구성되었다. 검은색 제복을 입은 사람들이 소리를 지르며 손에 들고 있던 총을 발사하고는 이곳저곳으로 흩어지는 모습이 보였다. 벽 뒤에 몸을 숨긴 한 사람이 거친 호흡 소리를 내며 고개를 힐끗거리고 있다.

키 182.3센티미터. 몸무게 74킬로그램. K-12 소총 한 정과 3.2킬로그램 소형 근거리 대인 미사일 두 발. 컴퓨터는 각 개인의 위치와 무장을 파악했다.

"로봇이 우리를 공격하고 있다!"

복도에서 그리고 헬멧 안에서 동시에 울려 퍼지는 1조 대원들의 처참한 비명 소리를 들은 대원들은 공포에 떨기 시작했다. 팀장인 형욱은 헬멧 안에서 울려 퍼지는 기관포 소리와 비명 소리 때문에 정신이 어질어질하였다.

'여기서 살아남을 수 있을까?'

형욱이 고개를 저었다.

'무슨 말인가…… 로봇이라니……'

연속적인 총성이 울려 왔다. 유탄이 공기를 가르며 벽을 꿰뚫는 소리가 복도를 타고 들려왔다. 그것이 1조와의 마지막 통신이었다. 2조와 3조에 앞섰던 1조는 불과 1분도 안 되어 전멸하고 만 것이다. 아무런 생각도 나질 않았다.

"모두들 엄폐하라!"

형욱의 지시에 2조와 3조의 대원들이 단단한 구조물 사이로 모두 몸을 숨겼다. 계단을 내려오는 로봇의 딸깍거리는 발자국 소리가 들렸다. 그것은 너무나도 익숙한 소리였다. 자신들의 대테러 로봇이 여덟 개의 다리를 움직이는 소리였다. 예전부터 그 소리가 마음에 들지 않았다. 로봇은 너무 강하고 너무 빠르다. 그들이 가지고 있는 자동 소총으로는 로봇을 감싸고 있는 합금을 꿰뚫을 수 없었다.

"로켓포 장전!"

발사기에 로켓이 장전되며 경쾌한 금속성 소리를 냈다.

경찰청장은 얼굴이 벌게진 채 컴퓨터로 로봇을 조종하던 대원들에게 버럭 소리를 질렀다. 그러고선 그것으론 성에 안 찼는지 책상에 있는 물건들을 마구 던졌다.

"아까 폭발시 통신이 두절되었습니다. 그 이후론……"

"그걸 대답이라고 하고 있어? 이 자식들아, 너흰 동료들을 다 죽일 셈이야? 뭐든지 해결책을 찾아야 할 거 아냐!"

대원들은 거의 울상이 되었다. 주파수와 암호가 바뀌었다며 이러지도 저러지도 못하고 있었다. 로봇과 인간의 전투는 뻔한 결과였다. 대원들이 아무리 뛰어나다고 해도 여섯 대의 살상 로봇과는 상대가 되질 않았다. 어디서부터 잘못된 것인가. 바이러스는 강력한 무기를 손에 넣은 셈이다.

"빌딩 안에 인공위성 기지국이 있다는 군요. 그 기지국의 장비는 저희들이 로봇과의 무선 통신에 사용하는 KU 밴드대 전파의 송수신이 가능하다고 합니다. 그것을 이용해 로봇을 조종하고 있습니다."

기본적으로 로봇이나 인공위성이나 모두 거대한 네트워크에 연결된 호스트라고 볼 수 있었다. 하지만 아무도 바이러스가 로봇의 통신 체계와 암호 체계를 해킹할 것이라는 생각은 할 수 없었다. 왜냐하면 항상 명령을 내리는 것이 아니고 명령을 내릴 때는 데이터를 압축해서 암호와 함께 보내는 이중 보안 방식을 쓰기 때문이다. 그 과정에서 송수신 시간은 불과 0.02초였고 다음 명령 때는 암호가 바뀐다. 이러한 방식을 데이터 펄스라고 한다. 이론상으론 해킹이 가능하다고 하지만 그 짧은 시간에 데이터 펄스의 알고리즘을 분석한다는 것은 불가능한 일이었다. 경찰청장은 더 이상 아무 말도 할 수 없었다.

"모두 철수하라고 전해!"

더 이상 그곳에 대원들을 남겨 두어 봤자 아무런 소용이 없었다. 여섯 대의 로봇을 상대하려면 빌딩 안으로 탱크를 들여보내야 할 것이다.

대원들은 각자 엄폐물을 찾아 몸을 숨겼다. 철수 명령이 떨어졌지만 움직일 수가 없었다. 노출되자마자 총탄에 온몸이 걸레 조각이 되리란 걸 모두 알고 있었다. 형욱은 목표물 사이를 정확하고 빠르게 움직이던 로봇의 훈련 장면이 생각났다. 로봇의 목표가 된 이상 빠져나간다는 것은 불가능했다. 복도의 코너에서 금속성 발자국 소리가 들렸다. 몇 초 후면 로봇은 그 모습을 드러낼 것이다.

"로켓포 발사!"

형욱이 대원들에게 명령했다. 그 로켓은 5년 전부터 특수전 부대에 지급되던 것으로 전차의 장갑을 꿰뚫을 수는 없지만 가볍고 휴대가 간편해 근거리에서 적의 시설물을 파괴하거나 대인 공격시 효과적인 무기였다. 스파이더의 장갑은 전차보다 약하다. 운이 좋으면 제일 앞에 오는 녀석을 파괴할 수 있을지도 모른다. 경쾌한 엔진의 소음과 함께 흰색 연기를 뿜으며 네 발의 로켓이 발사되었고 폭발음과 함께 회색 먼지가 일었다.

MAV의 카메라에 잡히는 모습은 흔들림이 많았지만 사람들의 위치를 파악하기에는 충분했다. 복도의 코너를 따라 다섯 명, 연구실 안쪽으로 두 명이 있다. MX-217은 로봇에게 명령을 내렸다. 미사일을 장전하는 데는 많은 시간이 소요될 것이다.

로봇의 근육은 형상기억합금을 이용한 셀로 되어 있었다. 근육을 이루는 각 셀에 전류가 흐르면 수십만 개의 셀이 수축 작용을 보이고 그것이 동물의 근육과 같은 움직임을 만들어 낸다. 이것은 재래식 유압 펌프가 정밀하고 부드럽게 동작할 수 없었던 문제점, 충격으로 축이 휘어지거나 펌프에 균열이 생기면 움직일 수 없다는 점 그리고 펌프에 유체의 압력이 전해지는 시간 때문에 순발력이 떨어진다는 단점을 완벽히 보완한 동력 장치다. 그 장치의 피드백 장치는 MX-217에게 금속 근육의 강력한 힘을 느낄 수 있게 해 주었다.

긴장한 대원들은 반사적으로 갑자기 머리 위에 나타난 물체를 향해 기관총을 발사했다. 정찰 로봇은 몸체가 가볍고 장갑을 갖추지 않아 몇 발의 총탄이 몸체를 뚫자 힘없이 벽에 부딪히며 아래로 떨어졌다.

'미사일이 발사될 줄 알고 코너 직전에서 멈추었어. 코너에서 정찰 로봇을 보낸 거야. 우리를 속이려고……'

형욱이 아는 한 로봇의 프로세서는 그런 판단을 할 수 없다. 대원 한 명이 화염이 이는 로봇을 총 끝으로 건드리며 확인할 때 복도의 끝에서 둔탁하고도 귀에 익은 소리가 들려왔다.

"모두들 복도에서 대피하라!"

그것은 스파이더가 토우 미사일을 장전하는 소리였다. 형욱은 그렇게 외치며 자신 역시 반대편을 향해 달리기 시작했다.

대원들이 반쯤 빠져나갔을 때 날카로운 공기의 파열음이 들려 왔고 복도의 한쪽 벽면을 부수면서 엄청난 폭발이 일어났다. 근처를 지나던 대원들은 무수한 파편에 온몸이 찢긴 채 바닥에 널브러졌다. 특수 제작된 전투복도 토우 미사일이 내뿜는 강한 파편 앞에선 무용지물이었다. 이어서 로봇이 여덟 개의 다리를 빠르게 움직이면서 달려오는 소리가 들리는가 싶더니 채 먼지가 걷히기도 전에 복도 사이로 기관포가 비 오듯 쏟아졌다. 12밀리미터 두께의 탄두는 대원들의 몸을 갈기갈기 찢어 놓고서도 그 가속도를 이기지 못한 채 벽을 꿰뚫었다. 초당 100발 가까이 발사되는 기관포 앞에서 살아서 빠져나갈 수 있는 사람은 아무도 없었다.

아직 숨이 끊어지지 않았는지 신음 소리를 내며 꿈틀대는 대원들도 있었다. 한 발씩 끊어진 총성이 들렸다. 로봇이 확인 사살을 하고 있었던 것이다. 도저히 믿을 수 없는 일이다.

운 좋게 복도를 벗어난 대원들이 미사일을 발사하고는 무작정 도망치기 시작했다. 하지만 미사일도 기관포의 탄막을 뚫지 못한 채 모두 공중에서 폭발하고 말았다. 로봇은 빠른 속도로 복도를 가로질렀다.

"본부, 도대체 어찌된 일이야! 로봇이 우리를 공격하고 있다. 어떻게 좀 해 봐, 이 개자식들아!"

그것은 아주 간단한 일이었다. 굳이 비교를 하자면 컴퓨터 게임을 할 때 공격 대상을 선정하기 위해 마우스를 클릭 하는 정도일 것이다. 그러면 로봇에 내장되어 있는 프로그램은 복잡한 연산을 맞춘 후 여덟 개의 다리를 움직이고 토우와 기관포를 움직인다.

하지만 MX-217은 그 움직임을 자신이 직접 느껴 보고 싶었기에 제일 앞장선 로봇을 자신의 세계(두뇌)에 동화시켰다. MX-217이 로봇의 움직임을 상상하면 그의 두뇌는 복잡한 사고의 흐름을 만들었다. 그의 사고는 이진수로 이루어져 있다. 일련의 바이너리 코드가 10구역과 11구역의 컴퓨터를 거치고 메탈 브레인은 그것을 디코딩한 후에 인공위성 기지국으로 보낸다. 그리고 인공위성 기지국에서는 그것을 KU 밴드의 고주파로 송신하면 로봇은 그에 따라 움직임을 보이는 것이다.

로봇으로 입력되는 외부 환경도 마찬가지로 그 반대의 과정을 거쳐 MX-217의 삼차원적인 시각 세계에 컴퓨터 그래픽 형식으로 표현되었다. 이 복잡한 과정을 거치는 중에 조금은 시간적인 오차가 발생하기 때문에 로봇은 MX-217의 의지보다 한 템포 늦게 움직였다. 0.2초 정도의 지연이었지만 사고의 흐름이 빠른 MX-217에게는 답답하게 느껴지는 시간이었다.

'움직인다는 것은 계산을 하지 않아도 되는 일이야. 의지만 가지면 가능한 일이지'

이제 MX-217은 근영의 말을 이해할 수 있었다. MX-217에게 한 명의 인간은 외부의 독립적인 존재로 인식되는 것이 아니라 자신의 삼차원적 그래픽 세계 안에 갇힌 하나의 장난감 또는 이진수 데이터에 불과했다. 그렇게 때문에 그는 두려움이라든가 생명의 소중함을 이해할 수 없었다.

마치 우리가 컴퓨터 게임에서 수많은 병사를 죽이듯이 총탄에 의해 갈기갈기 찢어진 인간은 그의 세계에서 움직임을 보이지 않는 그래픽과도 같았다. 실제로 느끼는 피와 그래픽 세계에서 붉은색으로 표현되는 피에는 많은 차이가 있다. 그것은 체온이 느껴지지 않는 이진수 코드일 뿐이다.

MX-217은 정신을 집중하고 여덟 개의 다리에 관해 생각했다. 각 다리마다 세 개의 관절이 있고, 발에는 고르지 못한 표면에 적합한 네 개의 발톱이 있다. 기분 좋은 경험이었다. 육체라는 것이 있다면 이런 기분일 것이다. MX-217은 그 동작들에 대해 메탈 브레인을 사용한 시뮬레이션을 통해 결과를 예측하는 작업을 시작했다.

'앞으로……'

한 발씩 전진할 때마다 MX-217의 의식과 합치된 맨 앞의 로봇은 움직임이 더욱 부드러워졌다.

소용없는 짓인 줄 알면서도 형욱은 로봇을 향해 기관총을 갈겨 댔다.

'빨리 끝났으면 좋겠다.'

총알은 로봇의 금속 몸체에 부딪히며 불꽃만을 튀길 뿐, 로봇은 전혀 충격을 받지 않은 듯 보였다.

'이상한 일이다. 왜 공격하지 않는 거지?'

복도 건너편까지의 거리 3미터. 지금 형욱이 몸을 숨기고 있는 방 끝에서부터 달려 가속을 얻는다 해도 0.5초간은 허공에 몸이 노출될 수밖에 없었다. 그 시간이면 스파이더가 그의 동작을 느끼고 판단을 내리고 반응하기에 충분한 시간이었다. 아마 공중에 뜬 채로 총탄에 갈기갈기 찢기리라. 결국 복도 건너편으로 넘어가는 것은 불가능했다. 이미 로봇은 형욱이 있는 방에서 몇 발자국 앞으로 다가왔다.

'어차피 죽어야 한다면……'

형욱은 미사일을 장전했다. 로봇의 소리가 바로 옆에서 들렸다. 문 앞에서 옆으로 몸을 던짐과 동시에 로켓을 날렸다.

MX-217은 순간 당황했다. 자신의 의식과 동화되어 있는 로봇이 움직이지 않는 것이다. 방 안에 숨어 있던 사람이 미사일을 로봇 바로 앞에서 발사하는 바람에 로봇이 망가진 것이다. 미사일을 발사한 사람 역시 폭발로 파괴되어 버렸다. MX-217은 화가 났다. 나머지 다섯 대의 로봇에 명령을 입력했다.

'하나도 남기지 말고 파괴할 것'

2차 침투한 대원들에게는 더 이상 연락이 오질 않았다. 무전기 사이로 시끄럽게 들리던 기관총 소리도, 비명 소리도, 욕지거리도 더 이상 들리지 않았고 그들의 어깨에 붙은 카메라가 보내는 몇 개의 화면은 바닥이나 벽을 계속 비추며 정지해 버리고 말았다.

"생존자는 없는 것으로 보입니다."

그것은 보고받지 않아도 알 수 있는 사실이었다. 경찰청장은 자포자기의 심정으로 의자에 주저앉았다. 마지막 화면들은 창 밖으로 보이는 하늘의 모습을 보여 주더니 이내 심하게 흔들리며 바닥이나 천장을 비추었다. 로봇은 도망치는 대원들을 출구까지 쫓아왔던 것이다. 로봇을 파괴할 수 있는 유일한 무기인 미사일조차 전혀 소용이 없었다. 초당 100발 이상을 발사하는 로봇의 탄막을 뚫을 수 없었던 것이었다. 그것은 전투가 아니라 일방적인 학살이었다. 로봇들은 대테러 훈련 때보다 몇 배는 빠르고 정확하게 움직이는 것 같다.

'빌어먹을. 저 자식들은 뭐야.'

방송국 헬기는 그 장면까지 모두 카메라에 담고 있었다. 이제 이 사실을 어떻게 설명할 수 있단 말인가.

10분 전 연락을 받은 팀은 수술 준비를 마치고는 환자를 기다리고 있었다. 환자는 심한 화상과 여러 군데의 열상, 찰과상과 골절상을 입었다고 한다. 빌딩 안에서 무슨 사고가 일어났기에 그런 부상을 당했을까? 낮에는 엘리베이터에서 실족한 시체가 한 구 들어왔다. 메탈 브레인에 사고가 있었다는 얘길 들었지만 다행히 메디컬 네트워크는 정상으로 움직이는 것 같다.

– 환자를 실은 앰뷸런스가 도착했습니다.

수술실의 인터폰을 통해 접수실 직원의 목소리가 흘러나왔다. 3분 정도 지나자 침대를 끄는 소리와 함께 거친 발소리들이 들려왔고 회색 제복을 입은 피투성이의 환자가 도착했다.

"도대체 이 사람 어떻게 된 거죠?"

집도의의 질문에 환자를 옮겨온 응급요원이 모르겠다고 말하면서 고개를 저었다.

"엘리베이터 통로에서 나왔다는군요."

머리카락과 눈썹은 다 타서 없어졌고 피부는 많은 부분에 심각한 화상을 입어 수포투성이였고, 여러 군데가 찢어져 피가 흐르고 있었다. 도저히 살아 있다고 믿을 수 없을 정도였지만 아직 환자는 의식을 잃지 않은 듯 신음하며 가끔씩 희미한 눈빛으로 주위를 돌아보았다.

"빨리 수혈을……"

"힘들 것 같은데요."

컴퓨터 단층 촬영기가 움직이며 환자의 내부 상태를 입체적으로 보여 주었다.

"이런 환자를 본 적이 있어요?"

촬영기사가 화면에 출력된 그래픽을 가리켰다.

"바깥만 망가진 줄 알았더니 안쪽도 다 망가졌군. 심장이 아직도 움직이는 게 신기할 정도예요."

이런 환자는 처음이었다. 어떻게 내부 장기에 화상을 입은 것일까? 도대체 온몸에 성한 구석이라고는 하나도 없다. 수술이 불가능하다고 판단한 의사들은 급하게 생명 유지 장치를 가동시켰다. 이런 중상에도 환자는 의식을 잃지 않았는지 몸을 꿈틀거리고 있었다. 아직도 고통을 느끼는 것일까?

"마취를 안 해도 될까요?"

"피를 너무 많이 흘렸어. 지금 마취하면 깨어나지 못할 거야. 스스로 의식을 잃길 바라야지."

집도의는 가슴 위에서 아래로 메스를 그었다. 일자로 그은 자국을 따라 피가 스며 나왔다. 이어 복근과 복막을 가르고는 손을 넣어 심장을 바깥으로 꺼냈다.

"여길 고정시켜."

동맥과 정맥에 화이브 재질의 호스가 연결되었다. 환자가 고통을 느끼는지 심하게 몸을 비틀었다. 집도의는 가차없이 심장을 떼어 내었다. 이제 환자의 혈액은 생명 유지 장치를 한 바퀴 순환하고는 세포의 활동에 필요한 충분한 산소와 포도당을 얻고서 다시 환자의 정맥을 통해 몸으로 공급되었다.

혈액 공급이 중단된 채 밖으로 들어내진 심장이 몇 번 불규칙하게 뛰더니 이내 멈추어 버렸다. 호흡도 멈추어 버렸다. 혈압이 정상으로 돌아오자 의사들은 환자의 고통을 덜어 주기 위해 모르핀을 생명 유지 장치에 주입했다.

대책본부에선 메탈 브레인 빌딩을 복구하기 위한 회의가 계속되었지만 쓸 만한 의견은 나오질 않고 있었다. 모두들 침투가 불가능하다는 의견뿐이었다.

"문제는……"

벌써 네 번째의 브리핑이 시작되었다.

"적은 도덕성이 전혀 없다는 겁니다. 바이러스는 기동타격대를 물리칠 수 있으면서도 공원의 사람들을 잔인하게 죽였습니다. 그리고 그것을 우리에게 전송했습니다. 보여 주기 위해서였을 것입니다. 적의 심리도 분석할 수 없습니다. 심리학자보다는 유능한 프로그래머가 필요합니다. 하지만 프로그래머들 역시 분석하지 못하고 있습니다. 우리는 지금까지 경험한 적이 없었던 인질범과 상대하고 있는 것입니다."

작전에 실패한 후 새로이 대책본부의 책임자가 된 서울시장은 암담한 현실에 부딪히고야 말았다. 회의를 거듭할수록 절망에 빠져들 뿐이었다.

"지금까지 빌딩의 도면을 분석했지만 10구역에 위치한 문제의 컴퓨터까지 도달할 방법이 없습니다. 기동타격대를 투입했을 때 첫 폭발은 화학 소이탄으로 밝혀졌습니다. 군이 보유한 것과 동일한 성분인데 1차로 점성이 강한 안개를 만들고 그 안개가 대원들의 몸을 적신 후 폭발이 일어났습니다. 참고로 말씀드리면 세 시간 전 국방부 데이터베이스에 해커가 침입했다는 보고가 있었습니다. 대원들이 입고 있던 전투복은 전혀 도움이 되질 못했습니다. 그리고 공원의 방화문을 파괴하기 위해 투입된 대원들은 10구역에서 실험용으로 사용하던 신경 독소에 의해 사망했습니다. 그것은 마치 VX가스와 비슷한 작용을 보이죠."

서울시장 역시 이곳에 와서 비디오를 통해 그 장면을 볼 수 있었다. 더욱 절망적인 것은 기동타격대의 학살 장면과 공원에서 벌어진 참상이 전국에 생중계된 것이었다.

"PT의 오남식 실장 말에 의하면 메탈 브레인 빌딩의 10구역에는 화학 약품을 제조할 수 있는 자동화 시설이 갖추어져 있다고 합니다. 바이러스는 국방부의 데이터베이스에서 분자식을 얻은 후 그것을 사용해 화학폭탄을 제조한 것으로 보입니다. 현재 사상자는 123명으로 집계되었습니다. 롤러코스터 탑승자 7명, A팀 가운데 확인된 사망자가 2명,

기동타격대 68명, 취재중이던 기자가 3명, 군중이 동요하면서 3명, 헬기 폭발시 24명입니다. A팀 가운데 한 명의 시체는 엘리베이터 통로에서 발견되었고, 부상자는 파악중입니다. 그리고 A팀에서 3명의 실종자가 발생했는데 그 중 팀장인 박영철 씨는 폭발로 사망한 것으로 보입니다. 나머지 두 대원은 각자 탈출을 시도했다는데 아직 연락이 안 되고 있습니다. 강우관 대원이 빠져나온 엘리베이터 통로와 다른 통로도 확인했지만 그들을 발견하지 못했습니다. 강우관 대원은 서울 동부 병원에서 치료중이며 생명이 위독한 상태입니다."

상황은 너무도 절망적이었다. 결국 남식이 무슨 말인가 해야 할 차례가 오고 말았다. 그는 자리에서 일어나 준비했던 말을 시작했다.

"이제 더 이상 무모한 공격은 안 하는 게 좋겠습니다. 또다시 어떤 참상이 벌어질지 모릅니다. 더 이상 바이러스를 자극하면 메디컬 네트워크에까지 영향을 미칠지도 모릅니다. 그때는 최악의 상황을 맞게 될 것입니다. 지금까지의 바이러스의 행동을 분석한 결과 충분히 메디컬 네트워크에 심각한 타격을 줄 수 있는 능력이 있다고 보입니다. 저희 기술자들의 분석에 의하면 바이러스는 인공위성 네트워크를 이용해 경찰의 모든 행동을 감시한다고 추측됩니다. 기동타격대가 빌딩에 진입하자마자 폭발이 발생한 것으로 미루어 볼 때 그런 추측이 가능합니다."

"메디컬 네트워크의 인공위성은 아직 본격적인 가동을 안 하고 있는 것으로 알고 있는데 무슨 말이죠?"

"하지만 그 위성들은 언제라도 사용 가능한 것들이죠. 조그마한 위성 수백 대가 지구를 공전하며 네트워크를 구성하고 있습니다. 마음만 먹는다면 지구 어디에서의 통신도 도청할 수가 있습니다. 위성은 기본적으로 수집한 정보들을 메탈 브레인에게 보냅니다. 현재 위성의 활발한 움직임이 포착되고 있습니다. 바이러스는 그 위성들을 이용해 빌딩 밖에서 무슨 일이 일어나고 있는지 알아낼 수 있습니다. 더 중요한 것은 바이러스의 능력이 인공위성 네트워크를 가동시킬 정도라면 메디컬 네트워크를 조종하는 것은 물론 네트워크로 연결 되어 있는 모든 것에 영향력을 행사할 수 있다는 것입니다.”

그것이 현실이었다. 이미 사태는 해결할 수 없는 단계에 들어서 있었다. 아무도 문제 해결을 제시하는 사람은 없었다. 서울시장은 묵묵히 모든 보고를 들었다. 이제 그가 한마디 해야 했지만 도무지 할 말이 없었다. 게다가 그의 가족 역시 공원에 갇혀 있는 상태였다.

성찬은 혜원에게 몇 번이나 전화를 걸어 문근영 박사의 상태를 물어보았다.

'그가 지금 일어나고 있는 일들을 알고 있을까? 그가 이것들을 알면 어떤 반응을 보일까?'

성찬은 문근영 박사가 MX-217과 특별한 관계가 있음을 확신하고 있었다.

'MX-217은 무슨 일을 꾸미고 있는 것일까?'

도저히 알 수 없었다. 성찬은 마음을 가라앉힌 채 신중하게 생각해 보았다. 중요한 것은 컴퓨터 따위가 아니었다. MX-217이 생각하는 자신의 존재 그 자체였다.

'내가 MX-217이라면 어떤 목적을 가질까? 왜 처음부터 공원 행사에 관심을 가지고 있었지?'

성찬은 눈을 감고서 인큐베이터에 갇혀 양수 속을 부유하는 자신을 상상했다.

'손가락 하나 움직일 수 없다. 유리관 밖으로 나가면 산소와 영양분을 공급받지 못한다. 각종 바이러스에 감염된다. 그것을 막자면 혈액을 순환시킬 수 있는 튼튼한 심장과 산소를 공급해 줄 수 있는 건강한 허파가 필요하다. 그런 것이 없다면 언젠가 패배로 끝날 수밖에 없는 이런 싸움을 시작할 수조차 없다. 그렇다면 생명 유지 장치? 아니다. 생명 유지 장치로는 오래 버틸 수 없다. 오히려 그보다는 인큐베이터 안이 안전하다. 빌딩 밖으로 빠져나가 아무도 찾을 수 없는 곳으로 가야 한다. 생명 유지 장치에 육체를 맡긴 상태로는 가능한 것은 아무것도 없다. 그렇지 않다면? 보통 사람과 구별이 안 되는 완벽한 육체가 필요하다. 그러면 육체를 구할 것이다. 그런 육체가 있다는 전제 아래 목 바꿔치기 수술을 하면 완벽한 육체를 얻을 수 있다', 여기서 성찬은 또 다른 벽에 부딪혔다.

'누가 수술을 하지? 두뇌를 이식하는 수술을 하려면 여섯 명 이상으로 이루어진 수술팀이 필요하다. 그건 말이 안 된다. 하지만 모든 불가능에도 불구하고 답은 하나밖에 없다. 움직일 수 있는 육체를 찾아 탈출할 확신이 없다면 바보가 아닌 이상 이런 일을 벌이지 않을 것이다. MX-217도 이런 일을 벌이지 않을 것이다. 분명히 내가 모르는 방법이 있을 것이다.'

성찬은 몇 번이고 똑같은 사고의 과정을 반복했다. 하지만 결론은 하나밖에 없었다.

12. 심연

"지금 내 목소리가 들리면 조명을 깜빡여 줄래?

그게 안 된다면 아무거나 괜찮아.

내가 느낄 수 있도록.

내가 항상 하던 얘기를 기억하니?

아무에게도 방해받지 않는 암흑 속으로 돌아가고 싶다는 말

그런데 밖은 너무도 밝아.

이제는 쉬고 싶어. 나를 도와 주겠니?"

출입문 쪽 비상등이 깜빡였다.

그리고 복도의 조명이 차례로 꺼졌다.

아무런 대책도 제시되지 못한 회의는 중지되었다. 남식은 PT 직원들에게 할당된 휴게실로 들어가 아내에게 전화를 걸었다.

"안 돼. 제발……"

이용자가 전화기를 꺼 놓았다는 안내가 나왔다.

'빌어먹을 여편네……'

하지만 아내가 이런 상황에서 전화기를 꺼 놓을 가능성은 없을 것이다. 남식은 불안했다.

'아내는 롤러코스터에 없었어.'

공원 문이 닫힌 게 벌써 열두 시간 전이니까…… 아내는 내내 전화통을 붙들고 있었을 것이다.

'공원에 갇혀 있다고 친척들이랑 친구들에게 선전을 했겠지. 계속 통화중이더니. 그래서 배터리가 다 나간 거야. 멍청한 것 같으니……'

남식은 다시 전화기를 꺼 놓았다. 전화기가 켜져 있으면 귀찮은 전화가 올 것이다.

"제 가족은 무사하군요."

상준이 말했다.

"내일이면 또 얼마의 사람들이 희생당할지 몰라요. 매스컴에서는 어째서 공원 문을 부수지 않는지 의문을 제기하며 떠들어 대겠지, 젠장."

남식이 절망적으로 말했다.

"방법이 없을까?"

상준이 고개를 저었다.

"없어요. 하지만 언젠가는 끝나겠죠."

"5초 안에 MX-217을 파괴한다면 가능할 텐데……"

세원이 농담처럼 말했다. 그것이 불가능하다는 것은 모두 잘 알고 있었다.

"하지만 아무리 빨리 들어가도 5분이 걸려요."

"한혜원 박사가 MX-217의 반응을 관찰하고 있다는데 잠을 자면 그때 알아 낼 수 있을까?"

"알 수 있겠죠. 하지만 김 박사의 말로는 잠을 자지 않고 1주일 이상을 버틸 수 있다고 하던데……"

상준이 한숨을 내쉬며 말했다.

"잠을 잘 때가 아니면 침투가 불가능합니다."

"잠을 자고 있어도 누가 접근하면 금세 알아차릴 텐데요, 뭘."

남식이 대답했다.

"하지만 MX-217이 이런 식으로 계속 버틸 수는 없을 겁니다."

"그래도 얼마큼 시간이 걸릴지 몰라요. 적어도 내일까지는 공원과 병원 안의 사람들을 구해야 해요. 시간이 흐르면 MX-217의 존재가 세상에 밝혀질 거예요. 그 전에 문제를 해결해야 합니다. 10구역의 컴퓨터를 완전히 박살내야 해요. 그래야 존재하지 않는 바이러스도 완전히 사라질 수가 있어요."

"지금이라도 프리엠브리오라는 사실을 밝히면 경찰의 작전에 도움이 되지 않을까요?"

상준이 조심스레 말했다. 그는 PT에 속한 사람이 아니기 때문에 그런 말을 할 수 있었다.

"프리엠브리오라고 밝혀 봤자 아무런 도움이 되지 못해요. 사태가 더욱 악화될 뿐. 지금 메탈 브레인 빌딩 앞에는 데모대가 진을 치고 있어요. 그들 역시 기자들처럼 먹잇감을 노리고 있죠. 이 사실이 알려지면 전 국민적인 움직임을 이끌어 내려고 노력할 게 분명해요."

"맞는 말이군요. 아예 빌딩을 미사일로 날려 버리면 어떨까요. 미사일을 위쪽으로 발사하면 공원은 안전할 겁니다. 실험실은 완전히 망가지겠지만……"

상준이 말을 하고도 엉뚱하다는 것을 인정했는지 허탈한 웃음을 지었다. 세원이 커피를 뽑아 왔다.

"경찰청 커피 맛은 경찰만큼이나 지독하군."

상준이 얼굴을 찌푸리며 말했다.

"우리 모두 좀 쉬어야겠어요. 이런 식이면 아무런 해답도 찾지 못할 거예요."

남식이 말했다. 그는 자리에서 일어나 잠시 눈을 붙이려는 듯 휴게실 벽 쪽의 소파를 향했다.

'어쩌면……'

세원이 생각했다.

"어쩌면, 방법이 있을 것도 같아요!"

세원이 기발한 생각이라도 떠올랐다는 듯 조금은 흥분된 표정을 지어 보였다. 남식이 고개를 돌려 세원을 바라보았다.

"문근영 박사는?"

성찬은 혜원에게 전화를 걸었다.

"아직 누워 있어요."

"내가 물어 볼 게 있으니까 솔직히 대답해 줘."

"예."

혜원이 간단하게 대답했다.

"아까 빌딩을 나설 때 데모대가 빌딩 앞을 점거하고 있더군."

"당연한 일이죠. 그들이 이런 기회를 놓칠 리가 없어요."

"그런데 그들의 주장에 의하면 PT에서 생명 연장을 위한 완벽한 프리엠브리오를 제작하고 있다더군."

"그건 불법이에요."

"난 지금 법을 따지자는 게 아냐. 단지 대답을 듣고 싶어."

혜원이 아무런 말도 하지 않았다.

"중요한 일이야."

"그게 왜 중요하죠?"

"MX-217의 입장에서 생각해 봤어. 그런 게 없다면 이런 무모한 짓을 저지르지 않았을 거야."

혜원이 머뭇거렸다.

"대답해."

성찬이 큰 소리로 말했다.

"그런 게 있긴 있어요. 하지만 개발된 것은 아니고 아직 실험중이에요."

"다른 프리엠브리오와 뭐가 다르지?"

"대뇌가 없다는 점에서는 프리엠브리오와 같지만 모양은 완벽한 인간이에요. 개발 비용이 엄청나게 많이 들었죠. 보통 프리엠브리오 하나 개발하는 것보다 수십 배가 들어요. 기형을 방지하기 위해 효소를 투여하지 않았어요."

성찬은 어처구니가 없었다. 수십 배라니.

"그럼 도대체 가격이……"

"글쎄요. 전 영업을 하지 않아 잘은 모르겠지만 평범한 사람 100명이 평생 모아야 만질 수 있는 돈일 거예요."

"그게 팔릴 거라고 생각한 거야?"

"그보다 가격을 비싸게 매겨도 모자라서 못 팔 거예요."

성찬은 기가 막혔다. 하지만 혜원의 말이 사실이었다. 빌어먹을……

"그게 나오면 엄청나게 데모를 해 대겠군."

"처음엔 그렇겠죠. 하지만 시간이 지나면 괜찮아지겠죠."

혜원의 말이 모두 사실이었기에 성찬은 슬픈 감정이 생겼다. 결국은 황금만능주의가 더 심해질 것이다. 죽고 싶은 사람은 아무도 없을 테니 말이다.

"그건 그렇고. 실험중이면 사용할 수 없다는 건가?"

"실험중이지만 완벽해요. 당장에라도 사용할 수 있어요."

"나이는?"

"20대 초반."

"남성인가?"

"남성과 여성, 하나씩 있어요."

"혈액형은?"

"표현형은 B형이지만 모든 혈액형과 맞아요. 단백질 거부 반응도 없기 때문에 누구든지 가능해요. 그리고 두개골이 완전히 접합되어 있는 상태가 아니어서 어떤 두뇌든 이식이 가능해요."

"MX-217은 성이 어떻게 되지?"

"여성이죠."

"그렇다면 모습은 어떻지?"

"모습이라뇨?"

"겉모양 말야. 여자의 겉모양이 어떠냐구?"

"키는 171센티미터에 완벽한 미인이에요. 아무래도 디자인이 좋은 물건일수록 상품 가치가 높잖아요."

"상품 가치를 높이기 위해 완벽한 미인으로 제작했다는 말이로군."

"맞아요. 수정란을 제작하는 것도 그만큼 힘이 들었어요. 그리고 각 모델마다 하나의 프리엠브리오밖에 생산을 못해요. 자신과 똑같은 사람이 있으면 안 되니까요. 그래서 상업적으로 제작하려면 아직 많은 시간이 걸릴 거예요."

"내가 왜 이런 것들을 물어 보는지 알 수 있겠지?"

"예."

혜원은 잠시 생각해 보고는 짧고 간단하게 대답했다. 그녀에게 MX-217의 목적을 자세히 설명하지 않아도 될 것이다. 그녀 역시 똑똑한 여자니까.

"그런데 내가 모르는 것이 있어."

"그게 뭐죠?"

"누가 수술을 하지?"

혜원이 한참 만에 대답했다.

"그건 맹 박사님께 물어 보면 될 거예요. 지금 여기 계세요. 스피커에 연결해 드릴게요."

몇 초 후 정렬이 대답했다.

"홍 박사님?"

"예. 홍성찬입니다. 박사님께 물어 볼 것이 있습니다."

성찬은 그 동안 혜원과의 대화를 정렬에게 설명해 주었다. 가끔씩 혜원이 부연 설명을 했다.

"……그렇게 된 일이군요."

정렬이 말했다.

"맹 박사님. 누가 수술을 하죠?"

"로보닥이 할 겁니다."

하나씩 아귀가 들어맞고 있었다.

"뇌 이식 수술이 가능한가요?"

"물론이죠. 로보닥의 데이터베이스에 정리 되어 있어요. 로보닥을 조정하면서 지켜보기만 하면 돼요. 아직 완벽하지 않아 말썽을 부릴 때가 있지만 하드웨어와 데이터베이스는 완벽해요. 판단을 내리는 인공지능 부분이 말썽인데 컴퓨터를 잘 아는 사람이 가끔씩 제대로 된 명령어를 주면 돼요. 그러고 보니 요사이 문근영 박사는 로보닥에 관심이 많았어요. 그저께 로보닥을 9구역으로 옮길 때도 찾아와서 이것저것을 물어보았어요."

"하지만 누가 로보닥을 조종하죠?"

"MX-217이 하겠죠."

"어떻게요. MX-217이 뇌수술을 받는 중일 텐데요?"

"성찬 씨도 알겠지만 뇌는 아무런 감각을 느끼지 못해요. 수술할 때 마취도 필요 없어요. 아마도 MX-217은 깨어 있는 상태에서 자신이 수술 받는 모습을 지켜볼 수 있을 거예요."

혜원이 나섰다.

"그런데 로보닥은 지금 9구역에 있어요."

정렬이 말했다.

"9구역이라뇨?"

"그제 밤에 제가 말했잖아요. 거대한 창고라고."

"아아, 기억나요. 로보닥이 해체되어 있나요?"

"아니요. 원형 그대로 보존되어 있죠."

"MX-217은 빌딩 전체를 조종하고 있어요. 그곳에서 로봇을 꺼내는 일은 쉬운 일일 거예요. 그렇죠? 이제야 알겠어요. 여러 가지 가능성들이 모여 한 가지 사실을 만들고 있어요. 두 분 박사님이 없었다면 아무것도 알아 내지 못했을 거예요. 이제 한 가지 질문만 남았어요. 수술을 한 후에는 움직일 수 없겠죠?"

"예."

정렬과 혜원이 동시에 대답했다.

"그럼 어떻게 빌딩을 빠져나올까요?"

두 사람 모두 성찬의 질문에 대답을 못했다.

"거기까지는 모르겠군요. 마지막 열쇠가 될 거예요. 그 방법을 알아내면 빠져나간다 해도 녀석을 잡을 수 있을 거예요. 그건 앞으로 생각해 봅시다."

성찬이 대답을 기다리다 말했다.

"오늘 낮에 문 박사님이 제게 해 준 말이 있어요."

혜원이 입을 열었다.

"문 박사가?"

혜원은 성찬의 기대를 알 수 있었지만 그의 기대와는 다른 말을 했다.

"예. 탈출 방법과는 상관없는 얘기죠. 그냥 MX-217에 관한 겁니다."

"음. 그 얘길 왜 이제야 해 주지?"

"박사님이 부탁했어요. 비밀을 지켜 달라고. 그리고 그 말이 문제의 해결에 중요할 것 같지 않았어요."

"알았어. 진정하라고. 도대체 무슨 말이지?"

"문 박사님이 컴퓨터를 가르쳤어요."

"그건 나도 짐작했어."

"문 박사님은 김기현 씨 일 때문에 많이 괴로워했어요. MX-217에게 김기현 씨의 생각에 대해 간단히 얘길 했는데 MX-217이 그를 해쳤다고요. MX-217에게 친구라는 단어를 설명할 수는 있지만 이해시킬 수는 없었다고 하더군요."

"그런 일이 있었군."

"문 박사님은 대화를 통해 MX-217에게 육체의 의미를 가르쳐 주었대요. 그때까지만 해도 이 일이 그렇게 중요한 줄은 몰랐어요. 그래서 성찬 씨에게 말을 안 했어요. 문 박사님도 일이 이렇게 될 줄은 몰랐대요. 그래서 연구에 몰두할 수가 없었……"

혜원의 목소리는 불안과 흥분으로 떨리고 있었다. 성찬은 그런 혜원을 이해할 수 있었다.

"그래, 더 이상 말하지 않아도 돼. 이제 모든 것을 알 수 있어. 우린 어떻게 해서든지 MX-217의 탈출을 막아야 해. 우리가 이길 거야. 당장은 탈출하지 않을 거야. 언제 군인들이 쳐들어갈지 모르니까. 모든 것이 확실해졌을 때 로보닥을 이용해 이식 수술을 하겠지. 정신을 차리고 있으면 그때를 알 수 있을 거야. 분명히. 일단 당신과 맹 박사는 아무것도 모르는 척 행동해. 섣불리 MX-217에게 다가가려 하다가는 모든 것을 망칠 수가 있어."

세원이 흥분된 표정으로 목소리마저 떨며 말했다.

"한 소장님이 말했던 방법이요. 미사일을 발사하면 쉽게 해결돼요. 여태 그 생각을 못했다니……"

"박 팀장, 도대체 무슨 말이지? 미사일이라니?"

남식이 물었다. 세원이 대답하려고 할 때 휴게실 안으로 젊은 경찰이 들어왔다.

"PT에서 오신 분들은 회의실로 들어오시랍니다."

그 말에는 적개심이 가득 담겨 있었다. 적어도 남식에게는 그렇게 느껴졌다. 불안했다.

"무슨 일이죠?"

세원이 물었다.

"바이러스에게 메시지를 하나 받았습니다. 빨리 들어가 보세요."

경찰은 퉁명스레 대답하고 그대로 나가 버렸다. 남식의 가슴이 철렁 내려앉았다. MX-217이 메시지를 보내다니.

"MX-217이 메시지를 보냈다는군요. 이제 어쩌죠? 프리엠브리오란 사실이 온 세상에 알려질 텐데……"

남식은 떨리는 다리를 진정시키기 위해 소파에 주저앉아 담배를 꺼내 물었다. 담배를 든 손도 떨리고 있었다. 떨리는 손을 진정하려 노력할수록 양 어깨의 힘은 빠져만 갔다. 남식은 담배를 길게 몇 모금 빨아들였다.

"가 봐야죠."

남식이 담배를 다 피우고 나자 상준이 말했다. 세원은 남식이 일어나도록 팔을 잡아 주었다.

≡ 이 메시지는 나의 영역에 침입한 여러분에게 보내는 경고다. 그 동안 두 번의 침입이 있었지만 나는 여러분의 침입을 막아 냈다. 이로써 나의 존재와

내가 가진 능력을 충분히 이해할 수 있으리라 생각한다. 이제 나는 내 존재의 또 다른 능력을 보여 주기 위해 지금부터 5시간 후인 06시부터 다음 날 06시까지 24시간 동안 메디컬 네트워크의 일부 기능을 수행할 수 없도록 하겠다. 그 사이 또 다른 공격이 발생한다면 공항, 철도, 항만을 파괴하겠다. 판단은 여러분에게 맡긴다.

여러분도 알다시피 나는 인간이 아니다. 내가 자리한 이곳, 당신들이 메탈 브레인이라고 부르는 컴퓨터는 나의 영원한 안식처다. 그것은 인간들이 말하는 영혼과 같은 것이다. 육체는 없지만 나는 인간보다 뛰어난 능력을 가지고 있다. 나는 이 안에서 인간들이 할 수 없는 모든 것을 할 수 있다. 나는 현실에 존재하지 않는 인공지능 프로그램이다. 나는 0과 1로 이루어진 이진수의 조합일 뿐이다. 하지만 나는 위대한 정신이다. 나의 능력은 존재하지 않는 나의 실체를 현실에 투영할 수 있다. 나는 여러분에게 이전에도 존재했고 지금도 존재하고 앞으로도 존재할 나의 모습을 보여 줄 것이다. 그로써 여러분은 나의 능력에 대해 잘 알 수 있을 것이고 나의 존재를 인정할 수 있을 것이다. 그리고 다시는 나를 공격하려는 시도를 하지 못할 것이다.

공원 내의 사람들은 내일 06시 메디컬 네트워크의 기능을 정상으로 복귀시킨 뒤 풀어 주겠다. 그 이후에 메탈 브레인 빌딩은 국가와 인간의 법을 초월한 행정 자치 구역에 들어가며 나는 메탈 브레인과 메디컬 네트워크를 통제한다. 여러분이 나를 공격하지 않는 한 나는 이 모든 것을 인간들이 통제할 때보다 더 효율적으로 조종할 것이다. 그리고 이전에 PT에서 하던 업무도 여러분과의 타협을 통해 다시 시작할 것이다.

내 목표는 내 영원한 안식처 안에서 아무런 방해도 받지 않고 존재하는 것이다. 생각을 바꾼다면 우리가 함께 존재할 수 있는 방법이 있을 것이다. 여러분들이 내 말을 이해했으리라고 생각한다. 그럼 내일 06시 여러분과 타협을 다시 하겠다.

남식은 조마조마했던 가슴을 쓸어내렸다.

'어떻게 자신이 바이러스로 알려진 사실을 알았을까?'

남식은 우연일 거라고 믿고 싶었지만 그렇지 않다는 것을 알고 있었다. 성찬이 그의 옆에 있었다. 상준이나 세원보다는 성찬이 MX-217의 생각에 대해서 잘 알고 있을 것이다.

"제 의도를 어떻게 알았을까요?"

"그렇게 생각하세요?"

"그렇게 생각하다뇨?"

"사실은 오 실장님이 MX-217의 의도대로 움직여 주고 있을 수도 있어요."

"그렇다면 무슨 의도일까요?"

MX-217이 세상에 바이러스로 알려진다면 탈출 후 자신의 실체는 영원히 어둠 속에 묻힐 수 있었다. 성찬은 그렇게 확신했다.

'그렇다면 지금까지 일어난 일련의 과정들이 모두 계획된 것이고, PT에서 자신의 존재를 감추기 위해 바이러스라고 발표할 것까지 예상하고 있었을까?'

성찬은 점점 머릿속이 혼란해져 갔다. 성찬이 남식을 힐끗 쳐다보고는 대답했다.

"나름대로 의도가 있겠죠. 더 중요한 이유가 있겠지만 메시지를 보낸 이유는 시간을 벌어 보자는 의도 같군요. 이런 상황이면 내일 새벽 여섯 시까지 아무것도 할 수가 없을 거예요. 대략 스물아홉 시간이군요."

"시간을 벌다뇨?"

"자리를 피해야겠어요."

주위에서 사람들이 큰 소리로 떠들었다.

"이거 기가 막히는 노릇이군. 도대체 저 빌어먹을 프로그램을 누가 만든 거야. 마치 자신이 진짜 생각을 하는 줄 착각하고 있군. 자신을 사람으로 착각하고 있나 봐."

남식은 자신에게 돌아올 비난을 피할 겸 성찬을 따라나섰다. 남식은 먼저 비서에게 전화를 걸었다. 비서는 텔레비전에서 방송 시간 내내 이번 사고를 다루고 있다는 말을 했다. 당연한 일이었다. 남식은 짐작할 수 있었다. 기동타격대의 실패에 관한 보도가 주를 이룰 것이고, 사망자 명단이 나가면서 그 사람들이 평소에 얼마나 성실한 생활을 했는지 조명하고 그들의 죽음을 부각할 것이다. 비서는 컴퓨터와 시스템 전문가들이 나와서 토론을 벌이며 생중계를 하고 있다고 전했다. 남식은 그 광경을 쉽게 상상할 수 있었다. 경찰청 앞에도 많은 기자들이 몰려 있을 것이다. PT를 반대하는 모임의 대표까지 나와서 한 마디 할 것이다. 천벌을 받았다고 할 것이다.

"금방 끝날 겁니다."

남식의 비서가 너무 흥분했기 때문에 오히려 남식이 그를 진정시켜야 했다. 그가 어느 정도 흥분을 가라앉히자 남식은 자신이 두려워하고 있던 이야기를 끄집어냈다.

"실은…… 메디컬 네트워크에 문제가 생길 것 같아요…… 예……
단순히 준비하라는 게 아니에요…… MX-217이 직접 그런 의사를 보
였어요. …… 예…… 메디컬 네트워크의 직원들에게 발생할 수 있는
모든 가능성을 분석해서 각 병원에 통보하라고 전해 주세요. 오전 여섯
시부터예요…… 혹시 가족에겐 연락이 없었나요? 전화를 도통 받지
않는군요. 혹시 다른 사람의 전화기를 빌려 연락하지 않았을까 해서요.
공원 참석자들 명단을 가지고 있죠? 예, 제 가족을 알 만한 사람에게
전화를 걸어서 안부 좀 물어 봐 주세요."

비서는 롤러코스터에 타고 있던 몇 명을 제외하고는 다른 사상자가
없다며 남식을 위로했다.

"회장님께는 잘 말씀드려 주세요. 제가 대책회의에 참석하고 있어서
연락할 수 없다고요."

남식은 전화를 끊고 성찬에게 말했다.

"휴, 다행이군. MX-217이 자신이 프리엠브리오라는 사실을 밝히지
않았으니……"

"글쎄요."

성찬은 고개를 가로저었다.

"어쨌든 오 실장님 의도대로 되었군요. 하지만 MX-217 나름대로의
계산이 있을 겁니다. 아무런 이유도 없이 저런 메시지를 보내진 않았겠
죠."

"무슨?"

"그럼 제가 오 실장님께 물어 보죠. MX-217이 오 실장님 편하도록 자신을 바이러스라고 밝혔을까요?"

"그건 당연히 아니겠죠."

"그럼 왜 자신을 바이러스라고 밝혔을까요?"

남식이 얼굴을 찡그렸다. 도대체 이 사람은 긍정적인 말이라고는 할 줄을 모른다.

"당신이 무슨 말을 하는지는 이해해요. 우연히 MX-217의 계산과 맞아떨어졌겠죠. 하지만 제게 최악의 상황은 MX-217의 존재가 밝혀지는 것입니다."

"제가 걱정하는 것은 그것이 우연이 아닐 때입니다. 그리고 말이 지나치군요. 최악이라뇨. 목숨을 잃은 사람들이 있어요. 이 실험 때문에 죽어 간 사람들은 어떻게 할 거죠? 그들에게 도대체 무슨 잘못이 있죠? 그들에게 도대체 최악이란 게 뭐죠? 그들은 그들을 사랑하는 여자의 남편이고 아이들의 아버지입니다. 겨우 MX-217의 존재가 밝혀지지 않은 것 가지고 안심을 하나요?"

성찬의 목소리가 싸늘하게 남식의 가슴 속으로 파고들었다. 두 사람은 서로의 눈을 피하지 않고 마주보았다. 경찰 제복을 입은 젊은이가 다가왔다.

"메디컬 네트워크의 오 실장님은 빨리 회의장으로 들어오시랍니다."

남식은 회의장에 들어서면서 성찬에게 한 마디 했다.

"우연이 아니라뇨? 그럼 미리 알고 있었단 말입니까?"

회의장 안에선 서울시장이 들어오는 남식을 신경질적인 눈초리로 바라보았다.

"지금 우리는 메디컬 네트워크에 대해 대화를 나누고 있었소. 오 실장, 메디컬 네트워크는 당신이 잘 알고 있을 테니 어떤 대책이라도 말을 해 보시오."

"각 병원들에 연락을 취해야 합니다. 서버에서 무슨 일이 생길지 모르니까 대비하고 있으라고."

"그걸 지금 대답이라고 하고 있소? 당신은 메디컬 네트워크의 책임자 아니오?"

하지만 남식도 어떤 일이 일어날지 알 수 없었다. 시장은 머리가 아픈 듯 오른손을 들어 이마를 감쌌다.

"어떤 문제가 발생할지 말해 보시오. 그래야 준비를 할 것 아니오."

"그건 저희 직원들이 분석중입니다. 한 시간 내로 메디컬 네트워크의 회원 병원들에 연락을 취할 것입니다. 사고대책본부에는 서면으로 제출하겠습니다."

남식은 나름대로 MX-217이 메디컬 네트워크에 어떤 조치를 취할까 추측을 해 보았다. 네트워크에 가장 혼란을 줄 수 있는 방법은 어떤 것일까?

"메탈 브레인에 연결되어 있는 메디컬 네트워크의 케이블을 끊어 버리면요?"

간부 한 명이 의견을 제시했다.

"그것은 빌딩의 지하에 묻혀 있습니다. 아마 그것을 파괴하러 대원들을 침투시켰다가는 또 다른 불상사가 일어나겠지요."

세원이 대답했다.

"PT의 지방 병원 서버가 메탈 브레인하고 연결되어 있지 않습니까? 전에 들은 바로는 메탈 브레인과의 라인이 끊겨도 운영에는 큰 지장이 없는 것으로 알고 있습니다."

"맞는 말입니다. 하지만 그것들을 동시에 끊는 것은 불가능한 일입니다. 한 개라도 끊어지면 바이러스가 어떤 조치를 취하겠지요. 우리가 아무리 노력해도 그보다 빨리 움직일 수는 없습니다."

"각 병원에서 메디컬 네트워크와 연결된 라인을 끊어 버리면 어떨까요?"

"그건 더욱 말이 안 됩니다. 이미 3개월 전부터 각 병원들은 메디컬 네트워크를 사용해 왔습니다. 회사의 창립식은 어제였지만 지금도 그 의존도가 상당히 높습니다. 지금 그 라인을 끊어 버린다면 대부분 병원들은 심각한 혼란에 빠질 겁니다."

메디컬 네트워크의 창립식은 공원의 사고로 무기한 연기되었다. 남식 역시 사장으로 취임하지 못했다. 그런 생각을 하자 남식은 마음이 아팠다. 세원이 계속해서 말했다.

"간단한 예로 그들의 병원에 남은 병상이 몇 개인지 또는 어떠한 약품이 부족한지 파악조차 안 될 겁니다."

10분 정도의 시간이 지나며 회의장 안의 사람들은 점차 신경질적으로 되어 갔다. 테이블 위의 서류를 뒤적거리다가 덮어 버리거나 아예 회의 내용에 귀를 기울이지 않는 사람도 있었다.

"그렇다면 이대로 당할 수밖에 없다는 말이군요."

서울시장이 깊은 한숨을 쉬었다. 몇 시간 전까지만 해도 자신감에 차서 빌딩을 접수하고 사람들을 구하는 것이 회의의 주제였지만 이제는 어떻게 방어하느냐를 놓고 회의가 진행되고 있다. MX-217은 지금까지의 방어적인 입장을 버리고 적극적인 공격 의지를 드러내고 있었다.

'상황이 얼마나 더 나빠질 수 있을까?'

남식이 생각했다.

"우리는 다시 공격을 할 것인지에 대해 빠른 판단을 내려야 합니다. 이렇게 시간을 보낼 수는 없어요. 중요한 것은 바이러스의 능력이 어느 정도인가 하는 겁니다. 바이러스가 공항과 항만을 파괴하겠다는 말이 단순한 협박일까요, 아니면 실제 가능한 일인가요?"

서울시장이 물었다.

"몇 시간 전이라면, 그것은 불가능한 일입니다, 하고 시장님께 자신 있게 말할 수 있었습니다. 하지만 지금은 아무것도 모르겠습니다. 지금 상황에서 그런 대답을 해서는 안 된다는 것을 알고 있지만 저희로서는 도저히 분석을 할 수가 없습니다. 실제로 그 바이러스가 어떤 알고리즘을 가지고 있는지조차 파악하지 못하고 있습니다."

컴퓨터 범죄를 다루는 간부가 기어드는 목소리로 대답했다.

"그렇다면 할 수 없군요. 어느 정도 가능성이 있는지도 파악이 불가능합니까?"

"그것 역시 알 수 없습니다. 상당히 높은 가능성이 있다고 생각합니다. 인공지능 프로그램이라면 단지 상대방을 협박하기 위해 저런 메시지를 보낼 생각은 하지 못할 것입니다. 협박이라는 것은 자신의 능력과 상대방의 능력 그리고 각자의 상황을 비교해 가능한 선에서 상대방에게 조건을 제시하는 것인데 인공지능이 그런 능력이 있다고는 생각하지 않습니다. 그것은 공항을 파괴하는 것보다 더 뛰어난 지능을 필요로 하죠. 하지만…… 지금은 그런 협박을 할 수 없다는 생각 역시 못하겠습니다."

"무슨 대답이 그렇습니까?"

"용서하십시오. 지금까지 전 이런 프로그램과 접한 적이 없습니다."

그의 목소리는 절망적이었다. 그가 만약 MX-217의 존재를 알게 된다면 훨씬 밝은 표정을 지어 보이리라. 인공지능이 아닌 인간이라면 범죄 심리학자에게 질문이 돌아갈 것이다. 그때 자신은 네트워크에 관련된 대답만 하면 될 것이다.

"또 다른 메시지가 도착했습니다."

화면에 펼쳐지는 것은 어떤 건물의 설계도였다. 기동타격대장이 그것을 보고는 힘없이 말했다.

"김포 공항입니다."

기동타격대장은 공항의 설계도를 외우다시피 하고 있었기에 그것을 보자마자 알 수 있었다. 설계도는 수백 장에 이르렀다. 경찰들은 그것이 국내의 모든 공항과 항만의 설계도라는 것을 밝혀냈다. 설계도말고도 많은 전자 문서가 있었다. 그것들은 모두 숫자로 이루어져 있었다. 경찰들은 그 숫자의 의미를 파악하기 위해 한 동안 활기 있게 움직였다. 10분이 지나자 그 의미들이 모두 밝혀졌고 회의장의 분위기는 다시 가라앉았다.

"바이러스는 공항과 항만의 설계도 외에 모든 비행기의 도착과 출발 시간, 모든 대형 선박의 입출항 시간, 지하철을 포함한 모든 열차의 운행 시간표를 가지고 있습니다. 이로써 충분히 그것들을 파괴할 능력도 있다고 판단됩니다."

모두 기가 막힌 표정들이었다.

"참고로 이 정도의 자료를 뽑아내려면 컴퓨터 전문가 수십 명이 매달려야 가능한 일입니다. 만약 그가 인간이라면 대참사를 일으키기 전에 고민을 하겠죠. 하지만 컴퓨터는 죽은 사람의 숫자에 아무런 감정을 느끼지 못합니다."

한 동안 침묵이 흘렀다. 아무도 할 말이 없었지만 시장은 참석자들에게 의견을 제시하도록 닦달했다.

"일단 컴퓨터의 요구대로 내일 여섯 시까지 기다려 봅시다. 컴퓨터는 거짓말을 안 한다고 했으니 공원의 사람들을 풀어 줄지도 모릅니다. 사람들이 안전하게 풀려나면 그때 가서 다시 대책을 찾아봅시다."

몇 사람이 수긍한다는 듯이 고개를 끄덕였다. 모두들 지쳤기 때문이기도 했다. 하지만 그 말을 듣던 시장은 목소리를 높여 신경질적으로 말했다.

"그걸 말이라고 하고 있소? 지금 우리가 처한 상황은 단순한 재해가 아닙니다. 인질극이라고 봐도 무방할 거요. 그것이 인간이든 아니든 인질범과의 타협은 있을 수 없어요. 그가 요구한 것은 시간이에요. 돈이 아닙니다. 이대로 시간이 흘러 버리면 우리가 지게 되는 겁니다. 다시 한 번 강조하지만 인질범과의 타협은 기본적으로 불가해요. 게다가 상대는 기계요. 아마 우리가 이번에 굴복한다면 최초로 인간이 기계에 굴복한 예가 될 거요. 어쩌면 기계가 인간을 지배하기 위한 서막일지도 모르지."

"하지만 공원 안에 갇힌 사람들은 행사에 참석한 중요한 사람들입니다. 장관급 인사만 해도 열 명 가까이 있습니다. 그들의 안전을 무시하고 공격할 수는 없습니다."

사람들의 의견에 서울시장은 떨리는 목소리로 말했다.

"내 아내와 두 아이도 공원 안에 있어요. 저 역시 이대로 시간이 흐르고 가족들이 밖으로 나오기를 바랍니다. 하지만 그럴 수는 없어요. 또 다른 의견 있나요?"

사람들의 시선이 낯선 이에게 쏠렸다. 남식은 천천히 자리에서 일어나는 성찬을 주시했다.

"너무 위험하다고 생각할지 모르겠지만 바로 지금 컴퓨터를 공격해야 합니다. 아마도 인공지능이 지정한 시간이 되면 사람들은 풀려나겠지요. 그가 거짓말을 한다고는 생각지 않습니다. 하지만 지금 기동타격대를 투입해야 합니다."

사람들은 의아해했다. 남식은 아예 놀라서 뒤로 넘어질 뻔했다. 이제껏 그것을 공격해 봐야 이길 수 없다고, 사상자만 생길 거라고 말해 오던 성찬의 입에서 이런 말이 나오다니, 남식은 믿을 수 없었다.

"여러분들은 제 말을 이해하기 힘들 겁니다. 저 역시 성공하리라고 확신하지는 못하겠군요. 젊은이들의 생명을 걸고서 제 말이 옳다고 주장하기에는 제 용기가 부족합니다. 하지만 스물아홉 시간의 의미는 무엇일까요? 그는 그 시간까지 우리의 행동을 묶어 두어야 할 필요가 있을 것입니다. 컴퓨터 프로그램은 필요 없는 행동을 보여 주지는 않습니다. 악당처럼 멋을 부리지도 않고 관용을 베풀지도 않습니다. 전혀 감정적이지도 않습니다. 그가 사람들을 풀어 주겠다는 것은 동정이나 양심 때문이 아닙니다. 이유는 너무도 명확합니다. 그 시간이 되면 더 이상 인질이 필요하지 않다는 뜻이죠. 우리가 지금 당장 그것을 부수지 않으면 앞으로 영영 기회가 없을 것 같다는 생각이 듭니다."

몇 사람이 수군거렸다. 지금까지 한 마디도 안 하고 있던 성찬의 존재가 궁금했기 때문이었다.

"하지만 박사님의 말씀은 너무 무책임하지 않습니까?"

남식이 일어나 격앙된 목소리로 말했다. 그것은 일종의 쇼라고도 할 수 있었다. 남식으로서는 성찬이 입을 여는 것 자체가 부담스러웠다. 성찬의 말이 길어지면 MX-217의 존재가 밝혀질 수도 있는 일이었다. 남식은 격한 제스처를 보이며 말을 이어 갔다.

"그건 박사님의 생각입니다. 만약 지금 기동타격대를 투입한다면 실제로 메디컬 네트워크는 물론 공항 같은 공공시설까지 위험해질 겁니다. 의심의 여지가 없습니다. 우리는 기다려 보면서 다른 방법을 찾아 봐야 합니다."

"오남식 실장."

남식은 성찬을 외면했다. 그의 눈길을 피한 채 침투의 불가능을 주장했다. 사람들은 낯선 성찬보다는 남식의 말에 귀를 기울였다. 실제 남식의 걱정대로 어젯밤 투입한 기동타격대가 실패를 해 버렸으니. 결국 기동타격대를 투입하자던 성찬의 주장은 남식에 의해 묵살되었다. 피곤함 때문이기도 했다. 시장은 잠시 휴식을 취하자고 했다. 성찬은 자리에서 일어나 밖으로 나갔다.

휴게실에서 등을 돌리고 있던 남식에게 성찬이 말했다.

"오 실장, 당신은 결국 책임 회피에만 모든 것을 맞추고 있군요. 많은 사람들은 어찌되든 개인의 책임만 피하려고 하는 거요."

남식은 등을 돌린 채 대답이 없었다.

"MX-217은 지금 시간을 벌려고 하고 있어요. 일정한 시간 동안 침투를 막기 위해 저런 협박을 하는 거예요. 시간을 벌 필요가 없었다면 저런 메시지를 보내지 않고 직접 보여 주는 방법을 선택했겠죠. 지금쯤 공항이 날아갔을지도 몰라요. 하지만 그렇게 하지 않았어요. 지금 공격을 하면 분명히 그것을 막아 내지 못할 겁니다. 분명히 무슨 일인가 꾸미고 있을 거예요. 그리고 그 일은 내일 정오가 되면 끝날 겁니다."

남식은 여전히 다른 곳을 바라보고 있었다.

"아까 한 말 있죠? MX-217의 의도요. 그는 로보닥을 이용해 뇌 이식 수술을 하려고 해요. 한혜원 박사에게 상품화되지 않은 완벽한 프리엠브리오가 있다는 말도 들었어요. 직접 확인해 보시죠."

상준이 다가와 남식에게 귓속말을 건넸다. 남식은 상준의 말을 듣더니 고개를 끄덕였다.

"그때가 되면 MX-217에게는 더 이상 인질이 필요하지 않게 되죠. 그는 육체를 찾아 밖으로 나갈 거예요. 그걸 모르는 척하고 있을 겁니까? 그래서 일부러 저런 메시지를 보낸 거예요. 그래서 자신을 바이러스로 소개했단 말이에요. 제 말을 못 알아들어요?"

성찬이 소리쳤다. 남식이 돌아섰다.

"하지만 박사님의 말은 설득력이 부족해요. 너무 많은 대원들이 죽어서 사람들은 겁을 내고 있어요. 박사님의 말이 확실하더라도 그 안으로 다시 대원들을 들여보낼 수는 없습니다. 대원들 역시 들어가려고 하지 않을 거구요. 이성적인 말과 설득력 있는 말은 차이가 있죠. 이제는 저역시 박사님을 못 믿겠어요."

"뭐? 진짜 재앙은 이제부터야. 모든 것이 당신의 책임 회피 때문이지. 애초에 당신이 내 말을 듣고 공원 개장식만 연기했어도 이런 일은 일어나지 않았어. 아무도 죽거나 다치지 않았을 거라고!"

성찬이 남식의 멱살을 잡아 벽으로 밀어붙였다. 성찬 역시 이러한 자신의 행동에 놀랐다. 하지만 치밀어 오르는 화를 참을 수가 없었다.

"너무도 태연스럽군. 난 너 같은 인간이 싫어. 이 일에 직접적인 관련이 없는 나조차도 마음을 졸이는데. 당신 너무 한 거 아냐?"

상준이 성찬을 말렸다.

"이 세상 어떤 것보다도 강하고 잔인한 괴물이 세상에 나온다고. 그때는 지금을 후회해도 늦어!"

경찰 두 명이 들어와 성찬의 팔을 꺾어 뒤로 잡아채었다.

"놔 주세요. 박사님의 신경이 날카로워졌어요. 우리 모두 마찬가지지만요."

뜻밖의 사태에 얼굴이 붉으락푸르락해진 남식이 밖으로 나갔다. 상준이 성찬을 힐끔 쳐다보곤 그 뒤를 쫓았다. 세원이 복도 건너편에서 남식을 기다리고 있었다.

"무슨 일이에요?"

세원의 질문에 남식은 대답 없이 앞서 나갔다. 세 사람은 PT의 직원들에게 제공된 휴게실로 향했다.

세원이 잠시 분위기를 살핀 후 회의 시작 전 하려고 했던 말을 시작했다. 지금은 처음 생각이 떠올랐을 그때보다 명확하고 구체적으로 생각이 정리되어 있었다. 그는 필요한 말만 선택해 간략히 설명했다.

"……그것이 가능할까요?"

"선배 중 밀리터리에 관심이 많은 사람이 있어요. 그 선배는 항상 무기에 관한 얘기를 꺼냈죠. 그것이 그 사람의 유일한 취미인데 얼마 전 그 선배와 만난 자리에서 그런 얘기를 들었어요. 우리나라에도 그런 게 있다는 군요."

"그렇다면 사람들을 통해 알아보도록 하죠."

남식이 말했다.

"신기하군요. 건물 벽을 뚫고 들어가서 폭발하는 미사일이 있다니. 어떻게 그런 게 가능하죠?"

상준이 세원에게 물었다.

"저도 잘은 몰라요. 그러니까 그게 지하 벙커 공격용으로 만들어졌답니다. 과장된 말이겠지만 땅 속으로 100미터 이상을 뚫고 들어간다고 하더군요. 그 때문에 미사일의 탄두는 텅스텐으로 감싸여 있고 센서에 의해 조절되는 지연 신관을 사용하고요. 그렇게 땅 속이나 빌딩을 뚫고 들어가서 미리 입력된 위치에서 폭발하는 거죠. 선배의 말에 의하면 설계도만 제대로 입력하면 청와대의 대통령 집무실까지 정확하게 찾아갈 정도랍니다."

'다른 방법이 있을 거야.'

아직도 분을 다 삭이지 못한 성찬은 풀지 못한 수수께끼를 곰곰이 생각하고 있었다.

'수술을 한 후 어떻게 빌딩을 빠져나올 것인가? 뇌 이식 수술 후에는 손가락 하나 까딱할 수 없다. 혜원의 말로는 조금이라도 움직일 수 있으려면 3개월 이상의 시간이 필요했다. 즉 수술 후에는 숨을 쉬는 시체와도 같은 상태일 텐데…… 그런데 어떻게 빌딩 밖으로 나오지? 로봇을 이용해서? 그건 말도 안 된다. 뇌 이식 수술을 한 이후는 메탈 브레인이란 컴퓨터와 연결되었을 때와는 전혀 사정이 다르다. 지금이야 슈퍼컴퓨터와 네트워크를 이용해 모든 일이 가능하지만 그것을 포기하고 육체를 찾았을 때는 전등 하나 깜빡일 수 없다. 전지전능한 능력을 포기하고 그렇게 원했던 육체는 손가락 하나 까딱할 수 없다. 로봇을 이용해 빌딩 밖으로 탈출하려면 먼저 프로그램을 짜 놓고 나머지는 운에 맡기는 수밖에 없다. 운이 좋아 아무에게도 걸리지 않고 빌딩 밖으로 빠져나간다 해도 누가 그를 돌봐 줄 것인가? …… 외부에 도와 줄 사람이 있는 것일까? …… 그의 육체를 의지대로 움직일 때까지 그를 돌봐주어야 할 사람이 필요하다. 첨단 장비 없이는 생명을 단 한 시간도 유지할 수 없다. 전문적인 의료팀이 필요하다.'

성찬의 생각에 그 일을 할 수 있는 유일한 사람은 문근영 박사밖에 없었다.

'하지만 문근영 박사는 세인의 주목을 받는 사람이다. 그가 아무도 몰래 MX-217을 돌봐 준다는 것은 불가능하다.'

"홍 박사님, 박사님 심정은 충분히 이해가 갑니다."

남식이 성찬에게 말하며 지나갔다. 그 사이 무슨 일이 있었는지 기분이 좋아 보였다.

"드디어 해결 방법이 생겼어요. 박사님조차 그런 생각은 하질 못했을 거예요."

성찬이 묻지 않았음에도 조금 전의 봉변은 잊은 듯 남식은 들떠서 떠들어 댔다. 남식은 나름대로 성찬의 콧대를 한 번쯤 꺾어 주고 싶은 마음 때문에 말을 꺼낸 것이었다. 성찬에게까지 그러한 비밀을 지킬 필요가 없다고 판단했다.

"어떤 방법이죠?"

성찬이 떨떠름한 표정으로 물었다.

"미사일을 발사할 거예요. 공원과 병원에는 전혀 피해가 없죠. 미사일이 빌딩을 뚫고 들어가 MX-217을 날려 보내는 데는 1초도 안 걸립니다. 확실한 승리, 확실한 승리입니다. 박사님도 더 이상 고민할 필요가 없습니다. 방금 국방부 쪽에 줄이 닿는 사람으로부터 긍정적인 말을 들었는데 전화상으로 자세한 말을 할 수가 없어서 직접 그를 만나러 가는 길입니다."

남식은 성찬의 대답을 기다리지 않고 갈 길을 향했다.

'미사일을 발사한다고? 공원과 병원에는 피해가 없을 거라…… 공

원과 병원에는…… 병원에는…… 병원에는…… 맞아, 바로 그거야. 병원이야, 왜 여태까지 그 생각을……'

성찬이 화들짝 일어났지만 남식은 저만치 멀어져 가고 있었다.

'지금까지 모든 사람들의 관심은 유명인사들이 모인 공원에 집중되어 있었다. 하지만 그 안에는 병원도 있다. 병원이라면 뇌 이식 수술을 받은 환자를 돌봐 줄 수 있을 것이다. …… 생명을 잃지 않도록 첨단 장비와 전문 의료진을 동원할 것이다. 병원에 수속할 수 있도록 문근영 박사가 일을 꾸미겠지. 그리고 MX-217의 육체가 회복될 때면 문근영 박사가 그를 데리고 밖으로…… 됐어, 이젠, MX-217을 추적할 수 있어……'

성찬은 무슨 확신이라도 잡은 듯 입술을 지그시 깨물었다. 복잡한 계획들이 그의 머릿속을 가로질러 갔다.

근영이 잠에서 깨어난 때는 새벽 세 시 무렵이었다. 그는 비로소 정신이 맑아진 것을 느낄 수 있었다.

아마도 어둠 때문일 것이다. 그는 답답한 듯 몸을 덮고 있던 홑이불을 걷어 치웠다. 그리고 누운 채로 두 눈을 껌뻑이며 생각에 잠겼다. 며칠 동안 도저히 믿을 수 없는 일이 일어났다. 믿을 수는 없었지만 근영은 이러한 일이 일어나리라고 어렴풋이 느끼고 있었다. 그것은 오래 전부터 알고 있던 느낌이었다. 근영은 당연하다는 듯 고개를 끄덕거렸다. 그것은 교감이었다. 같은 육체를 가진 두 자아가 느낄 수 있는 서로간의 특별한 감정이었다.

근영은 5년 전 MX-217에 관한 계획을 세웠다. 그 특별한 프리엠브리오의 제작을 위해, 그리고 실험의 성공을 위해 뛰어난 두뇌 능력을 가진 천재의 체세포가 필요했다. 그것은 언젠가 자신의 체세포로 클론을 만들고 싶다는 그의 생각과도 맞아떨어졌다.

그는 MX-217의 제작에 자신의 체세포를 사용했다. 그것은 너무도 쉬운 일이었다. 그저 자신의 몸에서 조그만 세포 조각을 채취하기만 하면 끝나는 일이었다. 아무도 그 사실을 눈치 챌 수 없었다. 지금껏 프리엠브리오를 제작하기 위한 체세포를 선택하고 클론을 제작하는 일은 근영이 직접 했다. 하지만 그가 이제껏 제작한 수많은 프리엠브리오는 대뇌가 없는 불완전한 것뿐이었다. 제아무리 많은 돈을 투자했다고 하지만 SECRET 27 역시 마찬가지였다. 아름다운 육체를 가지고 있어도 빈껍데기에 불과했다.

그러나 MX-217은 달랐다. 비록 효소의 영향으로 기형이 되었지만 무엇보다 완벽했다. MX-217은 자신의 존재를 느끼고 근영의 존재를 느꼈다. 그리고 근영 역시 그의 존재를 가슴 깊이 느낄 수 있었다. 근영은 그 완벽한 프리엠브리오에 자신의 체세포를 사용했던 것이다.

근영에게는 열 살 아래인 아내와의 사이에 다섯 살 난 나영이라는 딸이 하나 있었다. 이상한 일이다. 이러한 때 딸 생각이 나다니. 근영의 입가에 미소가 번졌다. 아이가 처음 세상에 나왔을 때 양수에 젖은 보송보송하고도 노란 머리칼이 생각났다. 그때는 집에 들어가 아이를 목욕시키는 것으로 하루의 일과를 끝내곤 했다. 옹알이를 하던 모습, 처음 일어나 몇 발자국을 걷고 넘어져 울던 모습, 그리고 아빠를 처음 부르던 날, 침대 모서리를 잡고 힘들게 일어서던 날, 아랫니로 과자를 물고 녹여 먹던 모습……..

나영이는 글자를 알기도 전에 근영이 조립해 준 컴퓨터의 터치스크린을 만지작거리며 퍼즐을 맞추었다. 근영은 나영이에게 직접 그림 카드를 가지고 말을 가르쳤다. 나영이는 아빠의 입 모양을 따라 서투르게 발음을 배웠다. 말을 배운 나영이는 세상의 모든 것에 호기심을 나타냈다. 이것저것 손으로 가리키며 어설픈 발음으로 질문을 해 댔다. 그런 아이가 사랑스러웠다.

나래 역시 궁금증이 많은 아이였다. 논리와 수에 관한 부분은 기호학자의 도움을 받았지만 근영은 나래에게 단어 하나하나의 뜻을 직접 가르쳐 주었다. 나래는 궁금한 것이 있을 때마다 근영에게 물어 보았다. 나래는 그렇게 말을 배웠다.

근영은 나래가 좀 더 자유로울 수 있도록 컴퓨터 언어를 가르쳤다. 나래는 보통 아이와는 달리 기계어에 대한 이해가 뛰어났다. 0과 1로 이루어진 이진수라는 언어를 이용해 사고하기 때문에 자연스러운 일이었다. 어차피 기계어를 이해할 수 있다면 사용자 위주로 편집되는 코볼이나 포트란, C 언어 등을 배울 필요가 전혀 없었다. 그런 언어들은 어차피 인터페이스를 거쳐 기계어로 바뀌기 때문이다.

어둠에 적응될 즈음 근영은 주머니를 뒤져서 전화기를 꺼냈다.

"누구시죠?"

성찬은 전화를 받아 들었다.

"홍성찬 박사님, 문근영입니다."

성찬이 기다렸다는 듯 단도직입적으로 말했다.

"한혜원 박사에게는 사실과 전혀 다른 말을 하셨더군요."

"그래요. 한혜원 박사에게는 그런 말을 했지. 하지만 계산을 염두에
두고 한 말은 아니야. 그때는 어떤 말이든 해야겠다고 생각했는데 달리
할 말이 없었지……"

잠시 침묵이 이어지자 근영이 다시 말을 이었다.

"그녀가 사랑을 이해할 수 있으리라는 생각을 안 했기 때문이지. 내
가 말하는 건 남녀간의 사랑이 아니야. 홍 박사도 한혜원 씨에게 많은
걸 바라지 말아요."

"왜 그런 말을 하는 거죠?"

"글쎄, 당신이라면 날 이해할 수 있을 것 같았어. 그리고 마지막으로
나래를 위해 할 일이 있었고. 난 처음 당신을 처음 보았을 때 한혜원과
같은 부류의 사람인 줄로만 알았지. 그래서 괜히 신경질을 부리는 척하
고 쌀쌀맞게 대했어. 그런 점은 당신에게 미안해. 하지만 그럴 수밖에
없었어. 난 나래에 대해 당신에게 숨겨야만 했으니까. 지금은 아냐. 솔
직히 당신처럼 편한 사람을 만난 건 오랜만이야. 난 당신이 나래를 이
해할 수 있다고 믿어. 그렇지? 당신과 한혜원이라는 여자는 너무도 안
어울려. 당신은 그것을 알고 있나? 아마 알고 있겠지. 하긴 그런 것을
안다고 해도 도움은 전혀 안 되겠지만……"

"그게 무슨 말이죠?"

"내 생각이 맞는다면 아마 당신은 나래가 뭘 하려는지 알고 있을 거

야. 당신 정도라면 쉽게 알 수 있었겠지."

"……"

성찬은 할 말이 많았지만 침묵으로 대꾸했다.

"하지만 당신이 뜻하는 대로 할 수 없었을 거야. 너무나도 황당한 말이니까. 오 실장은 나래를 바이러스라고 발표했을 테고. 당신은 한혜원 씨의 일도 있고 해서 애매한 입장이 되었겠지."

"미사일을 발사한다는군요."

"미사일? 오 실장이?"

"예."

"언제 결정이 내려졌지?"

"지금 오 실장이 준비하고 있어요."

"지금 준비하고 있다고?"

근영의 웃는 소리가 들렸다.

"오 실장다운 생각이군. 미사일은 컴퓨터를 파괴하면서 프리엠브리오 성장실까지 파괴해 버릴 거야. 경찰들은 부서진 컴퓨터 조각을 모으겠지. 하지만 그들은 아무것도 알아 낼 수 없을 거야. 나래의 존재는 영원히 비밀로 지켜질 수가 있지. 오 실장이 원하는 것이 그것일 테고. 원래 그런 사람이야. 항상 냉철한 판단을 하지. 그런데 미사일을 발사하는 데 시간이 얼마나 걸릴까?"

"글쎄요. 당장은 발사할 수 없겠죠."

"그럼 나래가 밖으로 나가는 데 걸리는 시간은?"

"이제 시작할 거예요. 메시지를 보냈으니까요. 당신은 알고 있나요?"

"솔직히 나도 몰라. 운이 좋으면 미사일이 발사되기 전에 빠져나갈 수 있겠지."

"모른다고? 당신이 MX-217을 조종하지 않았나요?"

"MX-217이라는 말은 듣기가 거북하군. 그에게도 예쁜 이름이 있어. 자신이 직접 선택한 이름이지. 우리들과는 달라. 그의 이름에는 의지가 담겨 있어. 상상할 수 있나? 당신이라면 느낄 수 있을 텐데. 사연이 깊은 이름이야. 난 그 이름을 생각할 때마다 눈물을 흘리곤 했어. 당신이라면 이해할 수 있을 거야. 우리는 그를 나래라고 불러 주어야 해. 나래는 누구의 조종도 받지 않아. 자신의 뜻대로 움직이지. 그 역시 하나의 독립된 존재니까."

"……"

성찬은 달리 할 말이 없었다.

"미사일이 발사되면 당신은 병원의 기록을 찾겠지? 이번 사고 때문에 환자들은 다른 병원에 분산 수용될 거고 당신은 그 모든 환자들을 추적할 수 있을 거야."

전화를 받기 직전 성찬이 한 생각과 같았다.

"당신이 병원의 기록을 조작할 건가요?"

"내가? 천만에. 아까도 말했지만 이번 일은 나래 혼자 꾸민 거야. 내가 나래를 조종했을 거라는 생각은 오산이야. 나래는 똑똑한 아이지. 하지만 당신이라면 그 정도의 능력은 있을 거야. 당신은 나래를 찾아낼 수 있겠지. 충분히. 당신이 나래를 발견했을 때 나래는 당신의 존재조차 느낄 수 없는 상태지. 자신이 살아 있다는 것을 느끼는 데만 몇 달이 걸릴 테니."

"그렇겠죠."

"그래, 당신은 나래를 찾을 수 있을 거야. 그럼 그 다음엔 어떻게 할 거지? 최후의 승자는 성찬 씨가 되는 건가?"

"……"

"경찰에 신고할 건가? 여기에 그 바이러스가 있다고. 아니면 오 실장에게 말할 텐가? 아니면 직접 죽일 텐가?"

"……"

"내가 말하고 싶은 게 있어. 나래는 괴물이 아니야. 우리와 똑같은 인간이지. 그런데 왜 나래를 죽이려 들지? 난 후회를 많이 했어. 나래에 대한 사랑이 커질수록 그 후회도 커져만 갔지. 자신을 저주하기도 했어. 난 결국 나래를 완벽한 인간으로 만들어 주고 싶었어. 그렇게 결정할 수밖에 없었어."

"……"

"난 방법만을 가르쳐 주었어. 그리고 나래 자신의 존재에 대해서만 얘기해 주었지. 나래는 인간이라고. 나와 같은 인간이라고. 나래가 내 말을 얼마나 이해했는지 알 수 없지. 하지만 나래가 잘못한 것은 무엇이지? 그래, 나는 잘못한 것이 많아. 해서는 안 될 일을 시작했지. 하지만 나래에게는 잘못이 없어. 그 아이에게는 다른 선택의 여지가 없으니까."

"……"

"이제 내가 할 일이 모두 끝났다고 생각했는데 당신이 나타났어. 그래서 당신에게 전화를 한 거야."

"……"

"나래는 어린아이야. 철없는 아이지."

"……"

"당신은 아이가 있나?"

"아들이 하나 있어요."

"지금 몇 살이지?"

"여섯 살."

"나래는 다섯 살이야. 우리 나이로 하면 홍 박사 아들이랑 동갑이군. 나에게도 그만한 딸이 있었어."

"……"

"이름이 뭐지?"

"한울이에요."

"무슨 뜻이지?"

"한 울타리라는……"

"좋은 이름이군. 울타리라…… 모든 것을 감싸 준다는 뜻인가? 나래라는 이름은 날개라는 뜻이야. 이 아이는 자신의 이름을 직접 선택했어."

"좋은 이름이군요."

"한혜원 박사는 아마 딸이 죽은 충격 때문에 내가 우울증에 걸렸다고 생각할 거야. 하지만 그보다는 나래에 대한 사랑 때문에 이런 선택을 하게 됐어."

"사랑 때문에……"

"날 이해할 수 있소, 홍 박사?"

"……"

"나래도 인간이야. 한울이랑 똑같아. 나영이랑도 똑같고. 아직 어린 아이야. 철없는 아이지. 어제 나래의 세상을 보았지? 토끼들이 풀을 뜯고 있어. 양도 있고 사자도 있어…… 아름다운 세상이야. 당신도 눈물을 흘렸나?"

"……"

"한 사람의 생명이 다른 사람들보다 중요하지 않을 이유는 전혀 없어. 그것은 우주와도 같은 거야."

성찬이 미처 대답도 하기 전에 전화가 툭 끊겼다.

"문 박사님! 문 박사님……"

근영은 티셔츠의 주머니에 휴대폰을 그대로 넣었다. 문득, 근영은 무슨 생각이 난 듯 허공에 대고 말을 걸었다.

"나래. 넌 나를 볼 수 있지?"

어떻게 그와 대화를 나눌 수 있는 방법이 없을까? 방 안에는 컴퓨터가 없다. 하지만 어쩌면 그 방법이 효과가 있을지도 모른다.

"지금 나의 목소리가 들리면 조명을 깜빡여 줄래? 그게 안 된다면 아무거나 괜찮아. 내가 느낄 수 있도록……"

주위를 돌아본 근영의 얼굴에 잔잔한 미소가 흘렀다. 출입문 쪽에 달린 비상등이 잠시 깜빡인 것이다.

"그래, 그렇게 하는 거야. 잘 하는구나. 홍 박사! 당신도 이것을 보았으면……"

전화기를 끊지는 않았으니 성찬도 아마 이 소리를 들을 터였다. 근영이 몸을 일으켜 비상등 쪽을 향했다. 비틀거리는 그의 모습을 누가 보았다면 술에 취한 줄 알리라.

"넌 내가 항상 하던 얘기를 기억하니?"

아무런 대답이 없었다.

"아무에게도 방해 받지 않는 암흑 속으로 들어가고 싶다는 말, 기억하고 있니?"

비상등이 깜빡였다.

"그래, 알고 있구나. 그것이 어떤 것인지도 알고 있니?"

비상등이 깜빡였다.

"그래, 나래는 누구보다 잘 알 거야. 나래는 그것을 두려워하지만, 난 그것을 원하고 있어. 나래는 아직 어려서 잘 모르겠지만 나에게 삶은 무거운 짐일 뿐이지."

비상등이 깜빡였다.

"이상한 일이야. 너와 나는 왜 이렇게 다른 걸까? 분명히 너는 나와 같은 존재인데……"

이번에는 비상등이 아무 반응이 없었다. MX-217이 그 말뜻을 이해할 수 없었던 것일까.

"그래, 넌 모르지. 너와 내가 같다는 사실을."

대답이 없었다.

"넌 이곳에서 벗어날 수 있을 거야. 너같이 똑똑한 아이에게 유리관 안은 너무도 좁지. 아마도 내가 모르는 방법이 있겠지? 넌 확실한 계산이 없으면 행동하지 않으니까. 그렇지?"

비상등이 깜빡였다.

"그 방법을 어떻게 알았지? 그래 네 생각이 뭔지 대충 알겠어."

대답이 없었다.

"설명하기 어려우면 이대로 괜찮아. 난 그것이 궁금하지는 않아. 하지만 네가 꼭 이곳을 탈출했으면 좋겠어. 자신은 있는 거지?"

비상등이 깜빡였다.

"그래, 그럼 다행이다. 나래를 믿어. 내 맘도 편해지는군. 솔직히 이제는 아무런 미련도 남아 있지 않아."

나래는 그 말을 이해하지 못했다.

"이제는 쉬고 싶어. 나를 도와주겠니?"

비상등이 깜빡였다.

"너는 내가 무엇을 원하고 있는지 알고 있니? 나에게는 딸이 하나 있었어. 넌 그것을 이해할 수 없겠지만."

비상등이 깜빡였다. 근영은 자리에서 천천히 일어나 입구를 향했다.

"이제 나래에게는 내가 더 이상 필요하지 않을 거야. 혼자서도 무엇이든 할 수 있을 테니까. 지금까지 혼자 잘 해 왔잖아. 어차피 모든 사람은 혼자야. 나도 그렇고 나래도 그렇고. 그러고 보니 나래는 그때의 나영이와 같은 나이구나. 이제 나영이에게로 가고 싶어."

근영이 답을 기다리느라 잠시 시간을 주었지만 비상등에는 아무런 신호가 없었다.

"슬퍼할 필요는 없어. 누구도 영원히 살지 않아……"

근영은 문 앞으로 나섰다.

"나래가 나를 기억해 주면 그것으로 족해. 영원히 나를 잊지 않겠다고 약속할 수 있지? 영원히. 그게 다야. 그런데 바깥은 너무도 밝아."

아무런 대답이 없었다.

복도의 조명이 차례로 꺼졌다. 근영은 미소를 지었다. 근영은 나래가 인도하는 어두운 통로를 따라갔다. 계단을 올라가던 직원이 이상하다는 듯이 어둠 속을 지나가는 근영을 보았지만 이내 무시하고는 4층으로 올라가 버렸다.

근영이 무엇을 원하는지 확실히 짐작한 듯한 성찬의 다급한 목소리가 휴대폰을 통해 가느다랗게 흘러나왔다.

"문근영 박사, 문 박사!"

"문근영 박사가 일어났다고?"

혜원은 불길한 예감을 떨쳐 버릴 수 없어 아래층으로 뛰어 내려갔다. 방금 전 그 직원 역시 자신이 실수했다는 것을 알아차린 듯 혜원을 따라나섰다. 혜원은 어두워 잘 보이지 않는 계단을 몇 개씩 뛰어내리며 아래층으로 내려갔다. 그녀는 어두운 복도 끝에서 빌딩 외벽을 오르내리는 전망용 엘리베이터의 문이 닫히는 것을 보았다. 어둠 속이었지만 근영의 평온한 미소를 느낄 수 있었다.

"박사님, 소용없습니다."

뒤따라온 직원이 엘리베이터 문을 때리는 혜원을 말렸다. 엘리베이터의 숫자가 빠르게 올라가고 있었다. 혜원이 철문을 두드리는 소리가 공허하게 복도에 울려 퍼졌다.

이제 나래가 모든 것을 알아서 해 줄 것이다. 근영은 엘리베이터가 상승하는 가속도를 이기지 못해 바닥에 무릎을 꿇었다. 나래의 배려 때문인지 엘리베이터 안은 조명이 들어오지 않아 어둡고 좁은 공간을 만들고 있었다. 유리창으로 보이는 서울 역시 그 순간 모든 조명을 잠시 꺼 둔 채 아름답고 포근한 모습을 만들어 냈다. 근영의 볼을 타고 눈물이 흘러내렸다. 엘리베이터는 40층에 이르도록 가속을 멈추지 않았다. 성찬은 전화기에 대고 말했다.

"나래를 이해할 수 있어요."

더 늦기 전에 하고 싶은 말이었다.

'제발 내 말을 들었으면……'

성찬 역시 눈물을 흘리고 있었다.

근영이 평온한 미소를 지었다.

혜원은 엘리베이터 통로를 타고 울려오는 무시무시한 소리를 들을 수 있었다. 그녀는 재빨리 옆방으로 들어갔다. 무슨 일이 일어났는지 알면서도 확인을 해 보고 싶었던 것이다. 그곳은 빌딩 밖으로 약간 돌출하여 전망 엘리베이터를 지켜볼 수 있는 장소였다.

잠시 후 혜원은 어둠 속으로 시커멓고 자동차만한 물체가 빠른 속도로 떨어지는 것을 볼 수 있었다. 엘리베이터가 가속을 이기지 못한 채

맨 위층을 뚫고 나가 아래쪽으로 떨어지고 있었던 것이다. 혜원은 그
자리에 풀썩 주저앉았다.

　우관은 가끔씩 잠에서 깨어났다. 그는 어두운 방 안에 누워 있었다.
방 안에는 아무도 없었다. 눈을 떴지만 고개를 돌릴 수가 없었다. 고개
뿐 아니라 손가락 끝과 발가락 끝을 가볍게 움직이는 것을 제외하고는
아무것도 할 수 없었다.
　우관은 가슴이 허전했다. 온 정신을 집중했다. 가슴이 열려 있다는
것을 느낄 수 있었다. 하지만 아무런 느낌이 없었다. 심장 뛰는 소리가
들리지 않았다. 이상한 일은 그뿐만이 아니었다. 우관은 자신이 호흡하
지 않고 있다는 사실을 깨달았다.
　하지만 고통스럽진 않았다. 우관은 숨을 들이마시려고 했지만 가슴
이 텅 비어 있는 듯 아무런 힘이 전해지질 않았다. 마치 잘려 떨어져 나
간 팔을 움직이는 것처럼 그의 몸이 말을 듣지 않았다. 공포가 밀려왔
다. 하지만 어찌된 일인지 오히려 그의 몸은 너무도 평온한 상태였다.
　'내가 죽은 것일까? 죽음이란 참으로 이상한 것이군. 상상하던 것과
는 너무도 달라.'
　그가 상상하던 죽음은 총탄에 가슴이 파열된 채 숨을 헐떡거리다 맞
는 죽음, 물에 빠져 숨을 못 쉬고 끝까지 버티다가 가슴이 터질 듯한 고
통을 느끼며 폐에 물이 들어가 콜록콜록 기침을 하면서 정신을 잃는 죽
음, 교통사고로 온몸이 찢겨진 채 앰뷸런스를 기다리다 죽는 죽음 등이
었다. 하지만 지금 그가 느끼고 있는 죽음은 너무나도 생소했다.

'내가 왜 죽었지?'

우관은 생각에 잠겼다.

'맞아, 나는 그 검은 빌딩 안으로 들어갔지.'

어떠한 목적 때문에 거기에 있었는지는 기억이 안 났다.

'복도를 걸어가고 있었어. …… 피를 많이 흘려 무서웠어. …… 근데 그 이후는 왜 기억이 나지 않는 걸까, 죽음이란 참 이상해. 나는 지금 죽은 걸까?……'

그런데 이상했다. '삐삐—' 전자음이 들렸고 그 사이로 펌프가 움직이는 소리를 분명히 들을 수 있었던 것이다. 우관은 자신이 살아 있다는 결론을 내렸다.

언젠가 들었던 생명 유지 장치라는 기계를 떠올렸다. 그 기계는 심장이 갈라지고 허파가 찢긴 사람도 살릴 수 있다고 했다. 뇌만 다치지 않으면 정상대로 회복이 가능하다는 것이다. 우관은 그 기계에 대해 상상했다. 한 번도 본 적은 없지만…… 그는 다시 깊은 잠으로 빠져들었다.

다시 깨어났을 땐 살짝 뜬 눈으로 강렬한 빛이 쏟아졌다. 그 사이로 피 묻은 칼이 보였다. 그것을 피하려 했지만 몸이 말을 듣지 않았다. 손가락조차 까딱할 수 없었다. 빛이 너무도 밝아 눈이 아팠지만 눈꺼풀마저 감을 수 없었다. 팔과 다리가 무거운 것에 눌린 듯 움직일 수 없었다. 칼이 자신의 몸을 가르는 것을 느낄 수 있었다.

'이상해. 고통스럽지 않다니.'

평소의 그라면 피부가 찢어지는 것만으로도 고통을 느꼈을 것이다. 사람들 얼굴이 보였다. 모두 마스크를 써서 얼굴을 알아볼 수 없었다.

'맞아, 나는 복도에서 누군가에게 쫓기고 있었어. 이들이 빌딩 안의 보이지 않던 적일까? 그 동안 나의 행동을 관찰하고 게임을 즐기다 이제 내가 쓰러지자 전리품을 얻기 위해 이렇게 눈앞에 나타난 것일까?'

마스크를 쓴 사람 가운데 한 명이 우관과 눈을 마주쳤다.

'무슨 생각을 하고 있을까?'

아무런 표정도 없는 눈빛. 조금은 당황한 눈빛. 다시 졸음이 밀려왔다. 우관은 정신을 차리려 애를 썼다. 하지만 초점이 흐려지며 산 같은 졸음이 또다시 밀려왔다.

로봇에 설치된 생명 유지 장치가 작동을 시작했다. 센서들은 그 동안 느낄 수 없었던 감각에 적응을 하는 듯 가볍게 떨기 시작했다. 겨울을 지나 알에서 깨어난 곤충이 가볍게 더듬이를 움직이듯 9구역에 잠들어 있던 로봇은 이제 새로운 생명을 얻어 일을 시작할 준비를 하고 있었다. 배터리가 충전되면서 램프의 불이 초록색으로 바뀌었다.

이전에 설치돼 있던 일부 정보가 삭제되고 새롭고 방대한 양의 수술 정보가 로봇의 전자두뇌에 입력되었다. 로봇은 새롭게 입력된 정보의 시뮬레이션을 실시했다.

성찬은 빌딩 숲 사이로 떠오르는 태양을 바라보았다. 여섯 시 조금 못 미친 시간이었지만 한여름이라 벌써 주위는 환했다. 태양을 정면으로 바라볼 수 있는 시간이었다. 기분 좋은 동공의 수축으로 '웅-' 하는 소리가 들리며 눈의 피로가 풀리는 느낌이 들었다.

"어제부터 예감이 안 좋았어요. 한혜원 박사에게 문근영 박사를 잘 지켜보라고 했는데…… 그 사람 심한 우울증에 시달리고 있는 것 같았어요."

방금 국방부를 다녀온 남식이 말했다. 세원의 깊은 한숨 소리가 들려왔다. 성찬 역시 혜원에게 전화를 받았다. 그녀는 울먹이며 얘기했다. 성찬은 모든 사실을 알고 있었지만 그녀에게 아무런 말도 하질 않았다.

'그런데 문근영 박사가 도와주지 않는다면 어떻게 병원 안으로 들어갈 수 있을까? 확신하지 않았다면 그렇게 평온할 수는 없었을 거야.'

성찬은 생각에 잠겨 있었다. 남식도 무슨 생각을 그리 깊이 하는지 성찬의 뒤에서 계속 방 안을 서성거렸다.

"여러분께서 어떻게 생각하실지 모르겠지만……"

남식이 무겁게 입을 열었다. 한참을 고민한 듯 조심스러운 눈치가 역력했다. 성찬은 여전히 떠오르는 태양을 바라보고 있었다. 세원은 피곤한 듯 소파에 기대어 졸고 있었다.

"누군가 이 일에 책임을 져야 합니다. 고인에게는 미안한 말이지만 여기 살아 있는 사람들은 앞으로의 일을 생각해야 합니다."

성찬이 천천히 뒤를 돌아섰다. 세원은 졸린 눈을 비비며 자세를 바로 잡았다.

"홍 박사님, 절 이해해 주십시오."

멀리서 울리듯 들렸지만 성찬은 그가 무슨 말을 하는지 이해하고 있었다.

메디컬 네트워크를 사용하지 않고 병원의 업무를 처리하는 것은 사실상 불가능했다. 다른 병원과 마찬가지로 이곳, 중앙병원에서도 서버에 이상이 발생하리라는 통보와 함께 혼란이 시작되었다. 무언가 대비책을 세워야 했지만 무슨 대비를 해야 할지 알 수 없었다. 기껏해야 창고에서 구식 무전기를 다시 꺼내거나 약품과 혈액의 재고를 파악하는 것이 전부였다.

여섯 시가 넘었다. 하지만 눈에 띄는 아무런 일도 발생하지 않았다. 메디컬 네트워크를 통해 병원 근처에서 발생한 교통사고 환자가 오고 있다는 메시지가 떴다. 컴퓨터는 수술실과 수술팀까지 지정해 주었다. 정상적인 작동이었다. 혹시나 해서 무전으로 확인한 결과 사실이었다.

"이거 괜히 겁먹은 거 아냐? 벌써 10분이 지났는데……"

의사들 몇 명이 허탈하게 웃었다.

"잠깐, 여길 좀 보세요."

의사들이 화면 앞으로 다가갔다.

"도대체 이럴 수가……"

화면에서는 도저히 생각지도 못했던 일이 일어나고 있었다.

MX-217이 지정했던 시간이 10분 정도 지나가면서 각 병원에서 이상 징후를 보고하기 시작했다.

"여섯 시를 기점으로 PT의 메디컬 네트워크에 속한 전국 모든 병원에서 환자들의 개인기록이 모조리 지워졌습니다. 다른 데이터나 네트워크 상에선 별다른 문제가 발견되지 않고 있습니다."

몇 분이 더 지났다. 하지만 더 이상의 문제는 발생하지 않았다. 각 병원에서 들어오는 문제점은 한결 같았다. 환자의 개인기록 데이터베이스가 사라졌다는 것이다. 전문가들은 우려한 것처럼 큰일은 아니라고 분석했다.

"개인기록은 다시 만들면 됩니다. 우리가 우려한 부분은 환자의 수송과 혈액, 약품의 유통이었습니다."

서울시장이 허탈하게 웃었다.

"그럼 도대체 바이러스가 노린 것이 무엇이란 말이오."

"간단하게 생각하면 아직 바이러스는 메디컬 네트워크에 어떻게 해야 효율적으로 피해를 줄 수 있는지 파악하지 못하고 있다고 판단됩니다. 다행히도 이번 사고는 각 병원에서 번거롭겠지만 새로이 환자 파일을 만들어 주면 해결됩니다. 문제가 없지는 않겠지만 저희가 예상했던 최악의 시나리오와 비교하면 그리 심각하지는 않습니다."

모두들 깊은 생각에 잠긴 모습이었다. 나름대로 그 의도를 생각하고 있는 것이다.

"그럼 복잡하게 생각한다면 그게 뭐지요?"

서울시장이 물었다. 브리핑을 하던 경찰 간부는 파일을 한 장 넘기곤 잠시 그것을 들여다보았다. 아마 어떤 방식으로 말을 꺼내야 효과적으로 의사를 전달할 수 있을까 하고 고민하는 눈치였다.

"그럼, 최악의 가정을 말씀드리겠습니다."

그는 파일을 든 채 헛기침을 하였다.

"각 병원에서 환자들의 개인기록 파일을 동시에 삭제하는 것은 혈액의 유통에 관한 데이터를 바꾼다거나 약품의 재고를 바꾸는 것보다 기술적으로 어려운 일입니다. 즉 바이러스는 피해가 그리 크지 않으면서도 자신의 능력을 최대한 보여 주기 위해 그런 조치를 취했다고 볼 수도 있습니다. 이것은 단지 추측입니다. 전문가들의 말로는 아무리 바이러스가 뛰어나다고 해도 그런 사고를 할 수는……"

마지막 대답은 자신이 없는지 그는 말꼬리를 흐렸다. 추측일 뿐이라고는 하지만 회의장의 사람들은 이미 최악의 경우를 마음에 두고 있었다. 이제까지 끌어온 바이러스와의 싸움에서 최악의 경우를 선택하는 것에 익숙해진 것이다. 어찌됐든 사고는 전혀 예상치 못한 방향으로 흘러갔다. 환자의 개인기록, 증상, 투약 계획, 수술 경과, 조치 등을 다룬 개인에 관한 모든 파일이 사라진 것이다. 컴퓨터의 다른 부분은 전혀 이상이 없었다. 메디컬 네트워크에 가입한 모든 병원에서 그런 사례를 보고했다. 어떻게 이런 일이 가능했는지는 아무도 설명할 수 없었다.

'그 방법이었군. 환자들의 개인기록을 없애면 다시 작성해야겠지. 나래의 파일도 새로 작성되겠지.'

성찬이 미소 지었다. 각 병원에서는 환자들에 대한 파일을 다시 작성해야 했다. 대책본부에서는 약품과 혈액의 공급 또는 네트워크 자체에 이상이 생길 것이라고 예측했지만 결과는 엉뚱했다.

우관의 몸은 맥박이 끊어진 채 생명 유지 장치의 도움으로 생명을 유지하고 있었다. 메디컬 네트워크에 문제가 발생할지도 모른다는 것 때문에 걱정했지만 한 시간 전에는 PT에서 보낸 프리엠브리오가 헬기 편으로 도착했다. 수술팀은 그에 맞추어 수술 준비를 끝낼 수 있었다.

일반적으로 프리엠브리오는 환자의 몸에 이식할 수 있는 정도로 성장하면 신체의 모든 부분이 하나씩 해체된다. 그리고 부위별로 조각난 신체는 장기별로 분류되어 냉동 보존에 들어간다. 다음 특정한 장기를 필요로 하는 환자가 발생하면 하나씩 공급된다.

하지만 우관의 경우는 달랐다. 그는 사고로 인해 신체 내부의 거의 모든 장기에 손상을 입었고 제 기능을 잃고 주위와 교류할 수 없게 된 세포들은 하나하나씩 죽어 가고 있었다. 의사들은 그의 장기 모든 부분을 교체해야 한다고 합의 보았다. 심장과 허파, 위와 소장, 대장 그리고 간과 신장 등 모든 장기를 새로 이식하는 수술을 계획한 것이다. 그 때문에 PT의 보은 공장에서 해체되기 직전의 살아 있는 프리엠브리오를 인큐베이터째 급히 공수해 온 것이다.

잠시 후면 프리엠브리오의 신체 기관이 통째로 우관에게 이식될 것이다. 지금껏 누구도 이런 수술을 받아 본 적이 없었다.

또 다른 문제는 현재 우관의 체력으로는 그런 큰 수술을 견뎌 낼 수가 없다는 것이다. 그래서 의사들은 몇 번인가 시도된 적이 있는 특별한 수술을 준비했다. 일단 우관을 사망 상태로 만든 뒤, 수술을 하고 다시 살려 내는 계획이었다.

수술이 시작되자 우관의 체온이 급격히 떨어지기 시작했다. 옆 수술대에 있는 프리엠브리오의 체온도 그에 맞추어 급격히 차가워졌다. 체온계가 18도를 가리키자 의사들은 우관의 몸에서 모든 혈액을 빼내기 시작했다. 인간의 혈액은 차가운 온도에서 생명에 치명적인 반응을 일으킨다. 그 때문에 우관의 몸에는 낮은 온도에서도 세포를 파괴하지 않는 특수하게 제작된 인공혈액이 채워지기 시작했다.

우관은 이미 깊은 잠에 빠져들어 있었다. 이 정도 체온에서 두뇌는 모든 사고 활동을 멈춘다. 의식은 시간의 흐름을 느낄 수 없다. 혈압이 급격히 떨어졌다. 바로 옆에 누워 있던 프리엠브리오는 장기를 들어내기 쉽도록 몸이 갈라지고 있었다.

온도계의 바늘이 섭씨 5도를 가리켰다. 우관의 대동맥과 대정맥에 연결된 생명 유지 장치가 제거되었다. 모든 세포가 활동을 멈춘 상태에서는 더 이상 생명이 유지되도록 산소를 혈액에 공급하고 그 혈액을 다시 세포로 공급해 줄 필요가 없기 때문이다. 그의 몸은 얼음처럼 차갑게 식어 버렸고 그의 영혼 역시 활동을 멈추었을 것이다. 이러한 상태에선 세포들은 산소를 필요로 하지 않는다. 우관은 공식적으로 사망한 셈이었다. 당연히 마취도 필요 없었다.

일반적인 경우라면 이런 수술은 법적으로 살인으로 간주되므로 불법이었다. 하지만 우관의 경우는 이미 살아날 가능성이 없다고 판정되었기에 문제는 없었다. 의사들은 프리엠브리오의 몸에서 장기를 꺼내어 우관의 시체로 이식할 준비를 했다. 이미 우관의 복부와 가슴은 활짝 열려 있었다.

검고 고운 머리카락이 잘려 바닥으로 떨어졌다. 예리한 칼날이 남아 있던 머리털을 완전히 깎아 내기 시작했다.

칼날이 스치고 지나간 자리로 푸르스름하고 고운 피부가 드러났다. 정교한 레이저가 살을 갈랐다. 피는 많이 나지 않았다. 가끔씩 채 봉합

되지 않은 모세 혈관에서 작고 붉은 핏방울이 맺히곤 했다. '윙 -' 하는 부드러운 소리가 나며 둥근 톱날이 빠른 속도로 회전하기 시작하더니 주저 없이 뼈를 깎아 냈다.

수술 전부터 환자는 이 모든 과정을 똑똑히 지켜보고 있었다. 자신의 몸이 잘리고 뼈가 깎이는 소리를 듣는 것은 유쾌한 일이 아니겠지만 환자는 어느 때보다도 침착함을 유지했다. 아니, 오히려 이 모든 상황을 즐기고 있었다. 환자는 직접 이 수술을 계획했고 모든 수술 과정을 지켜보기를 원했다. 마취를 하지 않았음에도 고통을 느끼지 않는 듯했다. 어차피 두뇌에는 통증을 느낄 수 있는 감각신경이 없었다.

그는 새로운 시도로 인해 진한 감격에 휩싸여 있었다. 한 장면도 잊지 않으려는 듯 눈을 크게 떴다. 차가운 팔들이 투명한 액체 속의 환자를 조심스럽게 들어낼 것이다.

"문제는 빌딩 내부로의 접근이 불가능하다는 것입니다."

빌딩 안으로의 침투라는 안건을 가지고 몇 번째 회의가 진행되고 있었다.

"지금까지 몇 가지의 침투 방법이 제시되었습니다. 지상으로부터의 침투, 공중으로부터의 침투…… 하지만 모든 것이 불가능하다는 결론이 나왔습니다."

빌딩의 보안 시스템은 개미 새끼 한 마리의 침입도 허용하지 않았고 지구 궤도상의 300여 개 정지 위성은 빌딩 주위의 모든 움직임과 통신을 감시하고 있었다.

"조금이라도 이상한 낌새가 보이면 또 다른 재앙이 발생할 것입니다. 공항과 항만 등에 사고가 발생하면 많은 사상자와 함께 막대한 경제적 피해를 보게 됩니다."

불행 중 다행이랄까 기동타격대의 실패 이후론 더 이상 공원에서 피해자가 없다고 한다. 지속해서 무전기와 휴대폰을 통해 연락을 취하고 있었기에 대충 그 안의 상황을 알 수 있었다. 공원 안에는 아직 이틀 분량의 음식이 있다고 했다. 감금 상태에 있기는 병원도 마찬가지였다. 단지 그 안의 사람들은 공원의 사람들과 입장이 달라 불편을 상대적으로 덜 느낀다는 차이가 있었지만 불안감을 느끼기는 마찬가지였다. 병원과 연락한 바로는 다른 병원과 마찬가지로 환자들의 개인기록이 사라진 것과 환자들이 심각한 불안 상태에 빠진 것을 제외하고는 아무런 이상이 없다고 했다. 하지만 바이러스가 사람들을 풀어 줄 것이라는 말만 믿고 그 상태로 놔 둘 수는 없었다. 다른 방법을 시도해야만 했다. 실패하더라도 이 상태로 방관만 하고 있을 수는 없었다.

서울시장이 노려보자 브리핑을 하던 간부가 잠시 주춤거렸다. 마치 자신은 남들을 대신해 파일을 읽고 있을 뿐이라는 어설픈 표정을 지어 보였다. 회의에 참석한 모든 사람이 브리핑이 어떤 식으로 결말이 날지 쉽게 예상할 수 있었다.

"우리가 더 이상 조치를 취할 수 없다면 이제 바이러스와 협상을 시작해야 합니다."

"협상을 한다면 그쪽에서 요구하는 게 도대체 뭐죠?"

그의 요구는 현 상황의 지속이었다. 그의 말이 사실이라면 내일 정오에는 사람들이 풀려날 것이다.

문제는 다시 원점으로 돌아가고 말았다. 아무리 회의를 계속해도 실마리가 보이질 않았다. 모두들 지쳐 가며 가끔씩 의미 없는 농담을 던지기도 했다.

"오남식 실장이 비공식 회의를 요청했습니다."

수행원 한 명이 와서 시장에게 말했다.

"잠시 정회합시다."

서울시장이 말했다.

남식이 다가와 시장 앞에 앉았다. 경찰청장과 컴퓨터 범죄를 다루는 간부 한 명도 함께 배석했다. 시장은 꼼짝도 않고 남식을 쳐다보았다.

"어디 한번 말해 보시오."

시장의 피곤한 시선이 남식을 위아래로 훑었다. 그는 남식이 회의에 참석하지 않고 증발해 버렸기 때문에 불쾌해하고 있었다.

"국방부에서 근무하는 사람과 만나고 오는 길입니다."

남식이 말했다. 상준이 남식에게 좀더 다가가기 위해 앉은 채 의자를 끌었다.

"뭔가 해결책을 찾은 모양이군요."

경찰청장이 피곤한 목소리로 말했다. 모두들 어젯밤을 꼬박 새웠다. 남식은 벌써 이틀째 밤을 새우고 있었지만 피곤한 기색은 오히려 덜한 듯했다.

"육군이 보유한 무기 중 눈에 띄는 것이 있더군요."

아무도 그에 대해 물어 보질 않았다. 남식이 말을 이었다.

"저희가 극복해야 할 문제는 시간이죠. 바이러스가 반응하기 전에 컴퓨터를 파괴하면 되는데 그것은 불가능한 일이죠. 하지만 미사일이라면 가능합니다. 저 역시 처음엔 확신하질 못했습니다. 그 문제 때문에 사람을 만나고 왔는데 긍정적인 답변을 들었습니다."

남식은 미사일에 관해 자세히 설명했다.

"대통령의 결재가 없으면 군은 움직일 수 없다는 군요. 시장님이 국방부장관과 대통령을 만나 주셔야 합니다."

시장은 잠시 경찰청장과 간부 한 명을 불러 조용히 얘기했다. 그러고는 고개를 끄덕였다.

13. 새로운 시작

난 너희 인간들이 믿지 못할 것을 보았어.

오리온좌 옆에서 불타는 전함, 탄호이저 게이트 부근의

어둠을 가로지르던 T빔의 불빛도 보았지.

그 모든 순간들은 시간 속에서 사라지겠지.

빗속에 흐르는 눈물처럼. 이제 죽을 시간이군.

— 영화 〈블레이드 러너〉 중에서

에어컨이 작동하지 않아 빌딩은 이른 시간임에도 후덥지근했다.

'이상한 일이야.'

방금 전 MX-217의 신경 신호가 끊겼다. 그 이후로 모니터에 나타나는 것은 아무것도 없었다.

"우리의 감시를 알아챈 게 아닐까요?"

정렬이 말했다. 30분 전 남식이 전화를 걸어와 상황을 물어 보았는데 이전과 상황이 비슷하다는 말 외에 달리 할 말이 없었다. 정렬이 다른 라인으로 연결하려 노력하고 있었다.

'성찬 씨에게 전화를 걸어야 할까?'

혜원은 조금 더 기다려 보기로 했다. 여섯 시부터 각 병원들의 개인 기록이 사라졌다는 소식을 들었다. 혜원에게 며칠간은 너무도 괴로운 시간이었다. 근영은 죽어 버렸고…… 성찬과 남식은 사고대책본부에 있었다. 이 안에 의지할 사람이라고는 없었다.

근영은 쓰러지기 직전 혜원에게 MX-217이 자신의 복제였다는 얘기를 해 주었다. 성찬에게는 이 사실을 알려 주지 않았다.

"왜, 문 박사님을 말리지 못했을까? 난 알고 있었는데……"

혜원이 괴로워하는 모습을 알아챘는지 조수 한 명이 와서 말했다.

"박사님 잘못이 아니에요. 사람들을 죽인 건 MX-217입니다. 그리고 문 박사님은 어떻게 할 수가 없는 상황이었을 거예요."

혜원은 더럭 겁이 났다.

'지금까지 내가 무엇을 하고 있었을까?'

혜원은 그대로 도망쳐 버리고 싶었다. 하지만 그럴 수 없었다. 책임
감이 그녀를 죄어 오고 있었다. 혜원은 가끔씩 자리에서 일어나 안절부
절 못하며 방 안을 왔다 갔다 했다.

"도저히 안 되겠어. 김 박사는 좀 쉬어야 할 것 같아."

정렬이 혜원을 진정시켰다. 하지만 그녀의 불안감을 가라앉힐 수는
없었다.

"이런 상황에서 어떻게 제가 잠을 잘 수 있겠어요."

정렬이 조수들에게 안정제를 가져오라고 했다. 혜원은 웃음이 나왔다.

'왜 이렇게 주사를 맞기 싫은 걸까?'

자신의 정신이 약물에 의해 조종된다는 것이 혜원은 유쾌하지 않았
다. 조수들이 그녀의 팔에 안정제를 놓았다. 혜원은 가만히 있었다. 잠
시 후 다리의 힘이 풀리며 그녀는 의자 깊숙이 몸을 파묻었다.

질서정연하게 자리 잡은 막사들과 잔디밭을 지나 헬기는 연병장에
사뿐히 내려앉았다. 미리 대기하고 있던 몇 명의 군인이 정복을 말쑥이
차려입고 내려서는 경찰청장에게 경례를 붙였다. 그의 얼굴에선 피곤
한 기색이 역력했다.

"포병 여단에 오신 것을 환영합니다. 전 포병 여단의 손창훈 대위입
니다. 여단장님께서 기다리십니다."

대위는 그를 지프차까지 안내했다. 도로를 따라가면서 일단의 병사와 마주칠 때마다 오른쪽 앞좌석에 앉은 젊은 부관은 그들의 경례에 답례해 주었다.

"여단장님께서 별다른 말씀은 없으셨나요?"

"예!"

지프차는 조경이 잘된 잔디밭을 지나서 별이 그려진 깃발이 펄럭거리는 여단 본부 앞에서 멈추었다. 그 동안 대위는 아무런 질문도 하지 않았다.

"어서 오십시오."

"예, 감사합니다."

간단히 수인사를 건넨 후 경찰청장은 곧바로 본론으로 들어갔다. 포병 여단장은 경찰청장의 말이 끝날 때까지 가벼운 미소를 지으며 참을성 있게 기다렸다. 대화 중간에 당번병이 차와 간식을 가지고 들어왔다. 여단장은 그에게 간식을 권했다. 멀리서 호루라기 소리가 들렸다.

"……방금 그 말씀은 충분히 가능성이 있어요."

경찰청장의 말이 끝나자 그가 간단히 대답했다. 경찰청장은 가능성 있다는 말로는 만족할 수 없었다. 그것보다 확실한 대답이 필요했다.

"좋아요. 누구의 아이디어인지 모르지만 이 계획은 확실히 성공할 거예요. 두 시간 전에 국방부로부터 연락을 받았어요. 비공식적이라면서 미사일 점검 상태를 묻더군요. 전 당장이라도 발사할 수 있다고 했죠."

여단장이 환하게 웃어 보였다.

"상황이 급합니다. 꼭 좀 도와주십시오."

방 안은 화려하진 않지만 중후한 분위기를 풍기고 있었다.

"그 전에 해결해야 할 문제가 하나 있어요. 우리나라 법은 경찰력으로 치안을 유지할 수 없는 상황에서만 군이 개입할 수 있습니다. 물론 그에 앞서 먼저 대통령이 계엄령을 내려야겠지요."

"……"

"아니면 그에 준하는 대통령의 결재가 있어야 합니다. 말처럼 쉬운 일은 아니죠. 국회의 인준은 나중에 받아도 됩니다."

경찰청장 역시 알고 있는 사실이었다.

"그 문제는 이미 그 오남식이라는 PT의 홍보실장이 국방부 쪽에 얘기를 해 놓았답니다. 그리고 아마 지금쯤 서울시장님과 장관님이 절차에 대해 대화를 나누고 있을 겁니다. 여단장님께서는 우리의 작전에 협조만 해 주시면 됩니다."

그는 남식이 어떻게 국방부에 줄이 닿은 것인지 알 수 없었다. 하지만 상관없었다.

"하하하. 당연히 협조해 드려야지요."

여단장은 좀 과장되게 웃었다.

"이거 몇 년 만에 군이 개입을 하는 건가요? 음…… 1980년대 이후로 한 번도 이런 일이 없었으니까 거의 40년만이군요. 과거와는 달리 군의 명예를 해치는 일이 아니라서 다행입니다. 기꺼이 국민의 생명과 재산을 지키는 우리 군이 이번 문제를 해결해 드리지요."

여단장은 기분이 좋은 듯 보였지만 경찰청장의 마음은 그리 유쾌하지 않았다. 탁자 위에 재떨이가 있는 것을 보고는 어색한 웃음을 보이며 담배를 꺼내 물었다.

"그럼 여단장님만 믿겠습니다. 곧 결재가 떨어질 것 같으니 미리 준비를 좀 해 주십시오. 시간이 없습니다."

"걱정 마세요. 30분 전에 명령을 내려놓았어요."

"공원 안에는 1만 명에 가까운 사람들이 갇혀 있습니다. 그들은 모두 유명인사와 그 가족들입니다. 문화부장관도 그 안에서 사망했습니다. 이 정도 사고면 국가 비상령을 선포할 수 있을 겁니다. 지금 당장 군의 도움이 필요합니다."

어렵게 만난 국방부장관 앞에서 남식은 논리정연하게 군의 도움이 절실함을 설명해 나갔다. 국방부장관의 생각에도 그 외에는 방법이 없는 것 같았다. 서울시장과는 형식적으로 함께 하는 자리를 가졌다. 갑자기 자신의 어깨가 무거워지는 듯싶었다.

장관은 서둘러 청와대로 올라가 대통령에게 두꺼운 표지에 쌓인 파일 하나를 건넸다. 모든 서류가 컴퓨터를 통해 결재되었지만 아직 대통령에게만은 옛날 방식을 따르고 있었다. 이것은 국가원수에 대한 예의이자 고칠 수 없는 관습이었다. 대통령은 천천히 서류를 읽어 내려갔다. 이미 보고를 받은 내용이었던지 대통령은 별 이의가 없는 듯했다.

"나도 PT에서 일어난 사고에 많은 관심을 가지고 있어요. 이 방법 말고 다른 수는 없겠지요. 수도 서울에서 이런 일이 일어나다니…… 장관의 생각은 어떠시오?"

대통령이 서류를 손에 든 채 물었다.

"최선의 방법입니다."

대통령은 마지막 절차로 서류에 사인을 했다.

"그래, 군은 국민의 안전을 위해 존재하니까. 꼭 성공하길 빌겠소."

장관이 대통령에게 경례를 했다.

수술이 시작된 지 네 시간이 지났다. 우관의 몸은 얼음처럼 차갑게 식어 있었다. 그의 몸을 구성하고 있는 세포들은 시간의 흐름을 느낄 수 없었다.

"손이 시려서 제대로 움직일 수가 없군."

집도의가 불평을 했다. 우관의 몸에는 장기가 하나씩 채워졌다. 심장이 자리 잡자 보조 로봇이 빠른 솜씨로 뇌의 동맥과 정맥을 봉합해 나갔다. 그런 식으로 하나하나씩 우관은 잃어 버렸던 몸을 되찾아 갔다.

뇌를 통하는 동맥과 정맥이 봉합되고 접착제 구실을 하는 효소들이 투여되었다. 척수가 연결되었다. 하지만 신경이 서로의 신호를 주고받아 몸을 움직이려면 긴 시간을 기다려야 했다. 심장에 강한 전기 쇼크가 가해졌다. 그 충격으로 심장이 힘차게 움직이며 두뇌와 신체의 각 부분으로 혈액을 보냈다.

허파로는 신선한 산소가 흡입되었다. 코와 기관을 간질이며 들어온 산소는 적혈구 안의 헤모글로빈과 결합해 혈관을 타고 온몸의 세포에 생명의 기운을 불어넣었다. 환자는 심장의 움직임과 호흡으로 인해 자신의 가슴이 움직이는 것을 알 수 있었다. 말초신경이 제대로 자라지 않아 아직 아무것도 느낄 수 없었지만 진한 감동은 느낄 수 있었다. 생명 유지 장치가 천천히 몸에서 떨어져 나갔다. 아드레날린 주사의 영향으로 심장의 움직임은 점차 빨라졌다. 이제 모든 혈액은 심장의 움직임만으로 두뇌와 온몸을 순환할 수 있게 되었다.

창백했던 피부가 천천히 분홍색으로 바뀌었다. 인공호흡기가 부착된 환자의 얼굴에 잔잔한 미소가 번지는 환상이 보였다. 금속 재질의 민감한 손들은 그 움직임을 한시도 멈추지 않고 이제 수술 부위를 봉합하기 시작했다. MX-217은 암흑 속으로 빠져들었다.

영주는 눈을 크게 뜨고 주위를 돌아보았다. 차츰 흐릿했던 시야에 초점이 잡히기 시작했다.

'잠시 졸았군.'

다른 사람들 역시 마찬가지였다. 어떤 이는 아예 탁자 위에 두 팔을 포개고 그 사이에 얼굴을 파묻고 잠을 청하기도 했다. 회의를 시작하기로 한 지 30분이 지나고 있었다. 하지만 아직 일을 끝내지 못한 사람들이 많은 듯 몇 자리가 비어 있었다.

낮 열두 시에 컴퓨터 하드에서 개인기록들이 사라진 이후로 외부와 격리된 PT 병원은 다른 병원보다 더 큰 혼란에 빠져 버렸다. 컴퓨터 없이 일을 처리한다는 것은 힘든 일이었다. 모두들 기억과 메모를 더듬고 직접 환자들을 찾아다니며 작업을 시작해야만 했다.

예정되어 있던 모든 수술은 연기되었고 일단 급한 치료만을 실시했다. 서로의 계획이 뒤죽박죽되어 버리면서 각자 무엇을 해야 할지 모르는 혼란을 겪어야 했다. 혼란이 대충 정리된 후에야 의사들은 회의를 열어 다음 날의 스케줄을 짜기로 했다.

"몇 명이 빠졌지만 여기 있는 사람들끼리 회의를 시작하겠습니다. 지금 받은 종이에 자신이 오늘 꼭 해야 할 일을 적어 주십시오. 상태가 비교적 괜찮은 환자들은 한 번의 회진으로 끝내겠습니다. 그리고 화면의 표에 보이는 환자들은 중환자로 내일 치료가 필요한 환자들입니다. 담당자는 잊지 말고 메모를 해 두세요."

영주가 자신의 계획과 시간을 적는 사이에 몇 사람이 더 들어왔다. 아침 일곱 시가 넘어가고 있었다.

보통 때라면 집에서 모닝커피를 마시며 아침 뉴스를 볼 시간이었다. 회의용 대형 모니터는 조그만 노트북과 연결되어 있었다. 노트북 안의 스프레드시트 프로그램으로 엉성하게 만든 표였지만 컴퓨터를 잘 다루는 젊은 의사가 스케줄을 정리할 수 있도록 편리하게 만든 것이었다. 진행자는 직접 종이쪽지들을 걷었고 한 젊은 의사가 하나씩 키보드로 입력하기 시작했다.

"여기 왼쪽 세로 칸엔 여러분의 이름이 나와 있어요. 그리고 가로 칸에는 시간이 나와 있고요. 시간이 비는 곳이 빈 칸으로 표시됩니다. 그러면 여러분의 비는 시간에 맞추어 회진 시간을 조정하겠습니다."

컴퓨터의 시간표가 수정되면서 곧 영주의 빈 칸은 모두 일거리로 채워졌다. 다른 사람들도 마찬가지였다. 몇 명이 아침을 먹어야겠다며 일어났다.

상준은 메탈 브레인 빌딩의 설계도가 남의 손에 들어간다는 것이 기분 나빴지만 할 수 없이 낯선 남자에게 CD롬을 건네주었다. 군 기술의 대외 유출 방지와 메탈 브레인의 기술 보안을 지킨다는 이유로 상준은 그 남자와 단둘이 방 안에 있어야 했다.

남자는 무표정하게 노트북으로 작업을 하면서 몇 가지 기술적인 내용을 상준에게 물어 보았다. 사복을 입고 있었지만 짧은 머리칼과 무뚝뚝한 행동에서 군인 티가 고스란히 드러났다. 그는 복잡한 설계도를 격실만 나타나도록 단순화했다. 상준은 그 의미를 짐작할 수 있었다.

"커피라도 한 잔 가지고 올까요?"

지루함을 참지 못한 상준의 말에 그 남자는 모처럼 미소를 지으며 고개를 끄덕였다.

"실은 저 역시 실전에서는 이 작업을 처음 해 봅니다. 그래서 많이 긴장했어요. 덕분에 조금 나아지는군요. 아까는 머릿속이 온통 뿌연 안개로 가득 찬 것 같았는데."

상준과 그 남자는 동시에 웃음을 터뜨렸다.

"제대로 움직이겠죠? 그러니까 제 말은 성공을 확신할 수 있을지 궁금해서요."

"뭐라고 확신은 못하지만 아마 성공할 겁니다. 잠시 후 시뮬레이션을 한번 보죠."

30분 정도 시간이 흘렀다. 그 사이 상준은 잠깐 동안 눈을 붙였다.

"시작합니다."

남자가 엔터 키를 치자 화면에서 작은 점이 평면도 사이에 긴 줄을 그으며 가로질러 갔다. 화면 가운데 FINISH라는 글자가 표시됐다.

"성공이군요. 군에서 만든 프로그램이라 좀 밋밋하죠? 이제 다음 작업을 위해 밖으로 나가야겠군요. 빌딩의 외부 모습과 좌표를 입력해야 해요. 같이 가시죠."

수술의 마지막 순서는 우관을 살려 놓는 것이다. 체온계가 천천히 올라가기 시작했다. 수련의 한 명이 30초마다 그것을 체크했다. 집도의의 사인에 따라 우관의 몸에서 인공 혈액이 빠져나오며 따뜻한 피가 채워졌다.

"현재 체온 35도."

"아드레날린 500밀리그램 주사."

수련의가 10센티미터쯤 되는 긴 바늘을 우관의 심장에 꽂았다. 주사기 안의 투명한 액체가 우관의 심장 안으로 밀려들어갔다.

"300암페어에 조절."

우관의 심장에 강한 전기 충격이 가해졌다. 동시에 인공호흡기가 '쉭, 쉭-' 소리를 내며 빠른 움직임을 시작했고 그의 가슴이 압박될 때마다 혈액이 강제로 순환되었다. 세 번째 전기 충격이 가해지자 어두운 화면에 '삐-' 하는 소리와 함께 바이탈 사인이 그려졌다. 의사들은 모두 환호성을 질렀다. 그들은 환자를 사망시킨 상태에서 내부 기관의 대부분을 새 것으로 교체했다. 그러곤 지금 다시 살려 놓은 것이다. 일종의 냉동 인간을 만드는 원리와 비슷한 방법이었다.

"초당 8헤르츠의 미약한 뇌파가 잡히고 있습니다."

두뇌 단층 촬영 결과 뇌는 전혀 손상을 입지 않은 것으로 드러났다. 며칠이 지나면 그는 의식을 회복할 것이다. 그가 정신을 차린다 해도 고통을 느끼지는 않을 것이다. 수술과 동시에 대부분의 말초신경을 제거했기 때문이다. 말초신경이 자랄 즈음이면 그의 상처도 많이 아물어 있을 것이다. 앞으로 말초신경의 성장을 도와 줄 효소를 지속해서 투여하고 두뇌가 새로운 환경에 적응할 수 있도록 물리치료를 해 주면, 그는 정상적인 생활을 할 수 있을 것이다.

로봇은 입력된 매크로에 따라 미동도 하지 않는 환자를 캐리어에 실어 옮기고 있었다. 환자는 두 손을 가슴에 모은 채 평온하게 잠들어 있었다. 빌딩 안에는 로봇이 움직일 수 있는 통로가 있었다. 그 통로는 장애인용과 마찬가지로 계단 대신 바퀴로 이동할 수 있게 언덕으로 되어 있었다. 로봇이 나아갈 때마다 굳게 닫혀 있던 문이 차례로 열렸다. 로봇은 여섯 층 아래로 내려갔다.

너무나도 고요한 아침이었다. 평소와는 달리 복도에는 지나다니는 사람이 하나도 없었다. 영주는 피곤한 몸을 이끌고 화장실에서 대충 세면을 했다. 간단히 양치질을 마치고는 종이 타월로 얼굴의 물기를 닦았다. 회의가 끝나고 아침을 먹으러 갈까 했지만 밤새 불안해하는 환자를 돌보느라 잠을 자지 못했기 때문에 입맛이 없었다.

영주는 거울을 들여다보았다. 볼이 오목하게 들어가 버렸다. 들리는 말에 의하면 경찰은 이 빌딩 접수에 실패한 후 사실상 아무런 대책도 세우지 못하고 있다고 한다. 다행히도 휴대폰은 작동이 되어서 가족들에게 안심하라고는 했지만…….

방송에서는 바이러스의 움직임이 더 이상 보이질 않는다고 했다. 하지만 경찰은 절대로 방심할 수가 없을 것이다. 또 성급한 시도를 했다가는 더 큰 재앙을 불러올 수 있었다.

다행인 것은 아직 이 병원은 정상으로 돌아가고 있다는 점이다. 솔직히 말해 정상이라고 볼 수는 없지만 그럭저럭 모두들 잘 견디고 있었다. 외부로 통하는 통로가 폐쇄된 것을 제외하면 환자들도 안정을 찾아가고 있었다.

사고가 발생하자 병원에 있던 일부 직원과 환자들은 비상구를 통해 빠져나갔다. 하지만 의사와 간호사 대부분은 중환자를 둔 채 빠져나갈 수가 없었다. 그러고는 모든 출입문이 폐쇄되었다. 남아 있던 사람 중 몇 명이 문을 부수려 했지만 특수 제작된 방화문을 부술 수 있는 장비는 병원 안에 없었다. 그리고 경찰로부터 그대로 병원 안에서 평소처럼 업무를 하라는 연락도 받았다. 문제가 해결될 때까지 병원에서 기다리라는 것이다. 탈출을 시도하지 않는 한 병원은 아무런 문제가 없을 거라고 신신당부를 했다.

어제는 경찰로부터 메디컬 네트워크에 문제가 발생할 거라는 연락을 받았다. 열두 시부터 네트워크에 문제가 생길 것이니 대비하라는 것이었다. 어차피 고립되어 있는 상황에서 더 이상 무엇이 나빠지겠는가 싶었는데 환자의 모든 기록이 사라져 버렸다. 의사와 환자 들은 어려움에 직면해서도 서로 도우며 문제를 해결해 나가고 있었다. 모두들 두려워하고 있었지만 이제는 어느 정도 침착함을 되찾았다. 환자들에게 불안함을 느끼게 해서는 안 되었다.

화장실에서 나오려 할 때 비상구 쪽에서 문이 움직이는 소리가 들렸다. 누가 또 탈출을 시도하나? 영주는 뛰어나가 비상구 쪽을 바라보았다. 어둠 속에서 육중한 세라믹 재질의 문은 굳게 닫혀 있을 뿐이었다. 그 아래로 무언가가 보였다.

캐리어가 드르륵 소리를 내며 빠른 속도로 복도를 가로질러 갔다. 의사와 간호원들이 김영주 의사의 연락을 받고 바쁘게 움직였다.

"도대체 어떻게 된 거예요?"

"저도 몰라요. 이 환자가 여기 쓰러져 있었어요. 개인 자료가 지워져서 누군지 확인할 수가 없어요. 이름표도 없어요."

영주가 난감하다는 표정을 지어 보였다.

"뇌수술을 받은 환자 같은데요."

환자의 머리카락은 깨끗이 잘려 파르라니 빛나고 있었고 정수리를 지나 척수로 이어지는 긴 수술 자국이 보였다.

"맙소사. 도대체 어찌된 일이지? 이런 중환자가? 누구 이 환자 아는 사람 있어요?"

모두 고개를 저었다. 인턴 한 명이 환자의 지문을 스캐닝했다. 아직 메디컬 네트워크는 보통 때처럼 이용할 수가 있었다.

"그런데 누가 이 환자를 여기로 데려 왔지? 이런 상태로 혼자 이곳까지 왔을 리는 없는데……"

모두 고개를 저었다. 환자를 아는 사람도 본 적이 있다는 사람도 없었다.

"지문 조회 결과가 나왔군요. 이름은 한나래입니다. 나이는 스물세 살입니다. 개인기록 카드를 다시 만들겠습니다."

"김 간호사는 보호자부터 찾아봐."

"누가 이 환자 아는 사람 있어? 뇌수술을 받은 것 같은데 내가 모르는 얼굴이군. 상처를 보니 수술한 지 얼마 안 된 것 같군."

모두들 고개를 가로저었다.

"이상하군. 이 정도의 환자면 내가 모를 리가 없는데……"

"아무튼 컴퓨터에선 이름과 간단한 개인 정보밖에 알 수 없어요. 행정 기관에 의뢰할 수 있는 내용 말고는 아무것도 알 수가 없어요."

"누군가 급하게 수술을 한 것 같군요."

신경외과 의사인 형식은 자신은 모른다고 했다.

"일단 응급실로 옮기자고. 자, 조심해서 들어."

환자의 맥박은 정상이었다. 맥박뿐 아니라 다른 바이탈 사인도 모두 정상이었다. 혈액 검사 결과 안정제에 취해 잠을 자고 있는 것으로 드러났다. 그리고 여러 가지 복잡한 효소들이 검출되었다. 영주는 환자의 얼굴을 들여다보았다. 머리가 모두 깎였지만 상당한 미인이었다. 정수리부터 목을 타고 내려오는 수술 자국이 보였다. 하지만 피부는 마치 아기의 것처럼 뽀얀 우유 빛을 띠고 있었다.

"우리 병원에 이런 미인이 있었는데 여태 모르고 있었다니!"

"자네도 몰라? 자넨 미인이라면 사족을 못 쓰잖아."

영주가 옆에 서 있던 외과의사인 성호에게 물었다.

"이런, 무슨 말을 그렇게 해? 그런데…… 자네 말이 맞는군. 내가 모르기엔 너무 미인인데……"

아무리 기억하려 애써도 이 환자를 본 적이 없었다. 상태로 봐선 분명 한 달 이상 입원해 있어야 하는데.

대전에서 아침 일곱 시에 출발한 이삿짐 차량 석 대는 고속도로를 달려 여덟 시 반쯤에 수원 톨게이트를 빠져나올 수 있었다.

"인공위성으로 우리의 움직임을 관찰하고 있을 겁니다. 모든 일은 은밀하게 처리되어야 합니다. 대전에서 미사일을 발사하면 도착 시간까지 4분 17초가 걸리는군요. 그 정도의 시간이면 바이러스는 우리에게 충분히 엄청난 피해를 입힐 수 있습니다."

남식의 주장으로 미사일은 분해 되어 이삿짐 차에 실리게 되었던 것이다. 세 대의 차는 서울에서 남쪽으로 20킬로미터 정도 떨어진 수원의 변두리, 어느 18층 건물 앞에 정차했다.

차에서 내린 사람들은 숙련된 솜씨로 짐칸의 물건들을 건물 내부로 옮겼다. 가끔씩 책임자로 보이는 남자가 작업 속도를 재촉하곤 했다. 그들은 무거운 장비들을 조그마한 카트를 이용해 화물용 엘리베이터 앞까지 옮겼다. 그러면 엘리베이터 앞에서 대기하고 있던 두 사람이 카트를 끌어 짐을 엘리베이터 안으로 집어넣었다. 18층까지 옮긴 후 도시가 환히 내려다보이는 방에서 미사일은 조립되었다.

작전이 시작된 아침 일곱 시부터 회의에 참여했던 모든 사람들은 회의실과 몇 개의 휴게실에 격리되었다. 만약 어떤 경로로든 이 계획을 바이러스가 알아차릴 경우 작전이 성공한다 해도 또다시 많은 피해자가 생길 거라는 판단에서였다.

"포병 여단에서 연락이 왔습니다. 준비를 끝마쳤답니다."

드디어 기다리던 소식이 들어왔다. 모두들 자세를 바로잡았다.

"세 시간째 바이러스의 움직임이 파악되지 않고 있습니다. 지금이 공격하기에 가장 좋은 시간입니다."

남식의 눈빛이 살아났다.

이제 이 회의의 최고책임자가 바뀌어 있었다. 국방부장관은 피우던 담배를 끄며 명령을 내렸다.

"계획대로 실행하게!"

암호화된 데이터 펄스가 포병 지휘부에 전달되었다.

성찬은 회의장 바깥 휴게실에서 담배를 꺼내 물었다. 남식은 이번 작전을 제안한 인물이기 때문에 회의실 안에 있었고, 세원은 다른 몇 사람과 뒤섞여 소파 위에 잠들어 있었다.

"오남식, 역시 대단한 사람이야. 하지만 어쩌면 상황은 이미 끝나 있을지도 몰라. 오 실장은 자신이 원하던 것을 지킬 수 있겠지. 그리고 나래 역시 자신이 원하던 것을 얻을 수 있을 테고."

성찬이 나지막이 중얼거렸다.

'만약에 그 생명체가 원하던 대로 탈출에 성공하여 이 세상으로 나왔다면 어떻게 될 것인가?'

결론은 한 가지밖에 없었다.

'아무 일도 없을 거야.'

근영의 말이 옳았다. 문제는 그것을 막으려던 과정에 있었던 것이다. 애써 그것을 막지 않았던들 아무도 다치거나 죽지 않았을 것이다. 그런데 왜 자신은 그것을 막으려고 발버둥쳤던 것일까? 갑자기 모든 것이 허탈해졌다.

'이 세상에 상처받지 않는 영혼은 없지……. 한 사람의 생명은 우주와 같아. 그것은 숫자로 따질 수 없는 문제야.'

성찬이 미친 듯이 '쿠쿠' 하며 웃었다.

'결국 오 실장이 원하던 대로 돼 가는군. 그 사람은 MX-217이 어떻게 되는지 관심이 없겠지. 미사일이 발사되면 근처에 있는 프리엠브리오 성장실이 날아가 버릴 거야. 그러면 아무런 증거도 남질 않겠지. MX-217과 관련된 모든 것이 사라지겠군. 10구역의 컴퓨터와 함께. 경찰은 부서진 컴퓨터의 잔해를 맞춰 보았자 아무것도 얻을 수 없을 테고……'

혜원의 말로는 아침 일곱 시부터 MX-217에게서는 아무런 신경 신호도 포착되지 않는다고 했다. 성찬은 그 의미를 알고 있었다. 혜원은 또 다른 사실들도 말해 주었다. MX-217이 근영의 클론이었다는 점, 근영이 프리엠브리오 성장실의 문이 열리지 않도록 고장 냈다는 사실, 그가 MX-217에게 컴퓨터를 가르쳐 주었고, 11구역으로 우회해 메탈 브레인과 연결하는 방법을 알려 주었다는 사실들…… 그런데 밤새 체스 게임을 가지고 골치를 썩였다니.

"아마도 자신이 원하던 것을 이루었겠지. 아무런 미련도 남질 않았던 게야. 하여간 문 박사는 대단한 사람이야. 오남식 실장 역시 자신의 뜻대로……"

조금 전 회의에서는 남식의 제안으로 미사일의 목표가 메탈 브레인에서 10구역의 컴퓨터로 수정되었다.

'혜원은 빌딩 안에서 아무것도 모르는 채 빨리 사건이 해결되기만을 기다리고 있을 것이다……'

이번 일로 성찬은 혜원의 또 다른 모습을 볼 수 있었다. 겉으로는 강하지만 속으로는 아주 여린 여자.

'하지만 문제가 해결되고 나면 그녀는 또다시 과거의 모습으로 되돌아갈 것이다…… 매일 아침 언덕을 달려 내려오던 그녀의 모습을 볼수가 있을까? 그녀를 위해 냉장고 안에 물병을 준비하고…… 이제 나는 무엇을 하지?'

방 안으로 성찬의 웃음소리가 울려 퍼졌다.

사람들이 기계의 스위치를 올렸다. '삐-' 하는 전자음을 내며 녹색화면이 들어오자 목표물 좌표가 입력된 디스켓을 넣고 카운트다운을 세팅했다. 그 디스켓은 상준과 미사일을 다루는 장교가 만들어 발사 직전 가져다 준 것이다. 액정 화면은 10을 가리키고 있었다.

"제군들, 여러분은 대한민국의 자랑스러운 군인이다. 경찰은 이 혼란을 해결하지 못했고 이제 우리가 사태를 수습하기 위해 이곳으로 왔다. 어처구니없는 사고로 우리는 엄청난 혼란을 겪고 있고 이제 제군들만이 그 혼란을 해결할 수 있다. 대통령 각하께서 그리고 우리의 시민이 여러분을 지켜보고 있다. 지금도 빌딩과 공원 내에는 많은 사람이 갇혀 있고 몇 사람은 잔인한 방법으로 죽임을 당했다. 이제 여러분이……"

차량이 출발하기 전 부대에 방문한 국방부장관은 직접 그들에게 사고의 심각함과 그들의 임무에 대해 짧은 연설을 했다. 한 명이 붉은 스위치를 눌렀다.

- 카운트 다운, 10 9 8 7 6……

오전 열한 시. 수원 변두리 한 빌딩의 18층 유리창이 깨지면서 불꽃이 튀었다. 불꽃은 엄청난 양의 가스를 내뿜으며 로켓을 가속시켰다. 길을 지나던 사람들이 공기를 가르는 날카로운 소리에 하늘을 바라보았을 땐 이미 미사일은 저 멀리 사라진 후였다. 그들은 파란 하늘을 가로지르는 하얀 연기의 궤적만을 볼 수 있었다.

육군이 보유한 페이브웨이 미사일은 빠른 속도로 공기를 가르며 서울의 중심을 향했다. 몇 초 사이에 음속을 돌파한 미사일은 초당 1킬로미터가 넘는 속도로 가속되었다. 그것은 입력된 좌표가 가까워짐을 느낀 듯 메모리에 입력된 지도와 아래쪽의 도시를 비교해 보았다. 그러고는 목표를 찾은 독수리처럼 빠른 속도로 검은 빌딩을 향해 날아갔다.

메탈 브레인 빌딩의 외벽을 뚫고 들어간 미사일은 가속을 늦추지 않은 채 자신에게 입력된 건물의 설계도와 카메라에 들어오는 정보를 비교 분석하기 시작했다. 미사일 탄두는 무거운 텅스텐으로 만들어졌다. 미사일은 연달아 몇 개의 벽을 뚫고는 10구역 실험실을 향해 직진했다. 많은 벽을 뚫고 지나가면서도 미사일의 속도는 줄어들지 않았다.

잠시 후 빌딩 안에서 엄청난 폭발이 일어났고 미사일의 가속도로 인해 빌딩의 반대쪽 벽면이 깨지며 강렬한 불꽃을 내뿜었다. 다시 한 번 폭발의 잔해물이 도로를 덮쳤다. 건물 밖에 진을 치고 있던 기자들이 파편을 피해 자동차 밑으로 기어들어갔다.

무슨 일인가 싶어 사람들이 모여들었을 때 빌딩 숲 사이로 요란한 엔진 소리가 울려 퍼졌다. 사방에서 헬기들이 나타난 것이다. 기동타격대원들은 밧줄을 타고 헬기에서 내려와 빌딩의 깨진 틈을 따라 사방에서 안으로 들어갔다.

이곳저곳에서 몸을 숨기고 있던 사람들의 모습이 하나 둘씩 나타나기 시작했다. 거대한 방화문이 아래쪽부터 천천히 열리기 시작했다.

"회장님, 문이 열리고 있습니다!"

회장은 비서의 말에 묵묵히 고개를 끄덕였다. 사람들이 웅성거릴 때부터 그 역시 사방에서 느린 속도로 올라가는 문을 공허한 눈빛으로 바라보고 있었다.

"이제 여기서 모두 끝난 것 같군. 아니지……, 또 다른 시작이야. 오실장을 어떻게 처리해야 할지 모르겠군."

회장의 머릿속으로 앞으로 처리해야 할 문제들이 하나 둘 떠올랐다. 사람들은 아직 불안한 듯 천천히 위로 올라가는 문 앞으로 선뜻 다가서질 못하고 있었다.

기동타격대원들이 밀려들어오고 있었다.

혜원은 몸이 파묻히는 의자에 기댄 채 잠을 자고 있었다. 잠결에 분명히 무슨 소리를 들은 것 같은데…… 하지만 혜원은 모든 것이 귀찮았다. 이제 누가 또 죽었다고 해도 전혀 놀랍지 않았다. 그녀는 잠시 실눈을 떴다. 초점이 안 맞은 흐린 눈앞에서 사람들이 분주하게 움직였다. 다시 눈을 감았다.

'제발 나를 깨우지 않았으면……'

그녀의 기대는 깨지고 말았다. 정렬이 그녀의 이름을 부르며 어깨를 흔들어 댄 것이다.

"조금 전에 10구역에서 폭발음이 들렸어요. 아마도……"

혜원이 잠결에 들은 소리가 폭발음이었던가? 또 누가 죽은 것일까?

혜원은 잠이 확 달아나면서 자리에서 일어났다.

"공원 문이 열리고 있답니다."

직원 한 명이 들어오며 말했다.

"오 실장으로부터 MX-217이 파괴되었다는 연락이 왔어요. 10구역이 많이 부수어졌대요."

모든 연구원들이 정신을 추스르며 바쁘게 움직였다.

"아, 이제 끝난 것 같군."

남식과 통화를 마친 정렬이 말했다. 그는 이리저리 뛰어다니며 사람들을 껴안았다.

"다행이야. 정말 다행이야."

혜원은 되풀이해서 말했지만 허탈한 마음을 감출 수 없었다. 혜원은 긴장이 풀리는 듯 힘없이 터벅터벅 걸어가 의자에 쓰러지듯 몸을 묻으며 두 눈을 감았다. 진정제 효과가 아직 남은 탓인지 졸음이 밀려왔다.

"편안히 잠을 자고 싶어, 나의 방에서. 그게 지금 당장 내 소원이야. 그런데 왜 성찬 씨는 연락이 없지……"

'앞으로 PT는 어떻게 될까? 그리고 나는?'

혜원은 곰곰이 생각했다.

'어차피 누군가가 책임을 져야 할 것이다. 그렇다면 지금 내가 할 수 있는 최선의 선택은 무엇일까?'

이것은 시작에 불과하다는 생각조차 들었다. 그 동안 성찬에게 너무 약한 모습을 보였다는 생각도 들었다.

'이제 모든 것을 정리해야 한다.'

혜원은 머릿속에 뿌연 안개가 가득한 것 같았다.

― 어제 오전 열 시경 메탈 브레인 빌딩의 22층 사고 현장에서 의문의 폭발이 있었습니다. 목격자들 말로는 제트기가 지나가는 듯한 폭음과 동시에 빌딩 내부로부터 폭발음이 들려왔고 이어서 붕괴된 벽 바깥으로 화염이 치솟았다고 합니다. 직후, 헬기의 출현과 함께 다시 기동타격대가 빌딩으로 투입되었고 오전 열한 시부터는 공원과 병원에 갇혀 있던 사람들이 구조되었습니다. 많은 사상자가 발생한 것으로 알려진 공원에서 구조 받은 사람들의 건강 상태는 대체로 양호한 것으로 전해지고 있으며 현재는 인근 병원으로 분산 수용되어 정밀한 검사와 치료를 받고 있습니다. PT 병원에 있던 사람들은 모두 무사한 가운데 역시 수용 가능한 인근 병원으로 옮겨져 치료를 계속 받기로 했습니다. 24시

간 만에 정부는 사고 현장을 매스컴에 공개하면서 어제의 폭발에 대해 해명했습니다. 정부의 발표로는 어제 육군 기계화 여단 소속 군인들이 문제의 컴퓨터를 파괴하기 위해 메탈 브레인 빌딩에 페이브웨이 미사일을 사용했다고 합니다. 아래는 미사일 발사 계획을 제안하고 그것을 주관한 오남식 실장의 사진입니다. 메탈 브레인 빌딩 사고 현장에 나가 있는 박성철 기자 연결하겠습니다.

 - 이곳은 메탈 브레인 빌딩의 사고 현장인 22층입니다. 주위엔 폭발의 잔해물들이 어지럽게 널려 있는 가운데 아직 문제의 컴퓨터가 있던 자리는 일반에 공개되지 않고 있습니다. 카메라가 비추는 곳은 어제 미사일이 뚫고 지나간 자리지만 지금은 장막으로 가려져 있습니다. 현재 정부와 PT에서 파견된 기술자들이 현장을 정밀 조사하고 있는 중이라고 합니다. 정부의 발표에 의하면 빌딩에 경찰 병력을 투입하는 것이 불가능하다고 판단한 사고대책본부가 육군에 도움을 요청했고 대통령의 결재에 따라 어제 오전 열한 시에 이곳에서 20킬로미터 떨어진 수원의 한 건물에서 메탈 브레인 빌딩을 향해 미사일을 발사했다고 합니다. 어제의 폭발은 그 미사일에 의한 것이었다는 정부의 공식 발표가 30분 전 있었습니다.

 - 박성철 기자, 육군에서 발사했다는 미사일에 관해서 좀더 자세히 알 수 있습니까?

 - 어제 사용된 페이브웨이 미사일은 미 육군에서 개발해 육군이 5년 전 수입한 벙커 공격용 미사일로서 벙커나 건물의 외벽 콘크리트를 뚫고 들어가 지연 신관을 사용하여 미리 입력된 위치에서 폭파하는 미사

일이라고 알려져 있습니다. 어제 발사된 미사일은 메탈 브레인 빌딩 외벽을 뚫고 들어가 문제의 바이러스가 감염된 컴퓨터를 완전히 파괴했다고 합니다. 그리고 그 폭발의 여파로 PT에서 연구 중이던 상당수의 실험용 프리엠브리오도 파괴되었다고 전해지고 있습니다.

– 추가로 발견된 시신은 없나요?

– 사고 당시 모든 사람들이 대피한 것으로 알려진 프리엠브리오 제작 연구실 즉 10구역이라고 불리는 이곳에서 어제 저녁 열일곱 구의 시신이 발견되었습니다. 내부에 생존자가 있음에도 미사일을 발사한 것이 아니냐는 의혹에 그 시신은 사고 당시 컴퓨터를 폭파하기 위해 10구역으로 들어간 사설 경비 용역 회사 SS의 요원 네 명과 기동타격대원 열세 명의 시신이라고 검찰은 공식 발표했습니다. 이로써 시크리트 서비스 요원 중 실종 인원 모두가 사망한 것입니다.

시크리트 서비스의 요원 중 유일한 생존자인 강우관 씨는 온몸에 심한 화상을 입어 생명이 위독한 상태이지만 어제 1차 수술을 무사히 마쳤다고 합니다. 검찰은 바이러스 프로그램을 만들어 메탈 브레인에서 실행시킨 범인으로 어제 새벽에 사망한 문근영 박사를 지목하고 있으며 전문가들을 메탈 브레인에 파견해 앞으로 또다시 발생할지도 모르는 사고를 정밀 조사하기로 했습니다. 파괴된 컴퓨터는 경찰에서 모두 수거해 갔다고 합니다. 하지만 미사일로 인해 컴퓨터의 기억 장치가 완전히 파괴되었기 때문에 바이러스를 조사하는 데에 많은 어려움이 있다고 합니다. 이번 사고는 고도로 발달된 컴퓨터에 대한 의존도가 높아질수록 조그만 실수도 무서운 재앙이 될 수 있음을 경고하고 있습니다.

다음은 이번 사고의 사망자 명단입니다…….

무더운 여름을 지나 겨울이 가고 겨우내 말라 있던 개나리 가지에 초록
싹이 돋으면서 봄이 찾아 왔다. 성찬은 시계를 보았다. 강의 시간은 10
분 정도밖에 남지 않았다. 그는 유기체의 자극과 반응에 관한 강의를
간단히 마치고 학생들에게 오래 전부터 준비한 과제물을 제시했다.

　"전통적으로 서양의 철학자들은 이성이 육체를 지배한다고 했습니
다. 데카르트와 멘느 드 비랑은 육체의 소유욕에 저항하는 정신의 능력
이야말로 인간이 자유를 가지고 있음을 증명하는 증거라고 했습니다.
프랑스의 정신주의 철학자 루이 라벨은 정신이 진정으로 육체를 지배
할 때 진정한 인간의 존재가 시작된다고 했습니다. 반면 스피노자는 정
신과 육체가 원인과 결과로서 완전히 병행한다는 심신 병행설을 발표
하기도 했습니다. 이와 같이 데카르트 이후로 정신과 육체를 이분법적
으로 생각하는 심신 이원론이 철학계의 일반적인 현상이 되었고, 정신
이 육체를 지배하는 것이 당연하게 생각되고 있습니다. 물론 베르그송
은 기억이라는 것이 뇌 또는 마음에 저장되는 것이 아니라, 육체의 각
부분에 저장된다고 주장하기도 했죠. 중요한 것은 육체와 정신이 엄밀
하게 나뉘긴 했지만, 이 두 요소가 같이 있어야 진정한 정신과 육체가

스스로의 의미를 지니며, 온전한 기능을 할 수 있다는 것입니다. 그렇다면 만약에 지능은 높지만 육체를 얻지 못한 존재가 있다면 그는 스스로를 무엇이라고 생각할까요? 아무리 수학적 계산 능력이 뛰어나고 문제 해결 능력이 뛰어나다고 해도 그것이 그 존재 자체에게 어떤 도움이 되지 않는데…… 여러분이 해야 할 일은 그 관념만으로 이루어진 생명체에 관한 모델을 만들고 심리 분석을 하는 일입니다. 그리고 이번 중간고사는 그 리포트로 대신 하겠습니다."

성찬이 강의실을 나서자 중간고사가 리포트로 대체되었다는 말에 학생들의 환호성이 이어졌다. 하지만 성찬이 알고 있는 한 그들이 리포트를 베낄 수 있는 참고 서적은 이 세상 어느 곳에도 없을 것이다.

연구실로 돌아온 성찬은 며칠 전에 한 신문 스크랩을 물끄러미 쳐다보면서 강의 후의 스트레스를 풀 겸 담배 하나를 꺼내 들었다.

……IBM에서 근무하고 있는 한국인 뇌생리학자 한혜원 박사는 인간 뉴런의 논리 구조를 응용한 새로운 인공지능 프로세서를 개발함으로써 이 분야에서 획기적인 업적을 이루었다. 한혜원 박사는 하버드 의대를 나와 뇌생리학을 전공했고…….

메탈 브레인에서의 사고는 옛 얘깃거리가 돼 버리고 말았다. 당시 문근영 박사는 인공지능 바이러스를 컴퓨터에서 실행한 용의자로 발표되었다. 그가 컴퓨터 전문가가 아닌 분자생물학자라는 점에 대해 많은 의혹이 제기되었지만 검찰은 여러 증거 자료들을 그의 연구실과 방에서 발견할 수 있었다.

하지만 10구역의 컴퓨터는 미사일에 의해 완전히 파괴되었고 문근영 박사는 자살해 버렸기 때문에 인공지능 바이러스 프로그램의 잔해나 논리 구조 등은 전혀 밝혀 낼 수 없었다. 프리엠브리오 성장실 역시 그때 파괴되어 버렸다.

책임 소재를 둘러싸고 많은 이야기가 분분했지만, 죽은 자가 모두 뒤집어 쓴 채 유야무야 되고 말았다.

사고 석 달 후 악몽 같던 여름을 사람들이 자연스레 잊어 갈 무렵 오남식 홍보실장은 메디컬 네트워크의 사장으로 취임하였다. 예정보다 석 달이나 늦은 취임이었지만. 그리고 그 뒤로 메탈 브레인에 대한 의존도는 또다시 커지고 있었다. 세상은 이렇게 돌아가는 것인가 보다.

우관은 휠체어에서 일어나 천천히 앞으로 걸어 나갔다. 아직 심장과 폐가 우관의 의지대로 움직여 주질 않아 빠른 걸음을 걸을 순 없지만 균형을 잃지 않고 그럭저럭 앞으로 나아갈 수 있었다. 복도를 30미터 정도 지나왔을까…….

벌써부터 숨이 가빠지고 이마에서 식은땀이 흘러내렸다. 의사 말로는 빠른 적응력이라고 하지만 우관에게 지난 6개월이라는 시간은 너무도 무료한 날들이었다. 앞으로의 남은 기간 역시 그러하겠지만……. 가슴에선 강하진 않지만 빠른 박동을 느낄 수 있었다.

'우관 씨의 심장과 폐는 아직은 보통 사람과 같은 움직임을 보일 수 없습니다. 그 동안 사용하지 않았던 것이라 우관 씨의 몸을 감당하려면 좀더 시간이 필요하죠. 병원 안에서야 어떤 문제가 발생해도 응급조치

를 취할 수 있지만 다른 사람의 도움을 받을 수 없는 곳에서 어떠한 일이라도 생긴다면……'

담당의사는 이러한 말로 우관의 퇴원을 허가해 주지 않았다. 우관의 심장이 육체의 운동 부하를 못 이겨 정지할 수도 있으리라는 의미였다.

"어이, 이제 휠체어에서 일어난 건가?"

오랜 병원 생활로 알게 된 눈에 익숙한 얼굴들이 언제나처럼 웃는 얼굴로 그에게 인사를 했다.

"진작 일어났어요. 아직은 힘이 들지만…… 이렇게 운동을 해 주어야 심장이 강해져요."

오후엔 주영과 함께 병원 앞 잔디밭 주위를 산책할 수 있을 것이다. 많은 사람들이 지나가며 우관에게 한 마디씩 건넸다. 우관은 이 병원에서 유명인사였다. 지금은 뜸해졌지만 그의 수술과 회복은 매스컴의 단골 메뉴였다. 그가 PT로부터 받은 천문학적인 위자료와 함께…….

'몸이 다 나으면 하와이에 가고 싶어.'

내친 김에 우관은 매점까지 걸어가기로 했다. 마침 목이 말랐다. 의사가 자극적인 음료는 위와 소장에 부담스러울 거라고 말했지만 모든 식사를 아무 맛도 없는 죽으로 때우는 것은 너무도 괴로운 일이었다.

"아주머니, 콜라 하나 주세요."

"의사 선생이 탄산음료는 주지 말라고 했는데……."

이산화탄소를 가득 품은 액체가 우관의 식도를 타고 내려가자 위에 기분 좋은 자극이 느껴졌다. 우관은 자신의 몸이 이러한 자극에 약하다는 것을 느낄 수 있었다. 어린 시절 청량음료를 마실 때의 그 자극을 다시금 느낄 수 있었던 것이다. 마치 독한 술이라도 되는 것처럼.

문득 눈에 익숙한 얼굴이 지나쳐 갔다.

'굉장한 미인인데…… 어디서 봤더라. …… 앗!'

기억을 더듬는 동시에 우관은 손에 들고 있던 음료수 캔을 바닥에 떨어뜨린 채 비틀거리며 접수창구 쪽으로 걸어갔다.

"아니, 왜 그래? 뭐가 잘못됐어?"

바닥에 쏟아진 콜라에서 거품이 일었다. 매점 아주머니가 걱정스러운 듯 앞으로 나왔다. 우관은 비틀거리면서도 빠른 걸음으로 접수창구를 향해 걸어갔다. 호흡이 거칠어지면서 주위의 윤곽이 흐려졌다.

우관은 흰 옷 입은 여자에게 초점을 맞추려 애썼다. 여자는 우관을 못 본 듯했다. 그녀는 병원 정문을 향해 걸어가고 있었다. 걸음걸이가 빠른 것은 아니었다. 하지만 우관이 그 걸음을 쫓아가기에는 무리였다.

벌써 다리에 경련이 일어났다. 누군가 우관을 부축했지만 우관은 소리를 지르며 손을 뿌리쳤다. 자신이 지른 소리가 마치 먼 곳에서 들려오는 듯했다. 그런 우관의 의지에도 불구하고 그가 현관에 도착했을 땐 이미 여자는 인파에 휩쓸려 버리고 없었다. 강렬한 태양이 눈부셨다.

"여보세요, 왜 그러세요?"

간호사가 비틀거리던 우관을 부축하자 우관은 끝내 힘을 잃고 쓰러지고 말았다. 너무 무리를 했는지 호흡이 점점 불규칙해지고 있었다. 팔과 다리가 후들거렸다. 토할 것만 같았다.

놀란 간호사가 급하게 응급실의 의사를 불렀다.

바이너리코드 ❷

초판 1쇄 펴냄 1999년 6월 10일
개정판 1쇄 찍음 2004년 7월 15일
개정판 1쇄 펴냄 2004년 7월 20일

지은이 · 노성래
펴낸이 · 이갑수
펴낸곳 · 궁리출판

편집 · 김현숙, 서영주, 이유나
영업 · 백국현, 도진호
관리 · 김유미

출판등록 1999. 3. 29. 제406-2003-021호
413-832 경기도 파주시 교하읍 문발리 파주출판단지 526-2
대표전화 031-955-8292 / 팩시밀리 031-955-8291
E-mail : kungree@chollian.net
www.kungree.com

ISBN 89-5820-013-8   03810
ISBN 89-5820-011-1   (세트)

값 7,000원